U0014916

and the Betrayal of Democracy

全美暢銷書

菁英的反叛

當菁英分子為了意識型態的問題爭執不休時，他們不敢面對的真相是：
真正的問題是貧富差距的擴大以及教育的失敗。
當菁英分子在全球經濟趨勢裡跨國流動時，他們不敢承認的事實是：
他們背叛了對於民主和社會的承諾。

批左打右，最特立獨行的知識分子的良心

CHRISTOPHER LASCH
克里斯多夫·拉許 著
林宏濤 譯

知名評論家南方朔｜作家彭蕙仙 專文推薦

各界讚譽

克里斯多夫．拉許是我們最偉大的社會歷史學家，本書既簡短精練而又論證縝密，是美國最有原創性的思想家的最後作品。

——James North, *Chicago Tribune*

熱情、有說服力、讓人不安。

——John Gray, *New York Times Book Review*

《菁英的反叛》是拉許一生致力於當代重要問題的思想結晶，尤其是表現了他罕譬而喻的樸實語言，以及和一般大眾直接對話的風格。

——Michael Stern, *San Francisco Chronicle*

政治分析家習慣仔細研究出口民調和地區選票，以了解去年十一月大選的意義，但是他們最好把時間用來讀拉許的書。

——John Jodis, *Washington Post Book World*

《菁英的反叛》充滿了我們要復甦美國民主所需的公共議題。你可以一次好好讀個一兩章。打開書來看的時候，你可以想像自己是在一七七四年一家波士頓的小酒館裡，山姆．亞當斯（Sam Adams）正走進來，對話於此展開。

——Warren Goldstein, *Boston Globe*

《菁英的反叛》是一部既挑釁而又有洞見的作品。

——Robert H. Bork, *National Review*

精神昂揚地批判美國民主文化的威脅。

——*Chronicle of Higher Education*

在《菁英的反叛》裡，提出對於美國民主的有力批判，倡言一個結合了自由主義和保守主義的民粹主義，讓民主恢復生機。

——Peter H. Stone, *Philadelphia Inquirer*

這部讓人眼睛為之一亮的作品，檢視了美國追求政治平等的努力，如何在職場和更大的世界裡受挫。

——Paul Baumann, *Newsday*

拉許的文字總是這麼簡潔有力，讓你想要把朋友找來一起大聲朗讀。

——*Booklist*

拉許一生為自由、公民責任和一般百姓的良知辯護，他的書是真正的先知之作：他呼籲我們回歸民主的第一原則、邁向更正義的社會，而不畏於為個人和社會選擇的道德意義去辯論。他留給我們的《菁英的反叛》是個恩典，精密地剖析了自由主義、保守主義和基進主義的失敗，提出一個更有責任感，而且更充實的公共生活。讀了這本書的人應該都會受到震撼和啟發。

——E. J. Dionne, Jr.

拉許的遺作讓我們更加痛惜失去他。他有著說出真相的能力，以既平易近人而又細膩的語言，挑戰那些特權階級自以為是的思考。這是一部很重要而讓人不安的作品，即使你可能不同意他。

——Leon Botstein

【推薦序】

拉許——當代批判反思的轉捩點人物

南方朔

由於我過去在撰文裡，多次引用克里斯多夫．拉許（Christopher Lasch,1932—1994）於一九七九年所寫的《自戀的文化》，和他生前定稿，逝世後才出的《菁英的反叛》這兩本他的代表作。因此，在後者出中譯本的此刻，願意對已故的拉許教授做最大的推崇，並將他的思想作扼要的介紹。

拉許教授在當代西方思想界，乃是出類拔萃的轉捩點人物，如果從思想譜系的角度來分析，他可以說是「新左」轉「後左」，從「後現代」轉到「後後現代」的領航人之一。他最大的貢獻，乃是把當代書空咄咄，早已媚俗到不知所云，只是少數特定學術部落才關心的「文化批判」重新拉回到人間。讓「文化批判」與「政經社會批判」找回那久已失去的紐帶。當思想家休斯（H. Stuart Hughes）在《矯揉做作的反叛者：歐洲異議分子的政治文化》裡指出，當代不滿知識分子越來越做作，談論問題也彷佛是在打啞謎。他把這種批判稱爲「小調批判」。而拉許教授所做的就是恢復批判的「大調批判」特色。

而要理解拉許教授那一以貫之的思想路數，我們首先必須回顧拉許的思想所針對的時代。

首先要指出的，乃是第二次世界大戰後的冷戰時代，歐美在經濟與社會的思維上，乃是右翼當道，它將「個人」這個範疇極大化，在反共反集體主義的政治正確下，「整體」則被污名化，而視爲一個左派的概念。於是在「個人」、「市場」掛帥並合理化一切行爲之餘，「自私」不僅有理，甚至還被視爲有生物學「自私的基因」爲本的自然行爲。在這種價值主導下，「成功」與「失敗」都正當順理的成爲個人因素。到了今天，「競爭力不足」則成了人們對待窮苦不幸者當然的態度。輕視與冷漠已取代了互助與同情；在這種體制下，教育已成了菁英富人自我繁殖的新神壇，而不再是促進公平進步的養成基地。菁英富人廣泛的在各種金錢遊戲中富者愈富，而作爲民主基礎的中產階級則日益萎縮。美國犯罪及監獄日盛，到了二〇〇七年時，每一百三十三人有一個在獄中，美國已成了全球最大的監獄國家。

但就在這些情況日益惡化的同時，作爲右翼對面的左翼，也同樣進入了一個「形左實右」的階段。左翼不再談社會的不平等，也不再說體制的歧視與操作得更細緻的壓迫。一九六〇至七〇初的歐美校園新左翼，乃是戰後左翼的再出發，它雖然有反制度和反越戰的部分，但最核心的範疇卻不再是經濟和階級，而是「個人」的「欲望」、「快樂」、「日常生活的解放」。新左翼在知識上成了右翼的同盟而非對立面，而這種情形到了一九八〇年代的「後結構」與「後現代」下，由於受到資訊爆炸的衝擊和眾聲的喧嘩，一切客觀的判斷準則皆被資訊所稀釋。「確信」轉爲「懷疑」，於是「道德相對主義」成了新的風尚和畏懼，而虛擬的符號和語言則成了更好的知識避風港；而多元主義則成了人們閃避答案的最好藉口，於是陰豔綺麗的浮辭充斥，態度激進但卻艱澀到只在小部落裡流通，而且與眞實世界並無關係的後現代批評大盛。這是不滿知識分子的邊緣化，特別是他們的自動邊緣化。它被體制很放心地安置在社會的角落裡。批判已不再是一種志業，而成爲一種自慶的表演。

當社會的主流與批判是以一種形異實同的方式做著同盟，整個國家社會也就越變越奇怪。如菁英分子匿藏在各種權力的頂峰，只對權力與金錢忠誠，對社會的責任心則趨於凋零，政治與社會也不再談道德與義務，一個新而封閉的貴族階級已告出現，政治則成了無論辯、可操縱的領域，由於道德心與宗教感已趨淡薄，而在媒體主導下，不知羞恥的自曝則成了最時髦的表演，這是一種「無恥的犬儒主義」。冷漠、犬儒、虛無，這些則成新的時代精神。由於民主必須以穩定的中產階級、公共論辯，以及社會一些基本的社區感爲基礎，當這些已告消失，當然也就離民主的嚮往日益遙遠。

正因爲當代的思想與現象有著上述新的情況，因此對這些問題做出總體性批判反省，遂成了學術思想界長期以來的主要課題。在學術上，就是所謂的文明「向下沉淪論」（Declinism）。大體而言，有關此課題，可分爲兩支：

一支是所謂的「保守主義派」。當代學者如希梅法柏（Gertrude Himmelfarb）、班奈特（William J. Bennett）、柏克（Robert Bork）、霍梅士（Stephen Hulmes）……等皆屬之。所謂的「保守主義」，指的是他們在對現狀做出批判反思時，用來作爲參照指標的乃是過去，如恢復宗教道德、提倡美德教育等。

另一支則是所謂的「自由主義派」，當代學者及思想家如普特南（Robert D. Putnam）、羅逖（Richard Rorty）、雅科比（Russell Jacoby）以及拉許等人皆屬之。

在西方思想史上，自由主義和保守主義的差別，乃在於前者是以理想和未來比現在；後者則以理想化的過去談現在。但拉許雖可歸在「自由主義派」這邊，但由於他分析及評價問題的角度相當與人不同。他對整個美國體制的自私當道、社會冷漠、道德敗壞，相當疾言厲色。對前工業及商業資本主義的仕紳及小資社會非常推崇。這使他具有十九世紀美國進步主義時代的社區主義和民粹主義色彩，讓他看起來頗有保守主義派的風格；而其次，他分析問題從佛洛伊德談社會病理的角度切入，同時也對經濟剝削、貧富不均等現狀極爲強調，因而又有傳統左派與佛洛伊德左派的特色；但於此同時，他又對當今西方左派玩弄語言文字遊戲、語言激烈但概念空洞，不再理會具體的社會經濟問題大肆抨擊。他的這種反左派色彩，也讓左派視之爲敵人。因此，前述的「保守主義派」理論家霍梅士遂稱之爲「披著左派羊皮的保守主義者」。但儘管有著上述誤解，我們卻可看出他其實乃是個具有領先時代的關鍵人物。他是「新左」轉到「後左」，由「後現代」轉到「後後現代」，他對過去的左右兩翼都不留情，而企圖從實用主義的哲學立場重建知識的客觀有效性，要在人際關係上重建集體的社區認同感和對責任的羞恥意識，從這樣的角度看，他其實是個典型的「自由左翼」思想家。

拉許教授思想清晰、理路一貫，由於他行文沉穩流暢，雖非老嫗能解，但任何關心時代走向而具有普遍水準者，都不會被他的著作所拒絕，這乃是他的思想既有學術性，又有群眾性的原因。

拉許教授著作等身，在義理上皆一層層重疊而後展開，而其中最具廣泛影響力的，即爲《自戀的文化》和《菁英的反叛》。

《自戀的文化》乃是當代社會型態與精神病理的經典著作。他的論旨是在指當代由於一切更加個人化與自我欲望化，終極遂造成了人的自戀，這種自戀性格顯露在對名利的無饜足追求，一切判斷都回到自身，因而畏懼對他人做出承諾；日常生活則充斥著誇大與做作；而性則在去神祕化後成了廉價的「自我娛樂」，這種「自我娛樂」的成分散見在觀賞式的體育活動，對自己身體的耽溺以及畏懼老化及變醜。自戀使得人的公共生活解散，「公眾人」也隨之消失。這時候原有的公共空間則被國家的操弄、作秀、媒體的灌輸等所佔據，一種新的家戶長制支配形式遂告形成。在《自戀的文化》裡，拉許教授其實是對一九六〇年代的西方文化總體相做了深入的哲學式回顧。

而拉許集過往思想大成的《菁英的反叛》，有些是對自戀文化所做反思的延長，有些則是他其他著作的更深刻化。在一九二〇至三〇年代初，西方的群眾反叛在左右極端主義引導下，對人類造成了極大破壞，前代思想家賈賽特（José Ortega y Gasset）因而有《群眾的反叛》之書。但拉許教授認爲，過去那種群眾的反叛早已結束並消失，目前正在上演的則是支配菁英，包括管理者和掌控知識的訊息者，他們在反叛，並將人類帶到惡兆方向的新時代的時候了，他們在全球化的時代漂流於各大城市，他們創造出一種貧富差距擴大，中產階級快速沒落的新遊戲規則，而左翼則成了一種言辭激烈但卻書空咄咄的共謀，而民主的基礎如社區、公共論辯，一定程度的合理性等則告瓦解。民主的理想遂告被背叛。這部著作對當今政經現象的批判反思，後來已被許多學者延伸，而成了當代批判的主要課題之一。

拉許教授在當代西方思想界望重已久，他是個走在時代前沿的公共知識分子，但願他著作的其他中譯本也能賡續出現，對培養我們的反思能力必將大有助益。

本文作者為知名評論家

【推薦序】

閱讀：菁英的反叛

彭蕙仙

菁英的反叛，簡單一句話就是他們「不食人間煙火」，其結果，就是脫節。

菁英階級與社會現實漸行漸遠，其來有自，第一，他們之中有許多人全然信仰所謂的市場力量，甚至對此有著道德上的服膺；在那隻看不見的手的背後，往往有著無數菁英分子對社會公義的棄守；所謂的尊重市場法則，可能是知識階層有意識的懶惰的託詞，也有可能是他們沒有創見的人云亦云，爲的是尋求一種同儕的安全感，某一種程度而言，一如對民粹主義的放任誤解，都是被認爲對形塑社會風格與價值有責任的菁英分子的一種便宜行事。

其次，菁英階級畫地自限地活在一個小圈子文化裡，靠著學舌嚼舌辨識彼此，三人成虎之餘也讓菁英巴別塔越築越高，如作者所言，菁英階層遂逐漸脫離了與現實的對話，在一個形而上的空間裡進行著無關宏旨的觥籌交錯，直等到曲終人散才知一切不過是荒唐荒誕。

因爲不食人間煙火，因此菁英們看不到社會眞正的問題，其實，他們刻意不看貧富差距擴大的危險訊號，刻意不看社會階級流動停滯的不公不義，因爲這些問題都太過基本也太過龐大，足以攪動菁英們的安身立命，因此，他們偏好選擇意識型態做戰場，用以逃避他們必須參與的現實；他們針砭時弊，卻再也不能切中社會的需要，也不能引起共鳴，最後只能在一小撮人裡面流傳、相濡以沫，成爲一則一則辭藻華麗的傳奇，久而久之，甚至於成了社會避之惟恐不及的噪音。

菁英反叛了烘托他們的社會，反叛了他們身爲公共資產的那一面，在見樹不見林的枝節論述裡，菁英也用弱化影響力反叛了他們自己。

菁英，用另一個說法來形容，是知識分子，「士不可以不弘毅，任重而道遠」的淑世抱負，支撐菁英階層內在的自我定位與外在的優越地位；傳統上，人們傾向認爲知識分子不但有知識的專業且先天上有著一定的道德高度自覺；忠心而有見識的菁英階層對公共事務保持關懷，以致於他們能夠積極有效地催生社會的變革與進步，這也是他們之所以能夠取得一個特殊發言位置的理由。

然而，在資本主義的豢養下，菁英階級卻變得犬儒或者自戀。他們用只有自己人才懂得、才在意的遊戲規則不斷自體繁殖成一種崇尚高談的新物種；他們甩開了公共性、在貧瘠無聊的議題裡周旋不止；他們沉溺在無濟於事的忙碌中，以逃避眞實。作者的形容是：新菁英們只能在過境時順道回家；他們總是四處旅行，參加高階主管會議、新企業集團的開幕派對、國際電影節；或者是到不為人知的度假小島……他們的世界觀基本上和觀光客沒有兩樣。這種等級的菁英們對「在地社會」是沒有熱情也沒有真實感受的。社會怎麼可能仰賴這樣的人前進？

儘管如此，本書作者顯然仍對菁英階級懷抱希望，因此不厭其煩地從社會崩潰、政治崩壞、媒體崩亂、家庭崩解、教育崩盤、宗教崩散……等等面向，發出求救訊號，一而再、再而三地提醒菁英們，不要再繼續扮演「符號分析師」這種故弄虛玄的角色，要走入人群裡，要說人們聽得懂的話，要讓他們的能量從一個一個獨善其身的小圈子裡，解放出來。

作者旁徵博引的敘事深具說服力，也讓人看見社會脫離菁英反叛困境的可能性——那就是，菁英終於願意落入凡間。

本文作者為作家

誌謝

這本書是在我生命坎陷的時候寫成的，因此我得更要謝謝其他人給我的建議和協助。我的女兒貝琪放下她自己的工作為我打字，並且給了我許多編輯方面的寶貴意見。蘇珊．渥克（Suzanne Wolk）也爲了替我打字而犧牲她的工作。我的太太妮爾在我這麼老的時候教我文書處理軟體，沒有她我是不可能學會的，而如果沒有電腦的幫助，我也不可能在規定的時間裡完成它。此外她也費心爲我校稿，修改很不成熟的初稿。

威斯布魯克（Robert Westbrook）、福斯（Richard Fox）、泰勒（William R. Taylor）、李奇（William Leach）以及芬克（Leon Fink），他們爲我讀過初稿。還有其他人，他們在我最艱難的時刻讀了我的文章並給與我鼓勵。我也要謝謝我的編輯顧德曼（Henning Gutmann）。

有部分的文章曾出現在期刊上。〈羞恥的廢黜〉、〈菲利普．瑞夫和文化的宗教〉曾在《新共和》（*New Republic*）刊載；〈社群主義或民粹主義？〉、〈世俗主義下的人類靈魂〉在《新牛津評論》（*New Oxford Review*）；〈紐約的種族政治〉在《和好》（*Tikkun*）雙月刊；〈交談和公共藝術〉在《匹茲堡歷史》（*Pittsburgh History*）；〈被遺忘了的辯論技巧〉在《蓋尼特中心雜誌》（*Gannett Center Journal*）；〈民主是否值得繼續存在？〉和〈假基進主義的學者〉在《雜集》（*Salmagundi*）。這些文章都經過了大幅修改。而因爲它們大部分都出現在名不見經傳的輿論刊物，我相信大多數讀者還是沒有讀過。

目錄

第一章

導論：民主的蕭條

我近來大部分的作品總會繞回到「民主是否有未來」的問題。我想許多人也曾自問這個問題。美國人對於未來已經不若以往那樣樂觀，而這樣的轉變其來有自：製造業的沒落及其產生的失業潮；中產階級的萎縮；窮人不斷增加；犯罪率的攀升；毒品氾濫；城市的墮落——壞消息層出不窮。對於這些棘手的問題，沒有人能夠提出合理的解答，而大部分的政治討論甚至顧左右而言他。意識型態論戰呶呶不休，卻只圍繞著枝微末節的主題打轉。負責設定主題的菁英分子和民眾脫了節（見第二章「菁英的背叛」）。不切實際而矯柔做作的政策，反映了它們和日常生活的隔離，也突顯出人們暗地裡相信眞正的問題是無法解決的。

活在自己的世界裡的菁英分子

第一次看到超市裡檢查顧客用的電子掃描器時，喬治·布希的驚嘆，讓人們瞥見特權階級和國家其他階級之間的鴻溝。即使是在美國，特權階級也始終存在，但是它不曾和它的環境如此危險地隔絕。在十九世紀，富裕的家庭非常安土重遷，經常在某個地方住上好幾代。在一個流浪者的國家裡，居住的穩定性提供了某種永續性。古老的家族受到尊敬，特別是在濱海的老城裡，只因爲他們放棄了移棲的習慣，而在那裡扎根。他們對於私有財產的尊嚴的堅持有一個原則的限制：私有權既非絕對亦非無條件的。財富是被理解爲用來實踐公民義務的。圖書館、博物館、公園、管弦樂團、大學、醫院，以及其他公共設備，都成了上層階級博施濟眾的事蹟。

如此的慷慨無疑也有自私的一面：它可以炫耀有錢人的闊氣，招徠新的產業，幫助本地城市和其他競爭城市分庭抗禮。在城市渴望繁榮的激烈競爭的年代裡，市民振興主義（civic boosterism）〔譯注❶〕不失爲一種好生意。然而重要的是，慈善事業讓菁英們走進他們的鄰居以及下一代的生活裡。菁英們總會想要躲到他們封閉的世界裡，但是有個揮之不去的意識始終橫阻在前面（即使在極其墮落的鍍金時代〔Gilded Age〕〔譯注❷〕的某些團體裡也不曾中斷），也就是如霍拉斯・曼（Horace Mann）〔譯注❸〕於一八四六年所說的，「我們皆得到先祖的澤被，」因此，「我們都有義務，也必須永矢弗諼地把那些恩澤加倍傳給子孫。」他認爲，只是「躲在深宅大院裡離群索居……，而不和鄰居往

譯注❶：市民振興主義（civic boosterism）又譯為「市民馳援主義」、「公民自主建設」，指以社區的總體營造和行銷振興地方經濟。

譯注❷：在美國一八七〇年代，人口急速成長，上流階級流行重利主義，政治也相對腐敗，終於一八九三年的經濟大恐慌。

譯注❸：霍拉斯・曼（Horace Mann, 1796-1859）：美國教育改革家，共和黨議員。

來」，可以說是「絕對所有權的傲慢教條」，這不只是他的意見，也是許多老城市、新英格蘭（New England）以及西北地方（Old Northwest）的新英格蘭文化屬地的多數輿論。

全球經濟下的世界公民

由於豪門世家以及他們對於公民責任的倫理觀的沒落，現在對於地方鄉里的忠誠度很可惜地也就江河日下了，資本的流動性以及全球市場的興起，使得此一狀況更是雪上加霜。不只是公司的管理階層，也包括生產和操縱資訊的知識工作者（他們是全球市場的原動力），新的菁英更加像是世界公民（cosmopolitan），或至少比他們的前輩更不安定，更頻繁地遷徙。現在，由於企業和知識工作的增加，人們競相追隨機會的號角聲，去到任何地方。待在家裡的人們會喪失向上流動的機會。成功從來不曾與流動性（mobility）如此密切相關，在十九世紀對於機會的定義裡，流動性的概念並不很重要（見第三章「應許之地的機會」）。它在二十世紀的風捲雲湧，是民主理想的墮落的重要指標，人們所嚮往的不再是生存條件大致的平等，而是如何由非菁英階級雀屏中選而爬到知識工作和管理的階級。

新菁英們背叛了中產階級

於是，有野心的人們很清楚，四處為家的生活是出人頭地的代價。那是他們樂於支付的代價，因為在他們心裡頭，所謂的家庭，無非是好管閒事的親戚和鄰居、目光如豆的蜚短流長，以及保守頑固的習俗。新菁英們正在反叛他們所想像的「中產階級的美國」（Middle America）：一個技術落後、政治反動、性道德壓抑、品味平庸、自以為是、自鳴得意、無聊而庸俗的國家。渴望躋身於知識工作階級的人們，習慣離開內陸，聚集在沿岸地區，和充滿快速流動的貨幣、魅力、時尚、流行文化的國際市場攀關係。他們是否認為自己是美國人，則不無疑問。當然，愛國心在他們的德行位階裡並沒有名列前茅。另一方面，「多元文化主義」（Multiculturalism）則非常對他們的胃口，我們腦海裡會浮現一個國際拍賣會場的景象，在裡頭可以欣賞到讓人眼花撩亂的異國風味的餐點、異國風格的服飾、異國情調的音樂、異國部落的風俗，而不必問任何問題，也不必承諾任何事。新菁英們只能在過境時順道回家，他們總是四處旅行，參加高階主管會議、新企業集團的開幕派對、國際電影節，或者是到不為人知的度假勝地。他們的世界觀基本上和觀光客沒什麼兩樣，那樣的視野很難讓他們對民主有任何熱情的奉獻。

民主的口號背離了現實

我在《眞實而唯一的天國》（*The True and Only Heaven*）裡試著恢復一個被拋棄的民主思想傳統，姑且稱爲「民粹主義的」（populist）傳統，因爲我實在找不到更好的語詞。我很驚訝有一位書評者抱怨說裡頭根本沒有談到民主（我想是我在第四章「民主是否值得延續下去？」裡造成的誤解）。他會如此誤解我的觀點，正好說明了現在的文化氛圍。它顯示我們對於民主的意義有多麼混淆，我們有多麼偏離這個國家的建國前提。現在那個名詞只是用來描述一個精神治療的狀態。現在的我們談到民主時，經常只是指「自尊」的民主化。現在流行的口號，多樣性、同情、「賦權」（empowerment）、權益，都是渴望藉由善意和淨化的言論，消弭美國社會嚴重的分歧。我們被要求承認所有少數族群都有被尊重的權利，不是基於他們的成就，而是爲了他們以前的苦難。我們被告知說，同情的照顧總會提高他們的自尊；禁止種族歧視的用語或其他仇視的言論會讓他們振作起來。我們只關注語詞的使用，卻無視於那無法經由滿足人們的自我印象而被緩解的嚴酷現實。在菁英大學的校規裡制訂言論法，對於南布朗克斯區（South Bronx）的居民有什麼助益呢？

貧富不均對於民主的危害

在十九世紀前半葉，大部分有識之士都認爲民主必須以財產的普遍分配爲基礎。他們知道嚴重的貧富不均會危害到民主的實驗。他們對於暴民的恐懼，有時候被誤解爲貴族式的鄙視，但那其實是因爲他們觀察到，卑微的勞工階級既盲從又心懷嫉恨，缺少民主公民所必備的精神和性格品質。他們認爲，民主修養（自立自強、有責任感、奮發進取）大部分是自小額財產的交易和管理的實務經驗中習得。他們所謂的「權能」既指財產權，也指財產管理的知識和企業精神。因此，當財產在公民之間盡可能地普及分配時，民主制度會最上軌道。

我們可能更概括地說：當男男女女各自爲己謀利，並且有朋友和鄰人相助，而不是事事倚賴國家時，民主制度就水到渠成。民主並不一定等於粗魯的個人主義，自立自強也並不意味著自給自足。正如我在第五、六、七章裡所說的，民主社會的基本單位是自治的社群，而不是個體。讓民主的未來堪慮的，正是那些社群的沒落。城郊的購物街不足以替代社區。相同的發展模式在一個個城市裡上演，而結果也總是讓人沮喪。隨著工業和工作的遷移，人口也湧向郊區，只留下貧窮的城市。由於稅基（tax base）變得狹窄，公營事業和大眾設施也紛紛銷聲匿跡。人們試圖藉由設置吸引觀光客的會議中心或體育館去振興城市，卻只是擴大貧富的差距。城市變成大賣場，但是當地的居民根本就買不起在專賣的名品店、大飯店和餐廳展示的奢華品。於是有些居民以身試法，才能接近那被廣告說成美國夢的繽紛世界。淡泊名利者則被居高不下的房租、仕紳化現象（gentrification）以及誤導的政策給榨乾了，那些政策打算瓦解據稱會阻礙種族融合的族裔社區（ethnic neighborhoods）。

城鄉差距讓民主雪上加霜

我所理解的民粹主義絕不僅是農業的意識型態。它所構想的國家不只是屬於農民，也屬於工匠和商人。它並不會和都市化水火不容。在第一次世界大戰的五十年前，方興日盛的城市、移民潮，以及僱傭勞動的制度化，都給民主帶來嚴峻的挑戰。但是城市改革者如珍·亞當斯（Jane Addams）（譯注❹）、腓特烈·霍維（Frederic C. Howe）（譯注❺）

譯注❹：珍·亞當斯（Jane Addams, 1860-1935），美國社會運動者，以提倡睦鄰運動著稱，位在芝加哥的霍爾館（Hull-House）旨在幫助勞工階級家庭。她也是美國第一位獲得諾貝爾獎的女性。

譯注❺：腓特烈·霍維（Frederic C. Howe, 1867-1940），進步主義的改革者。

以及瑪莉．佛萊特（Mary Parker Follett）（譯注❻），則相信民主制度可以適應都市生活的新條件。當霍維把城市稱爲「民主的希望」時，已經掌握到所謂進步主義運動的本質。都市社區似乎重新創造了小城生活的各種條件，而與十九世紀的民主息息相關。城市爲自己創設了新的團體形式，尤其是工會，以及很活躍的市民精神。

本土主義（nativist）的政客常常會消費城鄉衝突，把城市描繪爲罪惡的淵藪，然而該衝突大抵是虛幻不實的。有識者總會明白到，城鄉是互補的，而兩者健康的平衡是美好社會的重要前提。在第二次世界大戰以後，當城市變成大都會時，該平衡才被打破。當聚落的主要形式不再是城市或鄉村的，更不是兩者的綜合，而是不規則擴張且沒有組織的集聚效應，它不再具備可辨識的界線、公共空間或市民身分。羅伯．費許曼（Robert Fishman）說，新的模式再也不適合被描繪爲市郊，因爲市郊以前是附屬於城市的住宅區，現在卻取代了城市的大部分功能。城市則保留了剩餘的重要性，作爲大型律師事務所、廣告公司、出版社、娛樂事業和博物館的所在，但是那些支撐著活力充沛的市民文化的中產階級社區卻在快速消失當中。我們殘餘的城市則不斷地兩極化；中上層階級的知識工作者，以及滿足他們需求的服務業，在高房租的地區過著不安定的生活，

譯注❻：瑪莉．佛萊特（Mary Parker Follett, 1868-1933），美國社會運動者、管理理論和政治理論家。

並且自絕於可能會吞噬他們的貧窮和犯罪之外。

公共論辯的式微

這一切對民主都是不祥的預兆，但是如果我們考慮到公共論辯的墮落，那麼前途就更黯淡了。民主需要觀念和意見的針鋒相對。觀念和財產一樣，需要盡可能的普及流通。然而那些自認爲「出類拔萃者」，總是懷疑一般公民是否有能力理解複雜的議題並且提出批判。他們認爲民主論辯很容易流於叫囂隳突的比賽，而理性的聲音在其中幾不可聞。聰明如霍拉斯·曼也無法看出政治的和宗教的爭論本身是有教育意義的，因而試圖把某些會引起紛爭的問題排除在學校以外（見第八章）。他亟欲避免有派系問題的爭論是可以理解的，但是其流風所及，正好可以解釋爲什麼現在的國民教育會那麼單調乏味且麻木不仁。

美國新聞界對於市井小民的論理能力也始終有所保留（見第九章）。現代新聞界的先驅李普曼（Walter Lippmann）（譯注❼）認爲，在專家化的時代裡，「全能公民」是不

譯注❼：李普曼（Walter Lippmann, 1889-1974），美國重要的記者、作家和社會評論者。

合時宜的。他認爲大部分公民對於公共政策是無從置喙的。新聞的目的不是要鼓勵公共論辯，而是提供專家們某些資訊以作爲理性決定的基礎。不同於杜威（John Dewey）以及其他進步主義運動的耆宿，李普曼主張說，輿論是一根纖弱的蘆葦，是由情緒而非理性判斷塑造而成的。所謂「民眾」的概念是很可疑的。被進步主義者理想化的「民眾」，能夠理性指揮公共事務的民眾，其實是個「魅影」。它只存在於多愁善感的民主主義者心裡。李普曼說：「民眾對一個問題的興趣僅限於此：總得有點規範吧……民眾只對法律有興趣，而不在意是哪些法律；只對法律的方法有興趣，而不在意實體的法律。」實體的問題就留給專家，他們擁有科學知識，因而免疫於那些主宰著公共論辯的情緒「符號」和「刻板印象」。

資訊氾濫卻孤陋寡聞？

李普曼的論證奠基於「意見」和「知識」的清楚劃分。他認爲只有知識才稱得上客觀。而意見則是基於模糊的印象、偏見和一廂情願的想法。這種專業主義的崇拜對於現代新聞的發展影響甚鉅。報紙原本可以作爲鄉民大會的延伸。但是它們信奉著一個被誤導的「客觀性」理想，把它們的日標界定爲信實的資訊流通——所謂的資訊，是指不僅不會助長紛爭、而且可以規避它的資訊。其中最詭異的性質在於，多虧了報紙、電視和其他媒體，美國人現在已經被資訊淹沒，但是儘管如此，調查報告卻顯示他們對於公共事務的知識直線下滑。在「資訊時代」裡，美國人民卻是出了名的孤陋寡聞。關於這個表面的弔詭，理由很明顯，雖然鮮少人提及：大部分美國人被認為能力不足以參與公共論辯而被排除在外，於是再也無法處理那些不斷騷擾他們的大量資訊。他們幾乎變得像批評者所說的那樣無能——但是須知唯有論辯才會讓人們對於可用的資訊有興趣。如果沒有民主的論辯機會，大多數人民就沒有誘因去使用那些能讓他們成為有能力的公民的知識。

知識確定性的主張反而助長了相對主義

最近在大學沸沸湯湯的某些爭論裡，對於「知識」和「意見」引喻失義的區分再度出現（見第十章）。他們激烈爭吵而相持不下的原因在於雙方都有個不願意承認的相同前提：知識必須擁有不可置疑的基礎，才會有影響力。其中一派（被認為是左派，雖然他們的觀點和他們聲稱要辯護的傳統無甚相似之處）主張說，「基礎論」（foundational-ism）的瓦解讓我們第一次有機會看到知識只是權力的另一個名字。主流團體（經常是歐洲中心主義的白人男性）把他們的觀念、規範、對於歷史的自私解讀，都強加在別人身上。他們擁有權力去鎮壓其他足以分庭抗禮的觀點，或許因而得以主張說，他們特殊主義的（particularistic）意識型態具有普遍且超越的眞理的位階。學院左派認爲，基礎論的重要瓦解暴露了那些主張根本是虛有其表，也讓那些弱勢團體可以挑戰盛行的正統，因爲那只是用來讓婦女、同性戀者和「有色人種」不敢造次而已。非主流派推翻了多數派的世界觀，而以自己的世界觀取而代之，或至少有同樣的時間去探討黑人研究、女性主義研究、墨西哥裔美國人研究，以及其他「替代的」意識型態。一旦知識等於意識型態，就沒有必要以知性的理由和對手辯論，或是去了解對方的觀點。只要批評說他們是歐洲中心主義、種族主義、性別歧視、恐同症（homophobic）就可以將之打發掉了，換言之，就是懷疑對方有政治動機。

大學裡的保守派評論看到西方文化的徹底棄守，自然很不是滋味，但是他們也只能訴諸以下的前提（而該前提的瓦解正好讓古典主義飽受批評）：對於某些自明的原則的認識，是可靠的知識的先決條件。以前思維的可靠結構賴以奠基的絕對者，惜哉現在已經不復可得。自從笛卡兒（Descartes）試圖以不可懷疑的命題去建構哲學以來，對於「確定性」的追尋變成近代思潮的偏執主題。誠如杜威所說的，它使得人們偏離了哲學的本務，亦即試圖得到「關於規範實踐行爲的目的和方法……的具體判斷」。哲學家們在探索絕對者和不變者時，對於有時間性的和偶性的事物總是不屑一顧。杜威說，在他們眼裡，「實踐行爲本質上變成某種鄙事。」在西方哲學的觀點裡，知與行、理論與實踐、心與物，都一分爲二。

該傳統陰魂不散的影響正是大學保守派評論的特色。保守派主張說，唯有基礎論才能反駁道德和文化的相對主義（relativism）。知識如果沒有不變的基礎，就無異於愚夫愚婦的信口雌黃。「萬物分崩離析；中道不復可守；唯有無政府狀態橫行於世。」保守派不厭其煩地引用葉慈的詩，以說明當自明的原則失去其權威時會變成什麼樣。但是學術界的麻煩不在於缺乏可靠的基礎，而在於他們（雙方陣營皆然）深信沒有了那些基礎的唯一下場就是懷疑論，甚至使得懷疑論無異於虛無主義（nihilism）。杜威很清楚那並不是唯一的可能結果，而實用主義（pragmatism）重新成爲史學和哲學的研究對象（猶如晦暗景象裡的一線曙光），給偃蹇困窮的學術界帶來一絲出路的希望。

宗教只剩下社會功能

對於確定性的追求不只是學術界的興趣而已。在關於宗教的公眾角色的激烈辯論裡，確定性的問題再度登場。雙方陣營也都堅持相同的前提：在不可預測的宇宙裡，宗教提供了穩定的磐石。批評宗教者認爲，正是古老的確定性瓦解了，才使得宗教無法被認眞對待（至少在現代世界的腐化影響下是如此）。而護教者也以相同的前提辯稱，沒有了不可置疑的信理，人們也就失去了他們的道德方向。善與惡無甚分別；沒有什麼不可以的；於是人們偭規踰矩而肆無忌憚。

不只是福音派的傳教士會如此大聲疾呼，某些憂心於道德失序的威脅的俗世知識分子也會如此主張（見第十二章）。難怪那些知識分子會惋惜宗教的個人化，以及宗教議題在輿論裡的銷聲匿跡。然而他們的主張因爲某些嚴重的瑕疵而顯得理由不充分。首先，我們不可能以宗教的社會功能去振興宗教信仰。信仰是發自內心的；它不能呼之即來，揮之即去。無論如何，我們無法期待宗教提供能夠排紛解惑的完備而明確的行爲規範。然而奇怪的是，正是這個假設導致宗教的個人化。主張宗教應該退出公共生活領域的人們說，宗教信仰本質上是要信徒臣服於某些超越理性論證的不可置疑的信理。同樣的，懷疑論者也把宗教視爲一堆不容信徒質疑的嚴格教條。同樣的屬性，既讓某些嚮往宗教的人們惋惜宗教的沒落（它據稱提供某種穩定性，讓人們不至於懷疑和困惑，而且擁有能夠解釋一切的完備體系，讓人們信受奉行），卻也讓俗世的心靈很厭惡它。反對宗教者又說，宗教必然助長黨同伐異，因爲信徒總會以爲自己擁有了絕對且排他性的眞理，而與其他眞理不相容。他們一有機會，總是要其他人順服他們的眞理。蔑視宗教的有識之士，則懷疑所謂的宗教寬容根本是自我矛盾的概念，宗教戰爭的古老歷史即爲明證。

宗教旨在破除我執

對宗教長久以來的非難是不無道理的。然而它忽略了宗教對於「自信自義」（self-righteousness）的挑戰（那正是信仰的核心和靈魂）（見第十三章）。宗教並不需要讓人沮喪的道德審判，就可以輕易地刺激它，只要宗教提醒人們注意自己是否言行不一，堅持說敷衍了事的奉行禮儀並不足以保證救贖，並且鼓勵信徒在每個行爲當下質疑自己的動機。宗教既無法止息人們的懷疑和焦慮，反而經常加深它們。宗教對於信徒的評斷比對於不信者的評斷更加嚴苛。宗教要求他們的行爲標準讓許多人根本做不到。宗教對於給自己找藉口的人們（美國人最擅於此道）完全沒有耐心。如果說宗教最終寬恕人類的軟弱和愚昧，那不是因爲宗教忽視它們或認爲那是不信者才會犯的錯。對於信奉宗教者而言，信仰是個負擔，而不是自信自義地主張自己擁有某種道德特權。是的，懷疑論者經常比信徒更加自以爲是。旨在破除「自信自義」的靈性教義正是宗教的本質。

俗世社會並無法了解這種教義的需要，於是誤解了宗教的本性：它固然是要給人們慰藉，但首先是要去挑戰和面對。由世俗的觀點去看，信仰的要務不在於我執，而在於「自尊」（第十一章）。我們大部分的信仰力量都用在對抗羞愧和罪，好讓人們「問心無愧」。教會就曾經支持這種療癒技術，那些在邪惡的迫害史裡被集體剝奪自尊的少數族群，至少在理論上是它的受惠者。根據流行的共識，這些團體需要的是由信理去肯定其集體認同，而給與他們屬靈的慰藉。他們被鼓勵去恢復先祖的遺澤，喚醒被荒廢的禮儀，以歷史爲名去歌頌一個虛構的過去。對於其獨特的過去令人振奮的解釋，究竟是否符合歷史詮釋的標準，那倒是在其次；重要的是它是否有助於那所謂用以「賦權」的正面的自我認知。和宗教錯誤聯想在一起的其他利益，例如安全感、屬靈的安慰、信理的釋疑，都被認爲是得自一種認同政治。結果認同政治便被用以取代宗教，或至少取代那經常和宗教混爲一談的「自信自義」。

多元性的口號證成了獨斷論

這些發展讓我們看清楚民主論辯的墮落。「多元性」（乍看下頗爲誘人的口號）的意義被完全翻轉。實際上，多元性合法化了一個新的獨斷論，讓懷有敵意的少數族群躲在無法理性討論的信念體系裡頭。在封閉而同一種族的圈地（enclave）裡的族群的實體隔離，和意見的巴爾幹化（balkanization）是一體兩面。每個團體都深溝高壘地躲在自己的教義裡頭。我們變成充滿各種少數族群的國家；然而光是正式承認他們仍不足以完成該歷程。（注❶）這種東施效顰的「社群」（一個很受歡迎卻不甚清楚的術語）隱藏著一個假設，認爲某個團體裡的所有成員都應該有類似的想法。因此「意見」變成種族或民族認同的一個函數，少數族群自己選出來的「發言人」也趨炎附勢，排斥那些偏離團體路線的人們，例如「有白人思想」的黑人。在這些情況底下，自由研究和開放論辯的精神還能撐多久？

經濟的不平等形成社會階級的歧視

《新共和》（*New Republic*）的編輯考斯（Mickey Kaus）以挑釁且略爲誤導的《平等的終點》（*The End of Equality*）爲題，詮釋了民主的蕭條，非常類似此處的詮釋（注❷）。考斯認爲，在我們的時代裡，對於民主最大的威脅不在於貧富不均，而在於那些讓公民平等相處的公共體制的墮落和廢弛。他主張說，所得的平等並沒有「更容易實現的」社會或公民平等的目標來得重要。他提醒我們說，外國的評論者經常讚嘆在美國沒有勢利眼、服從或階級意識的概念。松巴特（Werner Sombart）（譯注❽）在一九〇六年說，美國勞工沒有任何「壓迫或屈從」的情事。「他昂首闊步，像每個中產階級一樣，神情坦蕩而愉悅。」若干年後，托尼（R. H. Tawney）（譯注❾）也說，美國的「經濟不平等的確很顯著，但是社會平等也是其特色。」考斯認爲我們可能失去的正是這種自尊的文化。

就此而論，我們社會的困境並不只是有錢人太有錢，而是因爲他們的財富讓他們和公共生活隔絕。考斯覺得「我們習慣把專家當作單獨的一個階級」是個危險的預兆。他們「沾沾自喜地蔑視弱勢族群」亦復如是。我則會說，部分的困境在於我們不再尊重誠實的體力勞動者。我們認爲「創意」工作是在辦公室裡的抽象心智活動，最好有電腦幫忙，而不是生產食物、蓋房子或其他生活所需。勞心階層註定要遠離生活的實體層面，因此才會很低能地熱中辛苦而無報酬的健身運動以補償它。他們和從事生產的勞工的唯一關係是消費者的關係。他們沒有任何生產實體或持久的東西的經驗。他們活在抽象概念和意象的世界裡，一個由電腦化的實在界模型組成的擬態世界，他們稱爲「超現實」（hyperreality），而有別於一般人寓居的看得見摸得著的直接實體世界。他們對於「實在界的社會性建構」（social construction of reality）（後現代主義思想的主要教條）的信

譯注❽：松巴特（Werner Sombart, 1863-1941），德國經濟學家和社會學家。

譯注❾：托尼（R. H. Tawney, 1880-1962），英國經濟學家和歷史學家。

念，反映了在一個人工環境裡的生活經驗，所有無法被人類控制的東西（當然也包括我們所熟悉而信賴的東西）一概被摒除在外。「控制」變成他們的強迫症。勞心階級有一種讓自己與風險和偶然隔絕的本能衝動（也隔絕了可能危害人類生命的不可預測的危險），使得他們不僅脫離了一般的世界，也脫離了實在界本身。

自從一九六〇年代以來，在美國引起騷動的文化戰爭是一種階級鬥爭的形式，啓蒙的菁英並不是要把他們的價值強加在大多數的人身上（所謂大多數的人，是指那些無可救藥的種族主義者、性別歧視者、土豪劣紳、仇恨外國人者），更不是要以理性的公開論辯去說服他們，而是要創設平行的或「替代性的」體制，在其中根本不再需要去面對那些愚夫愚婦。

大致的經濟平等是民主的基礎

考斯認爲，公共政策不應該廢除市場的影響，而是要限制其範圍，「限制與金錢有關的生活領域」。沃爾澤（Michael Walzer）在《正義的諸領域》（*Spheres of Justice*）裡主張說，公民自由主義的目標有別於「金錢的自由主義」，是要「創造一個生活的層面，在其中，金錢的價值被貶低，而不讓那些有錢人以爲自己高人一等」。正如沃爾澤所說的，他也倡言限制「從市場裡榨取財富、聲望和影響力」。他把正義的問題視爲種種界線以及「界線的修正」的問題。相較於其他美好事物，例如美麗、優雅和魅力，財富更易於「滲出界線」，而去買那些不應該出賣的東西：免服兵役；愛情和友誼；甚至買官鬻爵（政治活動的荒唐代價）。沃爾澤主張說，最能夠滿足平等的原則者，並不在於保證收入的平等分配，而在於限制市場的帝國主義，它會「把一切社會的善轉變成商品」。他說：「重點在於……財富在自身領域以外的支配權。」（注❸）

此言固然良有以也，重視民主者也最好聽聽他的話。但是我們也不要忘記（沃爾澤或考斯終究也不會否認），經濟的不平等本身就是人之所不欲，即使被限定在它應有的領域裡。奢侈在道德上是可憎的，而型塑著我們的政治文化的各種傳統，也一致認爲它和民主理想不相容。限制財富的影響力的窒礙難行，暗示著財富本身就應該被限制。當錢開口說話，其他人都只有聽話的份。職是之故，一個民主社會絕不容許無限制的財富聚斂。社會的和公民的平等至少預設著約略的經濟平等。沃爾澤所謂的「諸領域的多元性」當然是很好，而我們也應該竭力維繫它們之間的界限。但是我們也不要忘記，界限是可能被踰越的，尤其是和金錢有關的問題，對於任何擁護自由市場者，都必須提醒他們社會對於大財閥的道德譴責，而該道德譴責必須以有效的政治行動爲奧援。

以前的美國人至少原則上會同意說，個人並沒有窮奢極欲的權利。在歌頌財富且鄙視其他價値的時代裡，如此的信念顯然只是一條暗流，但是對於它的堅持卻讓我們保有一線希望，相信並沒有全盤皆墨。

注❶：該概念的含混性，讓政策制定者對於在迫害的歷史裡有哪些少數族群應該被補償的問題莫衷一是。就該語詞的時下意義而言，「少數族群」是在新政時期的社會科學家首先提及的。沃斯（Louis Wirth）說，它是指「被挑出來……接受差別且不平等的待遇」的團體。然而在歐洲的少數民族卻被指責為燒殺擄掠的好戰者。美國的少數民族則被視為受害者，而不是掠奪者。少數族群的地位自始即讓他們得以主張某種道德和政治的槓桿。如果「少數團體的界定僅僅是指……一般而言被仇視者，」誠如羅斯夫婦（Arnold and Caroline Rose）所言，那麼「少數族群」（即使他們經常構成統計學上的多數人口）總會享有道德優勢。該範疇也不得不面對持續擴張的壓力，其結果就是失去精確性。到了一九七〇年代，它就不只包括各種種族和民族團體，也包括婦女（除了以無意義的「婦女和少數族群」特別區分以外）、同性戀者，以及以前被社會科學家視為「偏差行為」的團體。鮑威爾大法官（Lewis Powell）在貝克案（the Bakke case, 1978）（最高法院關於「優惠措施」最具決定性卻很模糊的判決）裡說，「美國已經變成少數族群的國家。」然而他也承認該語詞非常不精確。任何可以主張「有曾經被歧視的歷史」的團體，都可以聲稱自己的少數族群地位，並且得以享受法院對於「優惠措施」的擴張解釋所授與的「權利」。但是同樣清楚的是，「並非所有團體」都能「得到優惠待遇，因為『唯一的多數族群』將會是那白人英美裔的新教徒的新少數族群」。那麼如何去決定哪些團體有資格得到補償待遇？鮑威爾推論說，「並沒有原則上的基礎去裁定哪些團體得享『加強司法照護』。」對此我們確實很難跟他爭辯。

儘管「少數族群」的概念顯然很不精確，但是對於社會政策卻影響甚鉅。徹底的公共論辯只會讓群眾對於優惠措施以及它所依據的少數族群概念更加反感。而如果沒有如此的論辯，政府官員卻必須在沒有任何類似社會共識支持的情況下，大費周章地執行政策。葛利森（Philip Gleason）在審思少數族群的概念時評論說：「差別待遇……當然需要更多的公開認可以及論辯。」如果以前曾經有任何論辯的話。

注❷：考斯的標題是有歧義的，因為我們不很清楚他究竟是主張放棄對抗不平等，或者是說平等主義的社會的合理目標或對象（「終點」）是每個人都得以享有的富裕公民生活，而不是收入的齊頭式平等。他似乎指的是後者。然而那不排除經濟平等也可能是公民平等的目標的重要手段或前提。

注❸：更早以前，在社會學家約略關於進步主義運動的作品裡也有類似的憂慮，尤其是顧里（Charles Horton Cooley）的《社會歷程》（*Social Process*, 1907）。庫利說：「財務的動機捨棄了生活的廣袤領域，讓我們不得不懷疑自己對於市場作用的信賴程度。」他認為，「財務的價值無法表現層次更高的社會生活」。在某些為了自身而非外在回報的活動裡（如藝術、工藝和各種專業），都可以補市場的不足。「創造性工作的快樂以及欣賞其作品時的分享……不同於擁有自他人贏得的事物的快樂……我們越是和他人分享，而忘卻塵世營營擾擾的自私氣氛，快樂就越加增長。」

第一部

社會差別的加深

第二章
菁英的反叛

從前，被認爲會威脅到西方文化的社會秩序和文明化傳統的，是「群眾的反叛」（revolt of masses）。然而在我們的時代裡，主要的威脅似乎來自於社會階級的頂端，而不是群眾。這個鉅變混淆了我們對於歷史軌跡的期望，也使得長期因襲的假設出現了問題。

奧德嘉．賈賽特的「群眾的反叛」

荷西．奧德嘉．賈賽特（José Ortega y Gasset）（譯注❶）在出版《群眾的反叛》（英譯本於一九三二年才問世）時，他沒辦法預見一個更應該談論菁英的反叛的時代。其時正值布爾什維克革命以及法西斯主義猖獗橫行，就在那撕裂整個歐洲的戰爭劇變結束後，奧德嘉把歐洲文化危機歸因於「群眾的政治支配」。然而現在對於西方世界的價值喪失信仰的，卻是那些菁英（他們控制國際金流和資訊流，管理各種慈善基金會以及高等學府，經營文化產業的各種工具，並且爲公共論辯設定條件）。對於許多人而言，「西方文明」一詞讓他們聯想到的是支配的組織體系，那樣的體系是設計來附和中產階

譯注❶：荷西．奧德嘉．賈賽特（José Ortega y Gasset, 1883-1955），西班牙哲學家。

級的價值，讓父權社會的高壓統治的犧牲者（婦女、孩童、同性戀者、有色人種）處於永久臣服的狀態。

就奧德嘉的觀點而言（在當時很流行的觀點），文化菁英的價值在於他們負責設定了使文明成爲可能的各種嚴格標準。他們爲了堅苦卓絕的理想而活。「高尚是由它對我們的要求去界定的——是由義務而非權利去界定的。」另一方面，群眾人（mass man）既討厭義務，也不明白其底蘊，「對於偉大的歷史責任沒有感覺」。群眾人主張「庸俗平凡的權利」。他們既嫉恨又自滿，拒絕「一切卓越的、個人的、合格的、精選的事物」。他們「無法獻身於任何方向」。他們不了解文明的脆弱或歷史的悲劇性格，不假思索地「相信明天（世界）會更富裕、開闊、完美，彷彿它擁有自然而無窮盡的增長能力」。他們只關心自己的福祉，期望一個「無限可能」且「完全自由」的未來。在他們的眾多缺陷裡，也包括「和女人相處時一點也不浪漫」。關於性愛的理想本身完全無法吸引他們。他們對於身體的態度非常現實：他們崇拜體適能，熱中於維持身體健康和長壽的養生方法。但是，正如奧德嘉所說的，群眾人的特質尤其在於「對於一切異於自身的事物深惡痛絕」。群眾人沒有能力去驚奇或尊敬，他們是「人類歷史被寵壞的孩子」。

上流社會繼承了群眾人的特質

我得承認，所有這些心靈習性，現在是上層社會的特質，而非中下層社會的。我們幾乎不會說，現在的市井小民會期望一個「無限可能」的世界。我們早已不再期待群眾會駕馭著歷史的巨浪。讓二十世紀不得安寧的各種基進主義運動盡皆敗北，而且後繼無人。在一九七〇年代後期至一九八〇年代前期的左派陣營，曾經一度期望「新社會運動」能夠接替去對抗資本主義，最後卻無疾而終。各種新社會運動彼此大異其趣（女性主義、男同志權利、社會福利權利、反種族歧視），他們唯一相同的要求是加入統治結構，而不是社會關係的革命性轉型。

群眾不僅對於革命興味索然；相較於他們毛遂自薦的代言人或是冒充的解放者，他們的政治本能顯然要保守得多。畢竟，支持限制墮胎、堅持雙親家庭是亂世裡的穩定性基礎、排斥「另類生活風格」的實驗、對於「優惠措施」（affirmative action）以及其他大規模社會工程的冒險事業持保留態度的，都是勞工和中下層階級。奧德嘉認為他們比上一代更清楚自身的限制。他們了解到（那是他們的長輩所沒有意識到的），對於社會發展、對於自然和身體、對於人類生活和歷史裡的悲劇元素的人為控制，本來就有其限制。年輕的知識工作者不辭辛勞地運動健身和控制飲食，好把死神擋在門外（青春永駐、始終有魅力而且可以再婚），相反的，市井小民則只能接受身體的衰老是無法抵擋的事實。

中上層階級的自由派總是搞不懂階級差異對於生活態度的型塑的重要性，因而也無法明白他們對於健康和道德提升的執著裡的階級層面。他們很難理解他們的養生觀念為什麼總是無法引起普遍的熱情迴響。他們上演一齣要為美國社會消毒的聖戰：創造一個「無菸環境」；審查一切事物，從色情到「仇恨言論」；卻在大多數人覺得需要有倫理準則的時候，很自我矛盾地選擇了個人自由。當人們阻礙他們的提案時，在他們中上層階級慈善的笑臉底下，總會不自覺地流露出惡毒的恨意。對立讓人道主義者忘記了他們努力維護的自由主義美德。他們變得愛使性子、自以為是、心胸狹隘。在激烈的政治論戰裡，他們難掩對於那些拒絕看到光的人們的鄙夷，用政治正確的自我陶醉的術語來說，就是那些「冥頑不靈」的人。

新的菁英分子既傲慢又缺乏自信，尤其是知識工作階級，他們對於群眾既不屑又害怕。在美國，「中美洲」（既是地理名詞也有某種社會含蘊）象徵著任何阻礙進步的東西：「家庭價值」、無知的愛國主義、宗教的基要主義、種族主義、恐同症、對於女性的落伍觀念。在擁有知識的廠商眼裡，中美洲人是無可救藥的卑鄙、古板、褊狹，對於品味或知識潮流的變化一無所知，著迷於不值得看的羅曼史和冒險小說，成天守著電視機而頭腦不清。他們既愚蠢又有點危險，不是因爲他們想要顚覆世界秩序，反而是因爲他們非理性地護衛它，甚至到了宗教式的狂熱，它表現在對於性愛的壓抑，間或爆發對於女性和男同志的暴力，也表現爲一種愛國主義，助長了帝國主義的戰爭以及充滿侵略性的男性民族倫理。

兩個社會的世界

近代歷史的整個發展並不利於社會差別的齊一化，反而逐漸走向兩個階級的社會，於其中，少數特權階級壟斷了金融、教育和權力的優勢。當然，不可否認的，近代的舒適生活比工業革命以前要普及得多。奧德嘉談到的「歷史階層的提升」，指的就是這種舒適生活的民主化。和許多人一樣，近代的分工、奢侈品的轉變爲必需品，以及以前只有有錢人才能享有的舒適和便利水準的大眾化，它們所創造的前所未聞的富裕，讓奧德嘉非常震撼。這些事實（近代化的物質成果）是不容置疑的。然而在我們的時代裡，富裕的民主化（期望每一代都能夠享有前人未能及的生活水準）卻導致一種翻轉，古老的不平等開始復辟，有時候以駭人的速度，時而則緩慢得讓人習焉而不察。

城市化生活的悲慘世界

全球性的貧富懸殊差異，是這種歷史翻轉最明顯的例證，它醒目到我們幾乎不必檢視那些關於日漸擴大的不平等的證據。在拉丁美洲、非洲以及大部分的亞洲地區，人口的急遽成長，加上農業人口因爲農業的商業化而被取代，使得市民生活面臨前所未有的重擔。大型的都市聚落（它們很難被稱爲城市）成型，充斥著貧窮、不幸、疾病和絕望。保羅．甘迺迪（Paul Kennedy）預估，到了二〇二五年，會有二十個「大城市」的人口高於一千一百萬。墨西哥市在二〇〇〇年時的人口就已經超過兩千四百萬，聖保羅有兩千三百萬人，加爾各答有一千六百萬人，孟買則有一千五百五十萬人。我們不難預見它們所導致的住宅供給、衛生、交通運輸以及其他城市設施的沉重負擔，但是我們再怎麼悲觀，都無法想像他們接下來可能面臨的地獄般的處境。即使是現在，人們對於每天被媒體消費的髒亂和饑荒的駭人景象的唯一反應，與其說是義憤塡膺，不如說是無助的冷漠。

隨著在這些擁擠的城市裡的市民生活持續地瓦解，不只是窮人，甚至中產階級都會經驗到幾年前想像不到的處境：在所有所謂開發中國家裡的中產階級，其生活水準預期會下降。在諸如祕魯那樣曾經有機會發展出議會體制的富裕國家裡，基於一切現實的目的，中產階級已經銷聲匿跡。正如米德（Walter Russell Mead）在研究美國帝國的沒落的《末路餘暉》（*Mortal Splendor*）裡提醒我們的，中產階級不會「沒由來地出現」。他們的權力和規模「取決於國內經濟的整體財富」，據此，在某些國家裡，「財富集中在一小撮寡頭手裡，而其他人民則一貧如洗，中產階級的數量就會很有限……他們始終無法擺脫作爲寡頭政治的僕人階級的原始角色」。惜哉有越來越多的國家符合如此的描繪，他們過早遇到經濟發展的瓶頸，在那些國家裡，「他們自己國家的產業有越來越多的股權落到外國投資者或債權人手裡」。即使是在工業世界裡，如此的災難也會臨到不幸的國家，包括美國。

中產階級瀕臨消失

在對於我們的前景的審愼分析裡，我們要強調的正是中產階級的危險，而不只是持續擴大的貧富差距。即使是在日本（過去二、三十年來工業化的成功典範），一九八七年的一次民意調查也顯示，他們漸漸相信國內已經沒有中產階級，老百姓再也無法分享不動產、金融和工業生產所累積的大量財富。

美國階層結構的變化，有時候很誇張地反映了整個工業世界都在發生的變化。收入結構前百分之二十的人們控制了半數的國家財富。二十年來，只有他們的家庭淨所得才有提高。光是在雷根政府執政的短短幾年裡，他們的收入的全國佔比，就從四十一·六%提高到四十四%。中產階級一般被定義爲年收入一萬五千美元到五萬美元，他們的人口佔比從一九七〇年的六十五%下降到五十八%。這些數據只是很片面而不完整地告訴我們，在很短的時間裡發生的重大變化。失業率的持續攀升，現在波及到白領階級而更加顯著。「歐陸的勞動力」的提高也是如此。自一九八〇年來，約聘工作數量已經成長了一倍，現在佔所有工作的四分之一。約聘工作的大量成長，無疑解釋了爲什麼有退休計畫保險的勞工人數，在一九五〇年到一九八〇年間，從二十二%提高到四十五%，而在一九八六年卻滑落到四十二·六%。它也有助於解釋爲什麼工會會員的減少，以及工會影響力的持續冰銷瓦解。而這些發展在在反映了製造業工作機會的降低，漸漸轉向以資訊業和服務業爲基礎的經濟。

在一九七三年，一個高中畢業生的平均年所得是三萬兩千美元。到了一九八七年，一個高中畢業生，如果他幸運地找到穩定的工作，其年所得則大概會少於兩萬八千美元，減少了十二%。高中肄業生在一九七三年的年所得平均差不多有兩萬美元，到了一九八七年，數字掉了十五%，來到一萬六千美元的新低。即使是大學畢業生，也不再保證生活闊綽：在同期間，大學畢業生的平均年所得只從四萬九千五百美元增加到五萬美元。

現在，要生活富裕（對於許多美國人而言，或許只是圖個溫飽），則需要婦女投入勞力市場以補貼收入。知識工作和管理階層所享有的成就（他們佔所得結構的前二十％），大部分來自很庸俗的門當戶對的婚姻模式：男性傾向於和所得大致相當的女性結婚。以前，醫生和護士結婚，律師和行政官則娶他們的祕書。現在中上層階級男性的結婚對象，則傾向於挑選和自己相同階級、產業或專業的女性，並且要有助於他們自己的事業。「如果一個年所得六萬美元的律師娶了另一個年所得六萬美元的律師，」考斯在《平等的終點》裡問說：「而年所得兩萬美元的雇員娶一個年所得兩萬美元的雇員，那會怎麼樣呢？他們的所得會突然變成十二萬美元和四萬美元的差距，」而且，「儘管因爲婦女的低平均工資而在所得統計裡看不出該傾向，但是每個人，包括專家們，都很明白，諸如此類的事情正在發生。」我們也可以輕鬆解釋女性主義對於知識工作和管理階層的魅力。女性的事業野心是她們富裕、耀眼、俗麗或奢華的生活方式的必要基礎。

新階級

中上層階級，新知識工作者和管理菁英的核心，對於他們的定義，除了快速成長的所得以外，與其說是根據意識型態，不如說是一種把他們和其他民眾區隔開來（而且越來越涇渭分明）的生活方式。即使是該階級的女性主義（亦即對於雙薪家庭的熱中），也是現實的必要性多過政治的信念。許多人試圖界定由冷酷無情地推動自由派改革計畫的官員和決策者組成的「新階級」，卻忽略了知識工作者和管理菁英在政治意見方面的差距範圍。這些團體構成一個階級，只是因爲他們的生計並不依賴於擁有不動產，而在於資訊和知識專業的操縱。他們會投資在教育和資訊上，而不是不動產，因而有別於富有的中產階級（其崛起是資本主義的早期特性），也有別於古老的有產階級（嚴格意義下的中產階級，曾經構成大部分的人口）。

既然他們包含著各式各樣的職業，經紀人、銀行家、房地產仲介和開發業者、工程師、各類顧問、系統分析師、科學家、醫師、政論家、出版商、編輯、廣告代理商、藝術總監、電影製片、演藝人員、記者、電視製作人，以及導演、藝術家、作家、大學教授，而且既然他們沒有一個共同的政治觀點，我們也就不宜把管理階層和知識工作菁英歸類爲新的統治階級。古德納（Alvin Gouldner）（譯注❷）在對於「新階級」鞭辟入裡的解剖當中，從他們的「文化批評論述」裡找到共同的元素，但是即使這個說法捕捉到現

譯注❷：古德納（Alvin Gouldner, 1920-1980），美國社會學家。

在上流圈裡流行的俗世和分析性的態度的基本性質，他仍然誇大了新菁英文化裡的知識成分，以及他們對於生活的理性化的興趣，正如他也刻意忽略他們對於資本主義市場的熱中以及利令智昏的性格。

有個更顯著的事實指出，現在新階級的工作市場其實是國際性的。他們的財富和跨國企業綁在一起。他們和整個系統的順暢運作的關係，甚於和系統的各部分的關係。他們的忠誠（如果該詞在此不算不合時宜的話）是國際性的，而不是區域性的、國家性的或本土性的。在布魯塞爾或香港的同儕和他們的共同處，甚於那些沒有被投入全球傳播網路的美國大眾。

萊奇的「符號分析師」

萊奇（Robert Reich）（譯注❸）的「符號分析師」（symbolic analysts）的範疇，撇開它在語法學的不一致不談，倒是對於新階級的一個實用的、符合經驗而頗爲含蓄的描繪。就像萊奇所說的，有些人活在抽象概念和符號的世界裡，這些抽象概念和符號包含

譯注❸：萊奇（Robert Reich, 1946-），美國政治評論者，曾在柯林頓政府擔任勞工部長。

了從股市行情表到好萊塢和麥迪遜大道所生產的視覺意象，而他們的專長即在詮釋和部署那些符號訊息。萊奇把他們對比於另外兩個主要的勞動範疇：「例行性生產的工作者」（routine production workers），他們執行重複性的任務，控制生產的設計；以及「服務業者」（in-person servers），他們大部分也有例行性工作，但是必須「面對面的服務」，因此無法「銷售全球」。如果我們撇開這些範疇非常粗略而必然不精確的性格，其實它們很貼近日常生活的觀察，關於美國社會的就業結構乃至於階級結構，也可以給我們一個相當充分的印象，因為在財富和社會地位方面，「符號分析師」明顯提升，而佔了八十％人口的其他範疇則在沒落當中。

除了不精確以外，萊奇對於「符號分析師」極盡諂媚之能事的描繪，也招致另一個更嚴厲的非難。在他的眼裡，他們代表了美國人最好也最有希望的生活。他們就學於「菁英私立學校」以及「高級郊區學校，研習各種高級課程」，享有溺愛他們的父母所能提供的一切優勢。

他們的老師和教授體貼照顧到他們在學院裡的需求。他們擁有最好的科學實驗室、互動式電腦、教室閉路電視系統、語言實驗室，以及高科技的學校圖書館。他們的班級人數比較少；同儕們多能在知識上彼此激勵。他們的父母帶他們去博物館，參加各種文化活動，到國外旅行，讓他們學音樂。在家裡，則有教學書籍、教學玩具、教學影片、顯微鏡、望遠鏡，以及安裝了最新的教學軟體的電腦。

享有特權的年輕人在「世界頂尖學府」得到高等學位，那些學校吸引無數外國學生去就讀，足以證明它們的優秀。萊奇認爲，在這個世界性的氛圍裡，他們摒棄了那些阻礙創造性思考的褊狹習性。他們懷著「懷疑主義、好奇心和創意」，成爲解決問題的能手，勇於面對任何挑戰。不同於從事麻痺心智的機械性工作的人們，他們喜歡能夠終身學習和不斷實驗的工作。

不同於舊時敝帚自珍的知識分子，新的腦力工作者（各個領域裡高品質「洞見」的生產者，從行銷、財務到藝術和娛樂事業）則善於團隊合作。他們的「協調能力」促進了「系統思考」：就他們的整體去看問題、吸收集體實驗的成果以及「分辨格局更大的原因、影響和關係」的能力。由於他們的工作非常倚賴「網路連結」，於是和同儕們一起定居在「專業化的地理區域」。這些高級社區，劍橋、矽谷、好萊塢，成爲藝術、科技和廣告業的「活力驚人」的中心。萊奇讚嘆說，它們是知識成就的縮影，彼此交流「見解」、「資訊」和專業閒談的美好生活。知識生產者的地理集中一旦到了臨界數量，就會提供市場給那些迎合其需求的「服務業者」的新興階級。

好萊塢吸引了無數的發聲訓練師、擊劍訓練師、舞蹈老師、演員的經紀人，以及攝影、音效和燈光器材的供應商，那並不是偶然的。我們在鄰近也可以看到許多大飯店，裡頭有很好的氣氛，讓製片覓求導演，導演覓求編劇，而好萊塢的每個人都在覓求每個其他的人。

人人都可以成爲「創意工作者」階級，最能符合萊奇的民主社會理想，但是既然該目標是無法企及的，那麼退而求其次，或許是由「符號分析師」和他們的跟班組成的社會。那些跟班滿腦子明星夢，卻又心甘情願地活在明星的陰影底下待價而沽，在記號上同義於他們的前輩，不斷地競逐有銷路的才能，正如萊奇所說的，那種才能唯有求歡的儀式方可媲美。或許有人會酸溜溜地說，權力的各種循環（財務、政府、藝術、娛樂）是重疊的，而且漸漸可以互換。萊奇把好萊塢當作匯集了「創意工作者」的「活力驚人」的社群的典範，其實有很深的涵義。華盛頓變成對於好萊塢的東施效顰；官員上廣播節目，突然像是要搞政治運動似的；電影明星變成政治權威專家，甚至當上總統；現實和對於現實的擬態越來越難以分辨。裴洛（Ross Perot）以「賴瑞金脫口秀」當作競選總統的起點。好萊塢的明星在柯林頓的競選陣營裡呼風喚雨，群集在柯林頓的就職演說，爲它挹注如好萊塢首映場一般的魅力。電視主播和主持人也變成明星；娛樂世界裡的名人也加入社會批判。拳王泰森（Mike Tyson）因強暴罪服刑六年，他在印地安納獄中發表了三頁的公開信，譴責總統把司法部民權司助理檢察長被提名人拉妮·桂尼爾（Lani Guinier）「釘死在十字架上」。曾領取羅茲獎學金的明星學者萊奇，號稱是「抽象、系統思維、實驗和團隊合作」的新世界的先知，以不合宜的身分，成爲柯林頓的勞工部長，換言之，是在一個由「符號分析師」和「服務業者」組成的社會裡，負責管理那種沒有未來（根據他自己的說法）的工作範疇（例行性生產）的行政官員。

只有在一個語詞和意象漸漸遠離所描繪的事物的世界裡，像萊奇這種人才能夠不覺得諷刺地自稱爲勞工部長，卻又歌頌由最好和最聰明的人統治的社會。上次「最好和最聰明的人」控制了美國，他們就讓它掉到漫長而士氣崩潰的東南亞戰爭裡，而至今美國仍然沒有恢復元氣。但是萊奇似乎相信，「神童」（Whiz Kids）的新世代可以改善步履蹣跚的美國經濟，正如麥克納瑪拉（Robert McNamara）（譯注❹）的世代無法搞好美國外交：藉著整個智囊團恢復美國的世界領導地位，美國在二次世界大戰後曾經短暫擁有

譯注❹：麥克納瑪拉（Robert McNamara, 1916-），曾任美國國防部長（1961-68）及世銀總裁（1968-81）。

它，因爲「最好和最聰明的人」天生的傲慢（如參議員傅爾布萊特〔William Fulbright〕所說的）而非愚蠢才失去了它。

功績主義的抬頭

這種傲慢不應該和貴族階級典型的驕傲混爲一談，後者是奠基於家世的血統和維護其光榮的義務。和那些價值緊緊相繫的勇氣、騎士精神，或是高雅而浪漫的愛情，在「最好和最聰明的人」的世界觀裡，都沒有任何地位。功績主義（meritocracy）（譯注❺）不需要騎士精神或勇氣，正如世襲的貴族不需要大腦。儘管繼承權的優勢在知識工作者和管理階級的成就裡也扮演重要的角色，但是新階級卻必須堅持其權力「僅僅奠基於知識」的虛構謊言。因此，他們既不知道要愼終追遠，也不覺得有克紹箕裘的義務。他們自詡爲白手起家的菁英，而他們的聲譽都是自己奮鬥得到的。即使是「知識圈」（republic of letters）的概念（它可能會吸引許多接受高等教育的菁英），也幾乎不在他們的座

譯注❺：功績主義（meritocracy），一種管理系統，人才的任用以功績（merit）和能力為依據，而不以財富、家族、階級、親信為依據。該名詞為麥克．楊首創。

標系統裡。功績主義的菁英們很難想像一個擴及於過去和未來、並且由薪傳義務的認知所構成的社群（即使是一個知識社群）。萊奇所謂的「區域」和「網路」，和傳統意義下的社群大相逕庭。在那樣的區域或網路裡，過客充斥，因而缺少一種連續性，那種連續性是衍生自對於土地的感覺，或是有自覺地培養且世代相傳的行爲標準。「最好和最聰明的人」的「社群」是一個現代人的社群，意味著其成員認爲自己永遠年輕，因而可以站在潮流的尖端。

奧德嘉及其他批評者把大眾文化描繪成「極端的忘恩負義」和對於無限可能性的確定信念的結合體。根據奧德嘉的說法，「群眾人」把文明的裨益視爲當然，「頤指氣使，彷彿那是他們的自然權利」。他們繼承了前人遺惠，卻頑梗不化，數典忘祖。儘管他們享有「在歷史階層的提升」的種種好處，卻不覺得對他們的祖先或子孫有任何義務。他們不承認任何權威，我行我素，彷彿他們是「自己存在的主人」。他們「對於歷史置若罔聞」，因而認爲現在比以前的文明要優越許多，卻忘了現代的文明本身是數百年來歷史發展的結果，而不是某個無視於過去而發現進步祕密的時代的獨特成就。

其實，更正確地說，這些心態和功績主義的抬頭有關，而不是「群眾的反叛」。奧德嘉自己也承認，「群眾人的原型」是「科學人」，「技術人員」、專家、「有學識的無知者」（learned ignoramus），他們對於「自己的宇宙一隅」的嫻熟，正如他們對於其他地方的無知。但是整個歷程並不是如奧德嘉的理論所暗示的那樣，由專家取代舊式的學者；而是源自功績主義自身的固有結構。功績主義是對於民主的東施效顰。對於能把握機會的人們而言，它至少在理論上是一條終南捷徑，但是，正如托尼在《論平等》（*Equality*）裡所說的，「成功的機會不能取代文明工具的普及」，每個人都需要「尊嚴和文化」，無論「他們是否出人頭地」。社會的流動性並不會損及菁英的影響；它反而會支持菁英「只以功績論英雄」的幻象，因而讓他們的影響更加一致。它只會加強菁英無所不用其極的可能性，正因為他們不認為對於前人或他們聲稱領導的社群有什麼義務。功績主義的菁英的孤恩負德使他們喪失了領導權，而且無論如何，他們並不那麼關心領導權，而只想獨善其身（那正是功績主義的定義）。

麥克·楊（Michael Young）的《功績主義的興起》（*The Rise of Meritocracy*, 1870-2033），一部以托尼、柯爾（G. D. H. Cole）（譯注❻）、歐威爾（George Orwell）、湯普森（E. P. Thompson）（譯注❼），和威廉斯（Raymond Williams）的傳統風格寫成的作品，裡頭的反烏托邦觀點嚴謹地揭露了功績主義的內在邏輯。他的敘事者，二〇三〇年代的一

譯注❻：柯爾（G. D. H. Cole, 1889-1959），英國政論家、經濟學家、偵探小說作家。

譯注❼：湯普森（E. P. Thompson, 1924-1993），英國社會學家、和平運動者。

個歷史學家，歌功頌德地記載自一八七〇年以來，一百五十年的「根本改變」：「階級之間」的知識的重新分配。「漸漸的，世襲的貴族政治變成人才的貴族政治」。由於產業採納智力測驗，放棄資歷的原則，而學校的影響也取代了家庭，「有才能者才有機會晉身於和他們的能力相稱的階層，而能力比較差的也就只能待在下層階級」。在改變的同時，人們漸漸承認，經濟的成長是社會組織的「首要目標」，而且應該只以生產的成果多寡去評斷人們。根據他的說法，功績主義奠基於由生產的衝動所驅使的流動性經濟。

但是承認功績主義比世襲制度有效率，並不足以推論或證成一種「經濟所需要的大規模的心理變化」。麥克·楊的敘事者說：「如果沒有新的宗教的挹注（而那個宗教就是社會主義）……世襲原則就絕對不會被推翻。」社會主義者是進步的助產士，他們鼓吹大規模的生產，批評家庭是貪婪的個人主義的溫床，尤其是嘲諷世襲的特權以及「時下的成功判準」（「重要的不是你知道什麼，而是你是誰。」），因而促成了功績主義最終的勝利。「相較於薪資所得的不平等，重要的社會主義者對於不勞而獲的不平等的批判要嚴厲得多，尤其是繼承父親的財富的有錢人。」在麥克·楊的世界裡，只有一小撮意氣用事的平等主義者會指摘不平等本身，「多數則倡言『勞動的尊嚴』，彷彿勞心者和勞力者有相同的價值。」那些意氣用事者也執著一種幻想，認爲公立學校的體系倡導

「大眾文化」，因而是民主社會的重要元素。所幸他們「對於大多數人的可塑性過度樂觀的信念」經不起經驗的檢證，正如莎克羅斯爵士（Sir Hartley Shawcross）（譯注❽）在一九五六年所說的：「我不知道有哪一個有能力把孩子送到公立學校（在美國則會被稱爲私立學校）的工黨黨員沒有這麼做的。」在面對一個「再也不必把聰明小孩和笨小孩混在一起」的教育體系的實際好處時，對於平等的純理論性信念也會瓦解。

麥克．楊對於大不列顛的戰後趨勢的想像性預測，和美國的趨勢有頗多類似的地方，美國看起來很民主的菁英招募體系，結果是一點也不民主：社會階級的隔離、對於勞力者的鄙視、公立學校的瓦解、大眾文化的失敗。正如麥克．楊所說的，功績主義更能保障菁英的特權（現在被視爲勤奮和腦力的正當報酬），而抹煞了和他們對立的勞工階級。麥克．楊筆下的歷史學家說：「打敗對手的最好辦法，就是趁著下層階級的孩子年輕的時候把他們搶過來而且教育他們。」二十世紀的教育改革「讓聰明的孩子可以脫離下層階級……然後進入他有資格晉身的更高階級。」而落在後頭的人，知道「他們原本很有機會」，因此對於他們的命運也沒什麼好抱怨的。「人類歷史頭一遭，低下的人

譯注❽：莎克羅斯爵士（Sir Hartley Shawcross, 1902-2003），英國律師和政客，曾參與紐倫堡大審。

找不到給自尊的現成倚靠。」

因此，我們不會驚訝功績主義也會非常在意「自尊」。新的治療（有時候統稱爲「痊癒運動」〔recovery movement〕）試圖對治那些沒有爬上教育梯子的人們心裡壓抑的挫折感，卻不去理會菁英招募的既存結構（就學資格的取得）。既然挫折感似乎不再有任何理性的基礎，於是需要治療的照顧。治療師言不由衷地說，無法上大學的人、無家可歸者、失業者，以及其他失敗者，都不是他們自己的錯：他們手裡的牌被做掉了，評量學術成就的測驗有文化上的偏差，結果學術成就變成世襲式的，因爲中上層階級的父母親給與孩子們種種累積的優勢，讓他們捷足先登。如麥克．楊所說的，左派（正如他們的右派對手）最喜歡攻擊繼承的特權。他們忽略了對於功績主義眞正的反對理由（它榨乾了下層階級的才能，剝奪了他們的領導能力），老是在爭論教育是否實現了促進社會流動的承諾。他們似乎暗示說，如果教育做到了，那麼人們就沒有任何抱怨的理由了。

新階級不知義務為何物

原來，第一流的人才（看起來是個很吸引人的理想，似乎可以區分民主和以世襲特權爲基礎的社會）是個矛盾的語詞：有才能者保留了上流階級的缺點，而沒有它的美德。他們的趨炎附勢使得他們不認爲少數既得利益者和大眾之間應該有什麼相互的義務。儘管他們很「憐憫」窮人，但是和「位高任重」的理論沾不上邊，因爲後者蘊含著願意身體力行去從事公益活動。義務和其他東西一樣，都已經人格解體了；經由國家機構的執行，義務的負擔並沒有落在知識工作者和管理階級，而不成比例地落在中下層階級和勞工階級身上。新階級的自由主義者爲了受虐者和被壓迫者提出的許多政策（例如在公立學校裡的種族融合）總是得犧牲和窮人一起住在市中心的少數族裔，很少會犧牲設計和支持那些政策的郊區自由主義者。

值得警惕的是，特權階級（寬鬆的說，是前百分之二十的人）不僅獨立於瀕臨解體的工業城市，甚至獨立於一切公務機關。他們把孩子送到私立學校，投保由公司資助的醫療險，雇用私人隨扈，以防範日益頻繁的暴力事件。他們其實已經完全脫離公共生活。不只是因爲他們覺得沒有必要付錢給他們不再需要的公務機關，他們裡頭有許多人甚至不再認爲自己是美國人，也和美國的盛衰沒有什麼牽扯。他們和工作以及休閒（商業、娛樂、資訊以及「資訊檢索」）的跨國文化的關係，讓他們對於美國的沒落漠不關心。在洛杉磯，商業和知識工作階級把他們的城市視爲環太平洋區域的「入口」。用太平洋銀行的經濟學家湯姆．理瑟（Tom Lieser）的話說，即使美國的其他地方瀕臨解體，西岸「無論如何都不會停止成長」。「這裡是個奇想國度，沒有任何東西可以阻止它。」商業書作家克特金（Joel Kotkin），在一九七〇年代中期搬到洛杉磯，立即成爲該城市的主要擁護者，他也同意說，太平洋沿岸的經濟可以豁免於「大西洋世界的大恐慌」。加州近來的噩運並不怎麼損害到這種樂觀主義。

新階級也沒有忠誠可言

在無國界的全球經濟裡，金錢和國家不再有任何關係。大衛．瑞夫（David Rieff）（譯注❾）在洛杉磯待了幾個月，爲他的新書《洛杉磯：第三世界的首都》（*Los Angeles: Capital of the Third World*）蒐集資料，他說：「一個禮拜裡至少有兩、三次……我就聽到有人說他們的未來『屬於環太平洋區域』。」瑞夫說，金錢和人口穿梭於國界之間的流動，已經蛻變爲「場所的整個觀念」。洛杉磯的上流階級覺得日本、新加坡、韓國的對手和他們的血緣關係，比他們自己大部分的同胞還親密。

譯注❾：大衛．瑞夫（David Rieff, 1952），美國作家和政論家，為菲利普．瑞夫和蘇珊．桑塔格之子。

全世界都有同樣的趨勢。在歐洲，統一公投揭露了政治階級和社會底層的人民既深且廣的鴻溝，他們擔心歐洲經濟共同體會被那些沒有國家認同或忠誠可言的官僚和技術專家所操控。在他們眼裡，一個由布魯塞爾所統治的歐洲會漸漸脫離人民的掌控。金錢的國際語言會比地區的方言說得更大聲。這種恐懼支持了歐洲民族的特殊主義的復辟，儘管國家和民族的沒落使得唯一有能力抑制民族的對立的權威更加衰弱。而部落意識（tribalism）的復甦卻讓菁英分子們以世界主義（cosmopolitanism）反制他們。

奇怪的是，儘管萊奇讚嘆「符號分析師」的新階級，他卻對「世界主義的黑暗面」提出最鞭辟入裡的解釋。他提醒我們，如果人們沒有了對國家的情感，也就比較不會去犧牲奉獻或是爲他們的行爲負責。「因爲我們和別人分享共同的歷史……共同的文化……共同的命運……我們才會覺得對他們有責任。」企業集團的去國家化（denationalization）容易製造一個世界主義的階級，他們認爲自己是「世界公民，但是不接受……一個國家組織所蘊含的任何公民責任。」但是少數的既得利益者的世界主義，因爲對於公民的實踐的無知，結果變成了一種極端形式的地域主義（parochialism）。新的菁英不支持公務機關，而把他們的錢投注到改善自己的封閉圈地。他們樂於砸錢在郊區的私立學校、私人保全、私人的垃圾清理系統，卻千方百計地逃避對於國庫的奉獻責任。他們對於公民責任的認知不會超過他們自己的生活社區。萊奇所說的「符號分析師的次世代」

是突破時空限制的「菁英反叛」尤其顯著的例子。

二十世紀國家的式微

二十世紀後期的世界眞是夠光怪陸離的了。一方面，經由市場的力量，它完成了前所未有的統一。資本和勞力自由流動於那些越來越虛假而沒有強執力的政治邊界。大眾文化也緊跟在後。另一方面，部落性的忠誠要求也很少如此氣燄囂張。宗教的和族群的戰爭層出不窮，在印度和斯里蘭卡、在非洲的許多地區、在以前的蘇聯以及南斯拉夫。

在那些發展底下，也就是統一和分裂的兩種似乎對立的趨勢，國家逐漸式微。國家再也無法控制族群的衝突，卻同樣無法控制全球化的趨勢。在意識型態上，民族主義遭到兩方面的攻擊：民族和種族的特殊主義，以及那些主張說和平的唯一希望是把一切事物給國際化的人們，從度量衡到藝術家的想像。

國家的沒落和中產階級的全球性沒落有很密切的關係。自十六、七世紀以來，國家的財富和商人以及工匠階級的財富緊緊相繫。現代國家的建立者，無論是諸如路易十四之類的王室，或是像華盛頓和拉法葉那樣的共和主義者，在對抗封建貴族時，都曾尋求該階級的奧援。民族主義的主要訴求，即在於國家要有能力在其領域裡建立一個共同市場，以執行一致的司法系統，讓小資產階級和富商巨賈都能擁有公民權利，並且排除舊政權的力量。中產階級可想而知是社會裡最愛國的成員，更不用說是沙文主義或軍國主義了。但是中產階級的民族主義這個角色儘管不很起眼，卻不能抹滅它在高度發展的地域觀念形式以及對於歷史傳承的尊重方面的積極貢獻，那是中產階級的情感指標，而就在中產階級文化普遍沒落之際，我們看得更清楚。無論中產階級的民族主義有什麼過錯，它終究提供了一個共同的基礎、共同的標準、共同的座標，沒有了那樣的基礎，社會將瓦解成紛爭不斷的黨派，正如美國開國先賢所憂心的，變成每個人對每個人的戰爭。

第三章

應許之地的機會：社會流動或競爭力的民主化？

新的管理階層和知識工作的菁英，基於底下我會闡釋的理由，非常熱中於社會流動（social mobility）的觀念，那是他們所能理解的平等。他們寧願相信，美國人總是有向上流動的平等機會，他們也相信，每個人都有「社會流動的機會」，那正如洛伊·華納（Lloyd Warner）在一九五三年所說的，是在編織「美國夢」。但是我們仔細回顧歷史就會看到，美國生活的應許，唯有在對於機會滿懷希望的詮釋逐漸黯淡的時候，才會被等同於社會流動，而社會流動的概念反而體現了晚近對於「美國夢」的傷逝，到了我們的時代，社會流動的宰制只見證了夢的蕭索，而不是它的實現。

社會流動的概念成為流行口號

如果社會流動如華納所說的，是美國人一直相信的東西，那麼爲什麼這個語詞直到最近才開始流行呢？在華納提出該說法的五年前，《生活》雜誌的編輯在一篇以華納對於社會階級化的研究爲基礎的報導裡，對於社會流動仍然頗有疑問，彷彿提及的是一個大眾很陌生的藝術術語。（注❶）這個新詞只是學院術語的舊瓶新裝嗎？只是我們習以爲常的「經濟機會的理想」的虛僞新說法嗎？

無論是該語詞本身或是它出現的時機，我們都不能輕易忽視其重要意義。它在大蕭條之後成爲日常用語，正當人們再也不能忽視美國社會的階級結構的時候。它同時傳達了憂慮和鼓勵。一方面，它證實了階級區分的現實性，「每個美國人都知道卻經常忘記」的東西，正如《生活》雜誌的編輯所解釋的。另一方面，它也堅持一個希望，相信階級的障礙並非無法踰越的。用《生活》的話說，「社會『流動』的現象」（歷經社會各階層而快速向上流動的機會），是美國民主的顯著特徵，也是舉世聞名而被人們欣羨的。華納對編輯說，社會流動是階級分明的世界的「救恩」。他以這段鼓舞人心的話結束訪談，否則那訪談會充滿著他在其作品裡的預感。

教育支持機會的平等？

正如編輯所說的，他的研究顯示，向上流動的古老「渠道」可能正在「乾涸」。取代那些渠道的，是更高的教育，而不是事業心的最有效率或平等的「輸送帶」。華納在他處則說，教育「不只是終南捷徑，甚至是唯一的成功道路」。當然，那是只有少數人才能夠希望去走的路。的確，教育體系似乎經常澆熄勞工階級的渴望，而不是滋養或回報那些渴望。華納也承認，「我們有些人相信，既然就業的管道不再像以前那樣自由，教育正好可以替代之，」但是這些「觀察的結果」卻沒有給與我們「明確的鼓勵」。再者，大部分美國人持續相信存在著機會的平等，即使社會研究並不一定支持那樣的信念。正如華納所說的，「夢」似乎有自己的生命；它變成了必要的幻想，它的持續存在讓人們和不平等妥協，並且緩和了平等主義的意識型態和現代工業所需要的階級性分工之間的衝突。華納說，當「勞工一般都相信，只要眞的有心嘗試，……而且有必要的腦筋和才能，總是會有機會的，」他們「對於現存體系的信仰」就會撐過每天的各種失望。那是一件好事，他的分析似乎蘊含著，勞工很少讀社會學，那種東西可能會讓他們懷疑自己的信仰。（注❷）

這樣的想法讓華納以及《生活》雜誌的社長亨利．路斯（Henry Luce）讚許大眾對於向上流動的信念，卻也讓左派的作家大肆抨擊那種信念。華納指出，那些不再相信流動的勞工，只會「怪罪體系」，而不知道反躬自省。而美國的左派人士認爲，正因爲他們無法怪罪體系，才使得工人階級的基進主義的歷史發展受挫。勞工被白手起家的神話給洗腦，經常爲了個人成就的幻夢而犧牲了團結。尤其甚者，他們把成就的挫敗視爲對於他們的缺乏企圖心或不夠聰明的道德責難。關於這些持續存在的態度的研究，尤其是貝克（E. Wight Bakke）關於大蕭條時期失業勞工的調查、林德（Lynd）在《轉型中的中產鎭》（*Middletown in Transition*）裡關於印地安那州蒙希市（Muncie）的研究，以及奇諾伊（Ely Chinoy）（譯注❶）著名的《汽車工人和美國夢》（*Automobile Workers and the*

American Dream），雖然它們的許多觀點都保持中立，卻在左派陣營擁有經典的地位，因爲，正如奇諾伊所說的，它們似乎在控訴說，「機會和成就」的「人民福音」是美國勞工的「錯誤意識」（false consciousness）的主要來源。（注❸）

垂直流動的夢想

根據奇諾伊的說法，勞工藉以和他們的低下地位妥協的「罪惡感以及妄自菲薄」，使得他們除了追求個人成就以外就沒有更務實的目標了：工作的保障和安全、「一般性的薪資調漲」，以及「更豐富的休閒活動」。對於更左傾的時事評論家而言，勞工運動無法正面攻擊不平等的問題，正好透露了自掃門前雪的意識型態的持續影響。但是他們也都同意一個核心命題：美國夢始終被等同於「垂直流動的機會」，用奇諾伊的話說，也就是「一個普遍被肯定的傳統……相信有才能和野心的人總會有好機會，無論他們的出身如何。」（注❹）

機會的意義是否至今始終不曾改變，這個假設需要歷史的檢證。然而大部分的歷史

譯注❶：奇諾伊（Ely Chinoy, 1922-1975），美國勞工社會學教授。

學家都僅僅著眼於流動率長期以來是否有所增減的問題。他們其實可以把概念本身的問題交由歷史去分析。就像「現代化」、「階層化」、「地位焦慮」以及歷史學家其他疊床架屋而含混不清的觀念一樣，如果我們要去理解「社會流動」的概念所導致的問題，或是以概念更清晰的方式去重新表述它，那麼我們就得先知道它的歷史。大部分的歷史學家害怕社會科學的體制權威，因而僅僅滿足於有樣學樣。於是，關於階層化的歷史研究，也總是傾向於加強那未經檢證的假設，認爲在美國，機會一直被等同於社會流動。

一場謊言

卡爾·西拉庫薩（Carl Siracusa）在《一個機械似的民族》（*A Mechanical People*）裡研究十九世紀關於工業主義及其對經濟機會的影響的種種認知，他的研究顯示，即使是歷史學界最苦心孤詣的作品，也會被那個假設給污染。就像其他難免受左派政治文化影響的歷史學家一樣，西拉庫薩想知道爲什麼美國人不願意承認已經產生了一個永遠無法翻身的受薪勞工階級，爲什麼他們執著於「體面的工作者的形象」，並且把「白手起家」（Horatio Algerism）（譯注❷）當作他們的民族信條。畢竟，到了一八五〇年，「向上流動的機會」就已經快速衰退，即使「以現代的眼光來看，當時的社會流動率仍然很高」，而產業性貧困的增加，也應該已經破除那相信有不少薪水階級可以努力攀著社會階梯而獲致財富和聲望的錯覺。這種一廂情願的想法是固執的「美麗的謊言」，它堅持相信那「難以置信的東西」，讓西拉庫薩覺得那是個「難題」或「奧祕」，如果可以解釋它的話，也只能說那是「對不可知者的畏懼」，並且傾向於以工業主義的物質好處去評斷它，甚至於說美國需要一個信仰，相信它可以豁免於像其他國家那樣的命運。對於機會平等的信仰（西拉庫薩認爲機會的平等就是向上的流動）代表著「社會的無知的大瘟疫」，是「大眾的缺乏社會意識和想像」。

十九世紀的美國勞工和歐洲勞工

根據西拉庫薩的說法，美國人執著於一個完全不切實際的社會觀念，認爲社會是一個階梯，每個有能力和野心的人都可以希望往上爬，儘管顯然在上面的人早就把後頭的梯子給抽掉了。但是這個幻想仍然無法把握十九世紀的社會思想的全貌。當羅伯·藍圖

譯注❷：何瑞修·艾吉爾（Horatio Alger, 1832-99），美國作家，筆下歌頌白手起家、積極進取的年輕人的故事。

（Robert Rantoul）（譯注❸）對一群工人階級的聽眾說「你們都知道的，社會分成兩個階級，一個階級必須勞動以謀生，另一個階級則不必」的時候，他認爲他是在講一個明顯的事實。這些術語，十九世紀政治論述的主要產品，並不一定是指在社會階級頂端的上流階級，以及在底層辛苦工作卻難以溫飽的大眾。「游手好閒」的階級既包括流浪漢和乞丐，也包括銀行家和投機商人，而藍圖所定義的生產工人範疇則非常廣，不只包括以雙手勞動的人，也包括任何「管理以勤奮和謹慎而得到的資本」的人。在十九世紀的生產者主義（producerism）的語言裡，「勞動」和「資本」和我們現在的意思不一樣。「資本家」一詞是指不事生產、投機致富的人，而如民主黨炮火猛烈的解釋，「勞工階級」則是指「財富的生產者；種田的小地主；技工、工廠廠長、工匠、貿易商，他們以勞動維生」。自由黨以及傑克遜的民主黨眼中的「工人階級」則更廣泛，李維・林肯（Levi Lincoln）（譯注❹）把它定義爲「務實的農場主人和莊稼漢、工廠廠長和技工」。魯弗斯・喬特（Rufus Choate）（譯注❺）則認爲不妨也稱爲「社群裡勞動、交易以及產業的部分」。丹尼爾・韋伯斯特（Daniel Webster）（譯注❻）宣稱「九成的人民屬於勞工、工業

譯注❸：羅伯・藍圖（Robert Rantoul, 1805-1852），曾任美國麻州議員。

譯注❹：李維・林肯（Levi Lincoln, 1782-1868），曾任美國麻州州長。

譯注❺：魯弗斯・喬特（Rufus Choate, 1799-1859），美國律師和演說家。

譯注❻：丹尼爾・韋伯斯特（Daniel Webster, 1782-1852），美國著名政治家。

和生產階級」。他說，他們總是擁有小額資本，但是還不夠「讓他們不需要個人勞動即可獨立謀生」。那些「結合了資本與勞動」的人們，是指在工人階級和中產階級中間角色輪替者。根據錢寧（William Henry Channing）的說法，中產階級（「這個國家裡的統治強權」）包括了「知識工作、商業、製造業、機械和農業的階級」，也就是「滿足於微薄的收入」，並且堅持在「艱困的勞動學校裡」養成的「自立更生的習慣」。

這些社會階級的描述難免會和盛行於古老國家的階級體系扞格不入。其對比是在於他們主張說，大部分的美國人都擁有小額財產，並且以勞動維生，而不是美國人比較容易從底層爬到頂端。在歐洲，勞動階級據說總是踵決肘見，生活在窮困邊緣，但是讓美國人詫異的，不只是他們的貧窮，而是他們被剝奪了公民生活、學習和文化的世界，以及一切能激發知識的好奇心、拓展個人知識視域的東西。在美國人眼裡，歐洲的勞動階級不只是貧窮而已，他們幾乎就是被奴役。《波士頓郵報》說，在那些由「永久且涇渭分明的階級」組成的社會裡，「勞動的人」被期待要「安於他們的土地，深信他們永遠走不出他們的圈子，也無法改變那些統治他們的法律」。

在我們聽來，這樣的陳述似乎是在鼓吹一個可以讓人們從勞工階級爬到更高階級的階級體系，但是其中卻暗示著，「走出他們的圈子」是指有機會擁有和所有生活領域的人們平等的立足點，並且和輿論的主要潮流接軌，行使公民的權利和義務。外國的評論者則經常很不以爲然地說，美國民眾對於任何想像得到的主題都有意見，而他們很少有人知道自己的眞正地位在哪裡，但是在美國人眼裡，民主社會的定義正是這種敬意的缺如，而不是社會階級的提升，或是那區分販夫走卒和仕紳貴族們的階級地位的完全消失。美國獨立戰爭把被統治者變成了公民，南卡羅萊納州的大衛·藍塞（David Ramsay）（譯注❼）在當時說，那個「差別」是「深不可測」的。被統治者「尊敬主人」，而公民則是「平等的，以致於沒有人在階級的權利上高於別人」。在美國獨立戰爭以後，仕紳貴族和販夫走卒的差別對美國不再有任何意義。「人們不知有貴族和庶民階級，」英格索（Charles Ingersoll）（譯注❽）在一八一〇年如是說。「我們國家沒有其他國家所謂的老百姓……孳生暴民、乞丐和暴君的堆肥，在城裡完全找不到；在這個國家裡也沒有佃農。如果不是南方有奴隸的話，那麼就會只有一個階級。」

察覺到因爲市場而漸增的不平等的歷史學家們，會把這類的主張斥爲幼稚或無稽。在我們的時代裡，金錢被認爲是「平等」的唯一可信的衡量標準，因此，我們很難把十九世紀的美國印象視爲一個平等主義的社會。但是這個印象不只是衍生自財富的分配或

譯注❼：大衛·藍塞（David Ramsay, 1749-1815），美國物理學家、歷史學家、政治家。

譯注❽：英格索（Charles Ingersoll, 1791-1832），上加拿大省商人和政客。

經濟的機會，而特別是衍生自知識和競爭力的分配。公民權似乎爲出身卑下的社會成員提供了在其他國家只有上流階級才擁有的知識和教養的機會。正如許多美國人所理解的，機會是知識的充實，而不是物質的富裕。美國的勞動階級無止息的好奇、他們的懷疑主義和破除偶像，他們的聰明機智和獨立自主，他們的發明和即興創作的能力，是讓他們迥異於歐洲勞工的地方。

這個對比讓外國以及本國的評論者印象深刻。謝瓦利（Michel Chevalier）（譯注❾）在許多方面都是最聰明的外國訪客，他認爲那正是整個民主實驗的關鍵。在美國，「科學和藝術最偉大的發現」都會「呈現在市井小民眼前，並且讓大家都可以接觸到」。謝瓦利說，在一個法國佃農心裡頭，就只有「聖經譬喻」和「粗鄙的迷信」，而美國的農夫卻「被傳授了」自宗教改革以來的「人類心靈的各種戰利品」。「在他（美國農夫）心裡，偉大的聖經傳統，和培根、笛卡兒所教授的近代科學原理，和路德所倡導的道德以及宗教的獨立，和更晚近的政治自由的觀念，都能夠和諧共存。」相較於歐洲的老百姓，美國的老百姓「更有能力參與公共事務」。他們不需要「被治理」，因爲他們可以管理自己。他們心裡充滿「自尊」，在工作上也更有效率；美國的富有不只見證了它豐富

譯注❾：謝瓦利（Michel Chevalier, 1806-1879），法國工程師、經濟學家和政治家。

的自然資源，更見證了勞動階級優越的行動力和知性。

差別在於美國勞工的自我認同？

當美國人異口同聲地主張勞動是一切價值的源頭時，他們並不是在重複什麼天經地義的理論。在一個國家裡，如果勞動對全體福祉的貢獻形式既是心智的也是體力的，那麼勞動的價值理論就不只是古典經濟學的抽象原理。有人說，美國的技工「是沒受過教育的工匠，但是他們是個開明的、有反省能力的民族，不只知道如何用他們的雙手，也很熟悉原理。」關於技工的各種雜誌一再回到這個主題，讚美「獨立而勤奮的美國技工」，他們的心智是「自由的」，他們的心靈沒有「被偏見給扭曲」。歌頌美國工匠和農夫的美德，或是把他們的心智能力追溯到公民權的，不只是這些出版物。以彼得．帕里（Peter Parley）爲名創作的顧瑞奇（Samuel Griswold Goodrich）（譯注❿）認爲，「公民社會的自由」催生了「進步主義的普遍精神」，那精神「可以在最卑微和最高的階級裡頭

譯注❿：顧瑞奇（Samuel Griswold Goodrich, 1793-1860），美國作家，以帕里為筆名創作科學和歷史故事。

被發現」。

有鑒於顧瑞奇是早期追求成功的意識型態最露骨的鼓吹者，我們要注意他所強調的是小老百姓的知性和德行，而不是他們從勞工階級爬到更高階級的能力。他說，他們並不認同於那些「舉止優雅」的人們，那些人只會「鄙視勞動，尤其是體力勞動，認為它有失紳士派頭」。沒有什麼比「以勞動為恥的學說」更「卑鄙的」；「在這些觀念盛行的地方，社會根基都會腐敗掉」。就像謝瓦利一樣，顧瑞奇也注意到他在歐洲旅行時看到的「粗鄙、無知、奴性的佃農」，以及美國農夫所展現的「知性和優雅」之間的對比。在歐洲，「每個國家裡的權力、天才和知性」，都「被集中在資本裡」，而在美國，「權力和特權」則擴及於整個國家，「及於所有人民」。「辛勤工作的百姓」的生活狀況是衡量一個國家的健康狀況最可靠的標準。而歐洲的「技工和勞工」的生活景象，則是「無知、髒亂和墮落」。在美國，「對於平等的普遍情操」消弭了「財富以及生活狀態方面的差距」，他們生活在「自己的土地上」，並且「在他們所處的環境裡獨立自主」，因而「很習慣由自己的反省去建構他們的意見」。

我們不很清楚，在這些狀況下（一般被認為是南北戰爭時期典型的狀況）去談論勞動階級是否合理。人們很不願意談到這個觀點（或是只在談到大部分人民時才使用它），我們回顧起來，那似乎有點不合理，但是正因為如此，我們更不要忘記蘊含在這個反感裡頭的理想。正如勃朗遜（Orestes Brownson）〔譯注⓫〕在一八四〇年對於美國勞工的描述，美國人確實不願意承認「我們的同胞當中有一個階級，註定要一輩子領薪水辛苦工作」。四十年後，儘管更加站不住腳，他們卻仍然可以「否認在美國有任何固定不變的階級」，基督教社會主義者瓊斯（Jesse Jones）語帶不耐地說。瓊斯在談到「我們的勞工和受薪階級」時提到，「對於許多誠實的美國人而言，這個說法很不對味。」他自己則把受薪勞工視爲一個「不合乎美國風格」的體制。但是他也認爲，要「否認固定的、絕望的、無產階級的受薪階級是我們產業體系的基礎」，而不被譏爲一廂情願的無知或是別有所圖，似乎已經不再可能了。他同時也能體諒「這種否認背後的高貴情感」，他自己也有這種情感，覺得「資本家和勞動者應該是一體的」。

階級的對立是無法否認的事實

回到我們目前的觀點，我們應該不會像瓊斯那樣不容有人說「我們當中沒有所謂世襲的勞工階級」，正如《波士頓廣告日報》（*Boston Daily Advertiser*）在一八六七年所說

譯注⓫：勃朗遜（Orestes Brownson, 1803-1876），新英格蘭政論家。

的。像葛瑞森（William Lloyd Garrison）和菲利浦斯（Wendell Phillips）之類嫉惡如仇的廢奴主義者，他們怎麼能把關於受薪勞工的批評斥爲「噁心的假道學」，說那侮辱了「每個正常人的智力」呢？我們怎麼能夠相信菲利浦斯在一八四七年所說的，「勞工聽眾會完全聽不懂」那個指涉他們的語詞呢？誰會相信他的辯駁，說「勞工既沒有被虧待也沒有被壓迫」，而且選票也給了他們自衛的武器呢？我們難免會覺得，美國人太過依賴和歐洲以及後來蓄奴的美國南方的自私比較，藉以營造一個在資本主義下的理想勞工階級的形象，他們表面上很自由，卻越來越屈服於受薪工作的可恥結果。

菲利浦斯說，他所要批評的「謬誤」，諸如「受薪勞工」或「白色奴隸」之類的語詞所蘊含的「邪說詖辭」，衍生自習慣「以歐洲的眼鏡去看美國的問題」，也就是忽視舊世界和新世界的顯著差異。「在舊世界裡，荒謬而不義的體制……無所不用其極地壓迫最弱勢的階級，勞力是他們唯一的財富。」另一方面，在美國，工人有機會藉由「勤儉、自律、節制、教育和道德性格」而成爲「資本家」。（注❺）但是工業主義在美國北方造成的弊端不能以其他國家更大的弊病爲託辭給打發掉。即使十九世紀評論美國社會的階級結構者不斷提及的各種差距並沒有縮小，我們仍然可以察覺到道德現實主義漸漸乏人問津，而對於自由勞工漸漸不具說服力的歌頌，一廂情願地混淆理想和現實，也終將銷聲匿跡。

階級的對立阻礙知識的民主化

然而，我們所關心的是那個很容易被誤解的理想的本質。那個理想不只是個無階級的社會，不只是指沒有階級特權或法律所承認的階級差別，它更要推翻學習和勞動的隔離政策。對於美國人而言，勞動階級的概念之所以可議，是因爲它不只是蘊含著受薪勞工的體制化，更放棄了許多人心裡的美國生活的核心承諾：知識的民主化。即使一般不被視爲人民保護者的亨利．亞當斯（Henry Adams）（譯注⓬），也以其小說《民主》（*Democracy*）裡的一個角色回應了這個呼聲，他清楚說明了亞當斯自己的想法：「民主宣告了民智已開的事實。我們所有的文化現在都以此爲目標。」於是，勞工階級暗示著一個擁有學識和閒暇的階級，和勞工階級是必然的對比。它蘊含了社會的分工，彷彿回到祭司統治的時代，神職人員壟斷知識，信徒則註定是不識字的、無知而迷信的。打破該壟斷（那是所有往來的限制當中最有害的，因爲它不只阻礙商品的交易，更阻礙了觀

譯注⓬：亨利．亞當斯（Henry Adams, 1838-1918），美國小說家和歷史學家。著有《亨利．亞當斯的教育》。

念的流通）一般被認為是民主的無上成就。對於知識的某種神職霸權的復辟，則會敗壞那個成就，回到以前對於群眾和日常生活的鄙視，那正是祭司社會的印記。它會重新創造出階級社會最讓人厭惡的特徵，也就是把知識和日常經驗隔離開來。

教育制度創造了新的神權壟斷

我認為這些理由可以解釋為什麼勃朗遜（他在一八四〇年還獨排眾議地主張說，工業主義助長了美國人最害怕的階級區分）會以對於祭司制度似乎任意而無關的批評，去證明關於受薪勞工的激烈分析。勃朗遜的論證的這個層面，至今仍讓他的詮釋者很困惑。而就在勃朗遜的分析似乎會得到類似馬克思的結論時，他卻突然轉了個大彎。他不把不平等歸咎於統治階級的操弄剩餘價值，而認為始作俑者是「神職團體」對於知識的控制（西拉庫薩認為該論證既「怪異」又「低能」）。但是勃朗遜看似瘋狂的論證其實是有理路可循的，雖然他不曾有系統地推論出其蘊義。他解釋說，神職制度體現了「威權的原則」。它的存在和「理性的權威」以及「心靈的自由」是不相容的。「打破任何實踐意義下的『神職』秩序」，因而是「舉揚勞工階級的第一步」。

勃朗遜在幾年以前的一篇相關論文裡（稱讚「勞工階級」卻沒有把握到勃朗遜的論

證要旨的歷史學家們總是忽略掉它）指出，霍拉斯．曼的教育改革根本不是知識的民主化，它設置一個教育機構，被授權對公立學校灌輸「主流的意見」，因而創造了一個現代形式的神職制度。「我們也可以有個由法律確立的宗教，」勃朗遜說，「作為一個教育體系」，它就像所有神職階級一樣，「只是控制貧窮和犯罪、並且保障有錢人的財產最有效的工具」。「古老的神職禮儀」已經「被廢除」，霍拉斯．曼和他的盟友卻想要恢復它，他們獎掖學校，而犧牲了媒體、文化團體以及其他民間教育機構。霍拉斯．曼的改革為學校體系賦與了壟斷教育的權利，鼓勵一種文化的分工，卻削弱了民眾自我教育的能力。傳道授業的功能被集中在知識工作者的專家階級裡，然而那功能原本應該是普及於整個社群的。教育團體和神職團體或軍隊一樣危險。它的擁護者似乎忘記，孩子們最好的教育是在「街頭上，經由同儕的影響，……他們看到的情欲和愛情，他們聽到的對話，尤其是整個社群的一般事務、習慣和道德風氣」。勃朗遜在一八四一年的一篇論文裡回到該主題，重申他所關心的根本問題。他說，「這個國家的任務」是要「扶助勞工階級，讓每個人眞正自由且獨立」。該目標完全不是要「把社會區分成辛勤工作者和遊手好閒者，雇主和工人」（「有知識的和無知識的、有教養的和沒有教養的、優雅的和粗俗的階級」）。

林肯的泥檻理論

林肯在對於社會的「泥檻理論」（mud-sill theory）的暗諷裡也有同樣的思考，其蘊含遠超過當時的政治背景（蓄奴的爭議）。擁護蓄奴者用這個說法去反對工業主義引進美國北方的受薪勞工體系。他們認爲，雇傭勞動比奴隸制度還殘酷，因爲雇主不認爲他們有義務要負責受雇勞工的衣食，而蓄奴者卻不能逃避他們的保護義務（只因爲他們需要維護他們對於人身財產的投資價值）。林肯的政治天賦讓他了解到，那是支持奴隸制度的最強論證，因此必須正面對抗它。他也明白，最有效的反駁是揭穿論證的前提：每個文明都必須奠基於某種強迫而墮落的勞動形式。他說，泥檻理論家假設：

除非有別人擁有資本，而且利用資本勸誘人們勞動，否則是不會有人去做的。有了這個假設以後，他們接著考慮資本是否最好「雇用」勞工，讓他們允諾去工作；或者是「買下」他們，不經他們的同意就驅使他們去工作。講到這裡，他們很自然地推論說，所以勞工必然是受雇的工人或是奴隸。他們繼而假設說，任何人只要一受雇，就註定一輩子要過那樣的生活；因此他的境況會和奴隸一樣悲慘，甚至尤有過之。這就是「泥檻」理論。

林肯並沒有反駁他的對手對於受薪勞工的鄙視。然而他認爲，「在這些自由州（Free States）裡，大多數人既非受雇者也不是奴隸」。「自由受雇的勞工並沒有被那種生活情況束縛。」即使在美國北方有所謂的受薪勞工，也只是致富前的暫時處境。「在世界裡節儉而身無分文的生手，暫時以薪資維生的勞工，他們會攢錢給自己買工具或土地，然後自己工作一陣子，接著雇用另一個生手來幫忙他。（注❻）我們很容易把林肯對於美國北方社會的理想化描繪（反映了他在美國西部的經驗，工業主義在那裡還沒有生根）給解讀爲對於後來所謂的社會流動的信念的典型說法。奇諾伊說，林肯的論證是「小企業傳統」的「古典說法」，它把機會等同於「垂直流動」。霍夫斯塔德（Richard Hofstadter）（譯注⓭）也引用過同樣的段落（林肯自己也曾在多次場合裡重申），他認爲「相信白手起家者的機會」是「整個生涯的關鍵」。佛納（Eric Foner）（譯注⓮）則認爲信仰「社會流動和經濟成長」是林肯及其同黨所倡導的自由勞動的意識型態的核心。林肯

譯注⓭：霍夫斯塔德（Richard Hofstadter, 1916-1970），美國著名歷史學家。著有《改革的年代》、《美國生活的反智論》。

譯注⓮：佛納（Eric Foner, 1943-），美國歷史學家。

的立場據說反映了他的「資本主義者的價值」，儘管佛納補充說，「社會流動的目標」，如林肯和其他反奴隸制黨黨員所見，「並不是巨大的財富，而是中產階級的經濟獨立的目標」。

然而眞正的問題在於把「獨立」等同爲社會流動（無論它的意思是什麼）是否合理。當林肯主張說自由勞動的擁護者「堅持普及教育」時，他的意思不是說，自由國家的公民都應該以他們的頭腦和雙手工作。另一方面，泥檻理論者則認爲，「勞動和教育是不相容的」。他們把對於勞工的教育斥爲「無用」且「危險」。他們認爲，如果說勞工「必須有頭腦」，那會是個「災難」。自由勞動的擁護者則反脣相譏說，「頭腦和雙手應該像朋友一樣合作無間；每個頭腦也應該指揮和控制他的雙手。」

問題不在於林肯對於美國北方社會的描述是否完全正確，而在於它反映了佛納所謂的「一個中產階級資本主義的」理想。佛納把勃朗遜關於勞工階級的論文推舉爲對於林肯所擁護的「流動的意識型態」（一個據說可以掃除流動的障礙的意識型態）的一個修正。我則比較注意林肯和勃朗遜的共同點：他們對於民主實驗及其意義的共同理解。和勃朗遜一樣，林肯也主張說，民主廢除了「古老的規定」，也就是「受教育的人們不從事勞力的工作」，因而切斷了知識、閒暇和世襲財富之間的歷史關聯。勃朗遜說，「世襲的財產」是不可能和民主和解的；它是「我們美國體系裡的一個異類，必須被除去，否則體系本身就會被破壞」。儘管林肯不像勃朗遜那樣要求廢除它，但是我想他是假設世襲的財產在小資產階級的民主裡沒有什麼實際的重要性。他認爲如果不是很有錢，再加上長子繼承權和限定繼續的法律限制，那麼父母很難把自己的社會地位傳給子女，更不用說文化期望每個人都要自食其力，繼承得來的好處只會讓人懶惰而不負責任。

最近的學者主張說，土地的逐漸不足實際上限制了父母親遺贈財產給子女的能力。克拉克（Christopher Clark）說：「大部分家庭最多只能希望……把可觀的財產留給一個或兩個兒子，而以天賦、見習或教育爲其他兒子在世界裡安排一個起點。」林肯的「節儉而身無分文的生手」應該就是在說那些「其他兒子」，他們礙於環境而無法得到繼承，必須依賴自己的資源。他的理論比較接近自耕農的理想，而不是企業家的，更不是何瑞修．艾吉爾的理想。他所謂的「生手」應該不是力爭上游的窮人孩子，而是工人階級雜誌裡所歌頌的「高尚角色」，一個「木匠或技工」的兒子，「在公立小學和鄉下中學被養成」，他的「心智是自由的」，他的「心靈沒有被偏見給扭曲」，而他生命裡的目標「既不是貧窮也不是富有」。（注❼）理想的民主主義者的憧憬，一個有自尊的工匠或農夫，「在自己的工坊或家裡……」，如伊凡斯（George Henry Evans）（譯注⓯）所說的，

譯注⓯：伊凡斯（George Henry Evans, 1805-1856），美國新聞業者和社會評論者。

在一八六二年的公地開墾法（Homestead Act）（譯注⓰）裡表露無遺，林肯希望讓「每個人」都有「改善生活狀況的工具和機會」。林肯在基於這些理由而倡議公地開墾法的演說裡說「工人階級」是「所有政府的基礎」，顯示他認為財產不是用來免除勞動的工具，而是用來實現勞動的所有潛能。

佛納認為，公地開墾法的目標是「幫助窮人經濟獨立自主，讓他們爬到中產階級」，因而促進「地理和社會的流動」。無疑的，有些政客和政論家知道它的意義，但是公地開墾的深層象徵意義，是要呼籲飲水思源，而不是無止盡的野心，是讓大家渴望與土地產生感情，渴望那已經飽受市場威脅（尤其是在美國）的恆久性和安定性。正如貝瑞（Wendell Berry）在《美國的騷亂》（*The Unsettling of America*）所說的，公地開墾法背後的希望，「是盡可能地讓許多人分享土地所有權，藉由經濟利益、愛和勞力的投入、對家庭的忠實、記憶和傳統，而和土地緊緊相繫。」林肯在一八五九年對威斯康辛州農會的演講裡（也就是前述大多數的說法的來源），提出一種密集式農業的規範，和那些把土地視為投機工具的人們浪費而到處遷移的習性完全相反。他譴責「佔有廣大土

譯注⓰：公地開墾法（Homestead Act），美國聯邦政府於一八六二年通過該法，符合以下條件可以擁有土地：二十一歲以上，戶長，有美國國籍或有意擁有美國國籍，在一百六十畝的公有土地居住五年以上，從事土地改良、農耕和畜牧等工作者。

地的野心」，因爲那會鼓勵「漠不關心的、沒有效率的、隨隨便便的工作」。他非常推崇「對於農夫心靈的充分教養的效果」。他說那會「爲在鄉下學校或中學裡受過思考訓練的心靈」提供「有益喜悅的無盡泉源」。他熱心勸告的要旨是教養，而不是知識的習得。

勞動階級成為一輩子不得翻身的下層階級

如果我們否認在十九世紀有許多關於美好生活的分歧觀念在吸引著美國人，那麼就太無知了。人們在談到勞心和勞力工作的融合時，都會承認財富和時尚的魅力、對於體力勞動漸漸的鄙視，以及那會讓人們心生嫉妒而不只是敬重的欲望。但是只有在美國社會的階級結構非常明顯的時候，「機會」才普遍被聯想爲在逐漸階層化、見錢眼開、階級意識很強的社會裡的功成名就。到了十九世紀結束時，「勞動的尊嚴」變成了在儀式性的場合裡隨口說說的空話。「勞動階級」不再指涉大多數自給自足而有自尊的公民；現在這個詞卻是指永久受雇的階級，而所謂的機會唯一有說服力的定義，就是擺脫那種狀況的機會。

「社會流動」就在對於西部拓荒時代的結束的不安背景下變成了學術名詞。美國人口普查局在一八九〇年公告說，美國不再有「未開墾區」，該宣告有很重要的象徵性意義。透納（Frederick Jackson Turner）說（譯注⑰），這個「簡短的官方說明」標示了「一個偉大的歷史階段的終結」。它重新點燃了關於「社會問題」的論戰。相較於其他發展，拓荒時代的結束，更讓美國人必須正視勞工的無產階級化的問題，以及貧富差距的擴大，而且貧窮和富有也似乎變成世襲的。

透納的作品經常著墨於美國人心裡的「拓荒意義」，他對於民主的詮釋也頗為別出新裁。透納在一九〇三年概述「西部對於美國民主的貢獻」時，為那經常和拓荒聯想在一起的「機會」重新做了一番附會。「整個早期的美國西部民主，似乎是一個社會的產物，那個社會最顯著的特徵，就是個人可以在社會流動的條件下，自由地力爭上游，而該社會也以群眾的自由和福祉為其理想。」最後一段話仍然保留了民主的古老意義，但是句子的其他部分（那是我印象裡最早使用「社會流動」的地方）似乎認為「群眾的福祉」並不是知識和美德的民主化，而是「提升」社會地位的機會。但是，就在同一個夾纏不清的段落裡，透納談到學校體系的影響，「比其他國家創造了更多有知識的老百姓」。即使這個強調學校體系的說法意味著放棄了由實務經驗和公民權的行使去教育人民的民主理想，但是它仍然認為「老百姓」的生活條件是一個民主社會的試金石。其

譯注⑰：透納（Frederick Jackson Turner, 1861-1932），美國二十世紀最著名的歷史學家。

次，它暗示著物質的富裕絕不是「群眾福祉」唯一的或最重要的標準。透納在文末說，美國西部對於民主的持續貢獻，在於提出一個「人盡其才」的「願景」，而不完全是艾吉爾的神話裡的那種道德意義的願景。

向上流動變成無階級社會的謊言

不到四十年後，在《大西洋報》（*Atlantic*）刊登的一篇柯南（James Bryant Conant）的文章，爲「機會」的重新定義提出了新的標竿。柯南是哈佛大學的校長，在他的管理下，哈佛由上流社會的大學轉型爲功績主義的大本營。對我們而言，他的〈無階級社會的教育：傑弗遜的傳統〉的意義在於嘗試把功績主義和副標所謂的傳統結合在一起。柯南認爲，傑弗遜主義的民主的本質在於堅持以「人才的貴族政治」取代「有錢人的貴族政治」，而不是要削減貴族政治本身的原則。透納剔除了以前附著於「無階級社會」的理想的那些豐富聯想。這個詞既不再指涉小資產階級的民主、勞心和勞心工作的合而爲一、管理財產或行使公民權的實務經驗的教育和性格陶冶，也不再指涉「人盡其才」的願景。它只是指涉世襲特權的消失、「經由更高的教育讓所有人都有就業機會」的「重要性」。透納認爲林肯和傑弗遜都是如此解釋「機會」的。透納對於「社會流動」的觀察「概述」了這些人所說的傳統，柯南也引述過，認爲那正是「我的論證核心」。「高度的社會流動，」他說：「是無階級社會的本質。」民主並不需要「一視同仁地分配世界的財物」、「財富的絕對平等化」。它需要的是「一個持續的歷程，權力和特權藉此在每個世代結束時都會自動重新分配」。

柯南把機會和向上的流動畫等號，接著提出那個概念裡的本質性問題：流動速率是否在減緩當中？他的回答也是可以預期的：由於「拓荒時代的逝去」以及「現代工業主義的來臨」，美國已經發展了一個「有錢人的世襲貴族政治」。而「恢復社會流動」的唯一方法，就是以學校體系取代拓荒精神，它將是重新分配機會的「巨大引擎」。柯南認爲，公辦教育「擁有我們很少想到的潛力」。它會是「新型的社會工具」，當然啦，假如它是經由明確的社會目的重新設計過的。它的目的是要年輕人適才適任。複雜的「考試方法」，以及「更加負責盡職且因材施教的教育形式」，讓學校體系可以把勞力工作者從腦力工作者當中淘汰掉。「多元的」教育體系可以保證「從每個經濟階層裡」招攬知識工作者，但是它也會澆熄不切實際的期望。只有少數人才夠資格從事知識工作。「盼望奇蹟的父母親……必須記得天性的限制。」沒有人會期望一個田徑教練把一個「軟腳」的「弱雞」變成「美式足球英雄」，我們也沒有理由要求老師在教室裡創造類似的奇蹟。

我們在目前流行的輿論裡，很難找到比柯南關於民主的無稽之談更好的例子了。柯南以「傑弗遜傳統」爲名，倡言一個由有學問的、資源豐富的、有擔當的、自制的公民組成的社群，卻只是要保障菁英分子的流動。他眼裡的民主只不過是一個招募領導人才的系統。他的綱領（「藉由教育的社會流動」）裡額外包含了一個諷刺：儘管它預設了勞心者和勞力者的嚴格區隔，以及一個把勞力工作列爲底層的社會階級制度，卻還是被當作實現「無階級社會」的一個方法。（注❽）柯南完全沒有意識到他做的事有多麼荒謬，而試圖把完全不相容的論述領域理念湊在一起。他把「社會流動」和「無階級的社會」混爲一談，就像是很兒戲地混合油和水。

階級差別正在擴大

就歷史而論，只有當人們再也不能否認受薪勞工終身卑微的階級的存在，只有當他們徹底放棄一個無階級的社會的可能性，社會流動的概念才會被彰顯。認爲「藉由『恢復』向上流動可以實現平等主義的目的」的觀念洩漏了一個基本的誤解。高流動率完全不會牴觸一個把權力和特權集中在菁英統治階級身上的層級化體系。是的，菁英的流動加強了階級原則，提供菁英階級新的人才，確認他們的支配地位是來自於功績而非出身。

其實，用貝瑞的話說，我們的社會是「既高度階層化且高度流動的」。我們沒有什麼證據可以說明垂直流動的速率在減緩當中。相反的，有許多社會研究不約而同地推論說，在南北戰爭以後，流動率始終很穩定。（注❾）但是在同時期，法人團體權力的集中化、小型產業的沒落、生產和消費的隔離、福利國家的成長、知識的專業化，以及能力、責任感和公民意識的墮落，在在使得美國變成一個階級區隔比以前更加嚴重的社會。有野心的人們不再追尋「能力」。正如貝瑞所說，「往上爬」似乎是唯一值得追求的事。「人們不想藉著增進自己的工作能力或是擔負某些公共責任去提升自己……而想藉由『往上爬到』一個『報酬更高的位置』去提高自己。」

貝瑞最後這段話是引自摩利爾（Justin Smith Morrill）（譯注⓲）在一八七四年所寫的回憶錄，他解釋一八六二年的「摩利爾法案」（Morrill Act）的立法用意，立法授與公地建立大學以「教授農業和機械技術」。貝瑞認為摩利爾法案既是傑弗遜傳統的實現，也是它沒落的開始。一方面，那是設計用來阻止「短期工作以及經常的遷徙」、剝削而浪

譯注⓲：摩利爾（Justin Smith Morrill, 1810-1898），美國議員，他提出「摩利爾法案」（土地贈撥法案），由州政府贈撥或出售土地，以設立農業和機械大學，於一八六二年由林肯總統簽署通過。

費的農耕方式，以及「土壤的快速惡化」。換言之，它是設計來阻止流動，而不是去獎勵流動。另一方面，它似乎也是要把農業提升到專業位階。摩利爾反對人文學院的「教育壟斷」，因爲它把「有資格任職於公私立機構高薪位置的人數限縮到文學院畢業生的有限人數」。貝瑞指出，摩利爾的意圖是很曖昧的。他想要讓「那些必須以勞力賺取麵包的人們更有用」，但是他其實是在獎掖知識工作者。「如果要讓他們成爲更有用的人，是要以教育去提高他們的工作品質，或是以教育讓他們適任於『報酬更高的位置』？」

社會選擇了向上流動而非整個階級的改善

貝瑞對於摩利爾的質疑，正是一個民主社會必須做的最重要的選擇：是要提升整個階層的能力、行動力和投入（在古老的政治傳統裡則稱爲「美德」），或只是獎勵更大規模的菁英招募。我們的社會顯然選擇了第二條路。它把機會等同於向上的流動，把向上流動視爲社會政策的首要目標。關於「優惠措施」（譯注⑲）的爭辯，顯示這個偏狹得很可

譯注⑲：優惠措施（affirmative action），為矯治歧視的措施，由政府立法規定大學錄取、企業招聘或職訓班須保留名額給少數民族和女性。

憐的機會觀念對政治的影響有多麼深。他們反對招攬少數族群到知識工作或管理階級的政策，不是因爲那會強化該階級的統治地位，而是因爲它會削弱功績主義的原則。雙方的論辯都是基於相同的理由。雙方都認爲拔擢人才是民主的最高目標，但其實追求名利的野外也會損害民主，它會把知識和實務經驗分開，鄙視來自經驗的那種知識，並且導致一個愚民的社會狀態。專家的統治（這是那些把機會等同於「報酬更高的位置」的公開機會的邏輯結果）和那些把美國看作「地球最後也最美好的希望」的人們所理解的民主正好相反。

注❶："A Sociologist Looks at an American Community," *Life*（Sept. 12, 1949）, pp. 108-18。該報導根據華納的「數學直碼尺」去解釋「如何贏得社會地位的分數」，接著說明在伊利諾州洛克福市（Rockford）看到的六個社會階級，那是華納在《瓊斯維爾的民主》（*Democracy in Jonesville*）裡所分析的社區之一。該報導以華納的訪談作結，其基調可見於《生活》雜誌關於山姆．西古拉（Sam Sygulla）的介紹，他是個半生不熟的工人，住在拖車裡，高中沒有畢業，他的「分數」讓他待在「階梯的底層」。即使有這些劣勢，「他仍然有許多夢，」《生活》雜誌說。「如果山姆可以克服他在教育上的不利條件，……他會慢慢往上爬。」

注❷：美國社會學的先驅羅斯（E. A. Ross）曾經呼籲他的同儕，不要急著把那保護大眾的幻想免於科學的檢驗的面紗給掀開。讓社會凝聚的種種信念，「在社會心態裡營造的理想和肯定」是不能「公開責罵」的。「聰明的社會學家……總會非常尊重道德體系」（即使它根本都是些迷信），而「不去揭露其赤裸的真相」。他的談話對象不會是販夫走卒，而會是「老師、牧師、編輯、立法者和法官」。「秩序的祕密」不可以落到不對的人的手裡。

注❸：根據林德的說法，「中產鎮的勞工階級」並不認為自己異於商人階級。他們屬於相同的成功「符號」。他們「熱中於」相同的「提升生活水準的傳統，也很欣羨如推銷員一般的魅力」。終日渾渾噩噩的習慣，「無論旺季或淡季，無論有沒有工作」，潛藏在「大部分的潛意識裡，即使到了大蕭條的第六年，仍然是中產鎮的勞工階級的重要特徵」。左派陣營對於這些觀察的結果的解釋，可見於麥克．勒納（Michael Lerner）的論證，他認為「自責」是勞工階級的鬥志的最大障礙。「勞工們覺得，他們所面對的問題不外乎他們對於既有的現實的適應不良。」很不幸的，那妨礙「對於壓迫的義憤」的「自責」，「深植於潛意識而難以揮去」。另見：William Ryan, *Blaming the Vctim*。

注❹：阿洛諾維奇（Stanley Aronowitz）也有類似的論證，他認為，「美國勞工階級意識的被愚弄」，勞工無法「明白他們因為體系的關係而在生產上被剝削的事實」，正好反映在「體系裡的機會」的可及性，尤其是「不同的族裔團體」藉以獲致那些機會的「不同管道」。革命意識的建立者「對於美國生活的承諾的強烈感受深植於生於國外者的心裡」。但是阿洛諾維奇也認為，「儘管社會流動的神話沒有動搖」，但是人們越來越難相信「努力工作、教育以及美國無法避免的擴張能夠帶來成功」。

注❺：《解放者報》（*Liberator*）的作者極力要區分勞工和奴隸，不斷主張說，受薪勞工只是暫時的狀況，工作者可以藉此「爬到更高的社會地位」。他們以對於勞工市場的辯護去支持這個論證。受薪者並沒有被剝削或羞辱。「他不能選擇雇主嗎？他不能訂薪資合約嗎？當他能夠改善他的生活時，他不能改行嗎？……他不能替自己作主嗎？」就此而論，「社會裡的惡不在於勞工受薪，而在於發放的薪資和勞動產出的價值一般而言不成比例。」喜歡提出完整的市場意識型態的，是廢奴主義的偏激分子，而不是沒有奴隸制度的地區的人們。

注❻：林肯在一八五九年九月於威斯康辛州的農會演講裡第一次提出該論證。他在一八六一年十二月三日，第一次對國會的年度咨文的重要場合裡重述其精髓，那是他第一次以總統的身分嘗試為聯邦事務提出哲學推論。

近來學者的作品使得我們再也無法把這類談話斥為一廂情願的思考。根據克拉克的說法，在十九世紀前半葉，「受雇的工作，」至少在康乃迪克河谷區，「是間歇性的。只要可以的話，每個家庭都會使用自己的勞力。儘管許多人有時候會受雇……但是他們不完全依賴這個辦法。」他們投入勞力市場以支撐家庭經濟，但是他們的家庭經濟仍然奠基於「貨物或勞力的直接交換」，而不是現金交易。克拉克辯稱，勞力市場「是由家庭因素構成的，而還沒有被那些只有勞力可以出賣的龐大勞工階級給支配」。受雇勞工也「反映了農業和鄉下製造業的季節性格」；人們有時候會受雇，如果他們沒有別的事做的話。

顧瑞奇曾描寫他在康乃狄克州瑞吉田市的童年，那是在一八一二年的戰前，他回憶說，「每個家庭都盡可能地自給自足」。因為「貨幣短缺」，所以工資多半以實物支付。「我們的傭人……都是鄰居，一般是農夫或工匠的女兒……幫傭並不意味著屈辱。」

注❼：艾吉爾筆下的英雄就很類似這種工人階級的理想。艾吉爾的主角都來自鄉下，而不是貧民窟，雖然他們都是到城裡去試試他們的運氣。他們都是正正當當的年輕人，因為上一代的揮霍而沒有繼承任何財產，或是被貪婪者給騙光了。艾吉爾並不是要強調「一夕致富」，而是如何重新利用合法得到的遺產。因此，即使是艾吉爾的神話，也沒有和二十世紀向上的社會流動的理想那麼相符。

注❽：柯南試圖說服自己，一個「多元」的教育體系終究會促成「不僅由一個『菁英階級』構成的社會」。在各個領域裡都可以發掘優秀人才，而不只在知識工作。但是他對於招募知識工作者的熱中卻不慎露出馬腳。

注❾：見：Seymour Martin Lipset and Reinhard Bendix, *Social Mobility in an Industrial Society* (1959); Harmut Kaelble, *Social Mobility in 19th and 20th Centuries* (1983); Edward Pessen, ed., *Three Centuries of Social Mobility in America* (1974); Peter Blau and Otis D. Duncan, *The American Occupational Structure* (1967); Alan C. Kerckhoff, "The Current State of Social Mobility Research," *Sociological Quarterly* 25 (1984): 139-53; William Miller, "American Historians and the American Business Elite in the 1870s," in *Men in Business*, ed., William Miller (1952); C. Wright Mills, "The American Business Elite: A Collective Portrait," *Journal of Economic History* (December 1945): 20-44。

第四章

民主是否值得繼續存在？

菁英分子的胸襟越來越狹隘，意味著政治的意識型態和老百姓所關心的事脫了節。由於政治爭論大多侷限於「有聲音的階級」，它就漸漸變成向內殖生而且陳腔濫調。各種觀念以專業術語和條件反射的形式一再重複循環。左派和右派的古老論辯窮盡力氣去澄清議題並且提出可信的實在界地圖。在某些地方，實在界的觀念甚至被質疑，或許是因爲有聲音的階級都住在一個人造的世界，在那裡頭，對於實在界的擬態（simulation）取代了物自身。

只會互相指控而拒絕辯論的菁英分子

無論如何，左翼和右翼的意識型態都變得太死板，以致於他們的信徒對於任何新觀念都無動於衷。對於可能質疑其信念的論證或事件充耳不聞的忠實信徒，乾脆不再和對手辯論了。他們大多只讀和自己觀點相同的人所寫的作品。他們不去碰各種陌生的論證，而只滿足於把它們區分爲正統或異端。在意識型態的偏差影響下，兩邊陣營原本可以用來自我批評的能力都被消音了，該能力的減弱正是垂死的知識分子傳統最明確的徵兆。

右派和左派的意識型態不講那些可能顚覆傳統信仰的社會和政治的發展，而偏好互相指控為法西斯主義和社會主義，即使法西斯主義或社會主義都顯然不會是未來的潮流。他們對於過去的認知和他們對於未來的觀點一樣都被扭曲了。他們刻意忽略在十九世紀後期形成的追根究柢的社會評論，那時候的小業主顯然已經消失，而人們也開始自問那些和資產有關的德行是否能夠存續，當經濟狀況似乎讓所有權朝夕不保的時候。

在南北戰爭以前，各派的政治主張一般都同意，在一個由傭工組成的國家裡，民主是不會有未來的。戰後終身受薪階級的產生是個極為動盪不安的發展，對於美國政論家的困擾遠超過我們所能理解的。在人民黨（People's party）（譯注❶）陣營裡達到高潮的農地運動，以合作社的採購和銷售試圖保存小規模的生產。不僅如此，諸如葛德金（E. L. Godkin）（《國家報》和《紐約晚郵報》的資深編輯）之流的自由派，也都支持合作社運動，直到他們發現那些運動的成功是依賴政府對於信用和融資的管制。在二十世紀初期，歐洲的工團主義者（syndicalists）和公會社會主義者（guild socialists）對於受薪勞工問題提出大膽而且很有想像力（即使最後是不可行）的解答，當時社會民主黨已經有條件地向「歷史的邏輯」投降，即所謂的權力集中化的必然趨勢，而公民也被化約為消

譯注❶：人民黨（People's party），活躍於一八九一年到一九〇八年間的美國政黨，支持者多為西南部的農夫，是民粹主義運動的產物。

費者。

即使是在從未發展出激烈的工團主義運動的美國，工團主義所提出的議題卻也在所謂進步主義的年代裡引起許多臆測。進步主義的思想之所以活躍而誘人，正是因爲它完全抗拒附會於「進步」概念的那些政治正統。許多重要的進步主義者拒絕爲了進步而把社會分割爲知識階級和勞工階級。他們也不接受福利國家爲保障工人利益的唯一方法。他們接受保守派的反駁，認爲福利計畫會鼓勵「一種依賴感」（克洛里〔Herbert Croly〕語），卻不同意保守派主張說「受雇者的唯一希望是變成業主」。克洛里認爲，「操作現代生活的產業機制」的某些責任必須轉移給勞工階級，或者是由勞工從雇主那裡搶過來，因爲他們的「獨立……沒有太大的意義」，如果那獨立是「由國家或雇主的團體」授與的。

做個有尊嚴的公民

無論是左派或右派，都接受一個老生常談，也就是說，我們都生活在一個相互依賴的社會裡，在那個社會裡，自給自足的美德和小規模生產一樣都是不合時宜的。而我所理解的民粹主義（populist）傳統則反對這個觀點。民粹主義的口號是獨立而不是相互依賴。民粹主義認爲自給自足（當然不排除在公民和經濟生活裡的合作關係）是民主的本質，那是絕對不會滯銷的美德。他們之所以反對大規模生產和政治的集中化，就在於那會削弱自給自足的精神，並且讓人們不再爲他們的行爲負責。對於受難者的崇拜及其在最近社會改革運動裡的重要性，顯示以上的擔憂是有理由的。民權運動的優點（可以被理解爲民粹主義的部分傳統）就在於它不認爲被壓迫者具有道德特權。馬丁・路德・金恩博士在他的社會福音神學裡是個自由派，但是他也是民粹主義者，因爲他堅持黑人必須爲自己的生活負責，並且歌頌小業主的美德：勤奮、清醒、自我提升。如果說民權運動是民主的勝利，那是因爲金恩的領導把身處泥塗的人民變成積極而有自尊的公民，他們在捍衛憲法賦與他們的權利的過程裡找到了新的尊嚴。

金恩對於民主的理解比許多民主主義者還要全面得多，而如此胸襟開闊的理解正是民粹主義的一部分傳承。李普曼在一九二〇年代主張說，民意必然是見識淺陋的，政府最好交給專家，杜威卻反對這種論調。對於李普曼而言，民主的意義只不過是大家都可以分享生活裡的幸福。而杜威則認爲民主必須植基於老百姓的「承擔責任」、「心智和性格穩定而平衡的發展」。但是他沒有解釋的是，在一個由龐大組織和大眾傳播宰制的世界裡，「責任」這個東西如何能夠生生不息。傳統的民主理論者懷疑「自治」在地方層次以外是否還能有效運作（此即爲什麼他們要盡可能偏袒地方主義）。杜威則希望

「讓潮流回歸到……人類在地方的家」，但是他沒有告訴讀者如何回歸，因爲他認爲中央集權以及「家庭、教會和鄉里的解體」都是無法避免的事。

杜威和李普曼的辯論引發了關於民主是否蘊含著高標準的個人行爲的困擾問題。不同於當代許多的自由主義者，杜威清楚地持肯定的看法。他在《大眾及其問題》（*The Public and Its Problems*）裡憂心忡忡地說：「在以前，忠誠支撐著個人，給他們關於生命的看法一個基底、方向和統一性，現在幾乎消失了。」他的書名所指涉的問題，是如何重新建構忠誠。就像其他進步主義的思想家，尤其是顧里（Charles H. Cooley）（譯注❷），杜威堅決駁斥那些對於民主的批評者，他們說民主只會助長平庸、放縱、好逸惡勞、逢迎媚俗。他們常說民主和卓越不相容，所有的高標準本質上都是菁英主義的（現在我們則會說是性別歧視者和種族主義者），並且用該觀念當作反對民主的最好論證。很不幸的，許多民主主義者暗地裡（或許沒有那麼遮遮掩掩）都相信這個觀念，因而無法去回答它。他們退而主張說，民主主義者總是很寬容地填補他們的個性所沒有的東西。

譯注❷：顧里（Charles H. Cooley, 1864-1929），美國著名的社會學家。

有了民主就不需要公民道德？

關於這個熟悉的主題的最新版本（即它的「歸謬論證」〔reductio ad absurdum〕）則說，基於對文化多元性的尊重，我們不會把特權團體的標準套在受迫害者身上。這顯然是針對群眾的缺乏競爭力（或至少是有競爭力的階級和無競爭力的階級的嚴重分裂）的一個解藥，而當我們的社會對於無競爭力的最低限度提出更寬容的標準（因爲它地大物博，以及長期缺乏勞工），這個說法就不再可信。有越來越多的證據顯示出普遍的不效率和貪腐、美國人的生產力的滑落、犧牲生產而追求投機性獲利、美國的物質底層結構的惡化、犯罪猖獗的城市裡悲慘的生活狀況、讓人不安且羞愧的貧窮的增加、貧富差距的擴大（它在道德上是可憎的，在政治上則會讓人議論紛紛），這些發展，我們再也無法忽略或遮掩的不祥意義，重新開啓了關於民主的歷史性辯論。在民主戰勝共產主義的那一刻，它正在鬧內鬨，如果繼續這樣分崩離析的話，批評的聲浪勢必會更加高漲。形式上的民主體制並不保證會有一個可行的社會秩序，正如我們在印度或拉丁美洲看到的。當美國城市的生活條件越來越像第三世界時，民主將必須重新證明自己一次。

自由派總是認爲，有了民主就可以省卻公民道德。根據這種想法，讓民主行得通的，是自由主義的體制，而不是公民的性格。民主是一個讓人民可以容忍差異的法律體系。然而，競爭力和公民責任迫在眉睫的危機，讓人們不禁懷疑起「體制（而不是性格）可以提供民主所需要的一切德行」的假設。競爭力的危機意味著對於美國歷史的詮釋需要一個修訂版，強調自由主義的民主有多麼依賴於向那些在自由主義興起以前的道德和宗教傳統借來的資本。這個修訂版的第二個元素，則是更加尊重那至今一直被忽略的思想傳統，該傳統衍生自古典的共和主義以及早期基督新教神學，而從不會誤以爲公民德行不重要。我們越是明白忠誠如何給與個人「關於生命的看法的基底、方向和統一性」，我們就越加需要尋求那些思想家的指引：愛默生、惠特曼、勃朗遜、霍桑（Hawthorne）、羅益世（Josiah Royce）（譯注❸）、顧里、杜威、伯恩（Randolph Bourne）（譯注❹），他們知道民主的意義絕不僅止於開明的利己主義、「開放」和容忍而已。

譯注❸：羅益世（Josiah Royce, 1855-1916），美國的觀念論哲學家，著有《忠誠的哲學》。
譯注❹：伯恩（Randolph Bourne, 1886-1918），美國進步主義作家和社會評論家。

民主社會需要有共同的標準

問題絕不只是民主是否「能夠」繼續存在而已。雖然光是它就夠我們迫切要去探討以前亟欲迴避的議題，但是更深層的問題當然是民主是否「值得」繼續存在。儘管民主有內在的魅力，但是它畢竟不是目的本身。我們還是必須看它是否能夠創造更好的產品、更優秀的藝術作品和知識、更上層樓的性格類型。「民主絕對無法經得起挑剔，」惠特曼在《民主的遠景》（*Democratic Vistas*）裡說：「直到它找到自己的技術形式且蓬勃成長。」惠特曼認爲，民主的檢驗在於它是否能夠創造「由英雄、性格、功動、苦難、順境或逆境、榮耀或屈辱組成的一個集合體，既是每個人都共同的東西，也是每個人的典型。」

對於那些懷念開放心態的理想（即使它最後只是個空洞的心態）的人們而言，關於英雄、功動、榮耀和屈辱的說法當然會讓他們寢食難安。對於「每個人都共同的」英雄典型的嚮往似乎會威脅到民主必須保護的倫理義務的多元主義。然而如果沒有共同的標準，寬容就變成冷漠，文化的多元主義就墮落成審美的奇觀，連鄰居們的怪異習俗都會得到鑑賞家的品味的青睞。在現在流行的多元主義的理解或誤解裡的「中止道德判斷」，使得談論「倫理義務」變得完全不合時宜。美學的鑑賞只能在文化多元性的流行定義下才能獲致。套一句現在流行的術語，讓我們彼此區隔而無法妥協的問題，現在變成了「生活風格」的問題。我該怎麼穿著？我該吃什麼？我該和誰結婚？我該和誰交朋友？在這個脈絡下，眞正重要的問題，「我應該如果生活」，也變成了品味、個人偏好的問題，至多也只是宗教或族群認同的問題。但是正確來說，這個更深層也更困難的問題，需要我們去談到某些非關私人的德行，例如剛毅、技藝、道德勇氣、誠實，以及尊敬對手。其次，如果我們相信這些東西，我們應該會想要推薦給每個人，作爲幸福生活的道德前提。如果任何事情都要扯到「道德義務的多元性」，那意味著我們不去要求別人，也不承認別人有權利要求我們。「判斷的中止」在邏輯上就已經判定我們老死不相往來。除非我們願意彼此提出要求，否則我們只能享受最原始的共同生活。

即使我們對於一個美好生活的定義無法一致（而且有人會辯稱我們甚至還沒有認眞去過），對於技藝、讀寫能力以及一般的競爭力的最低標準，我們卻肯定會有一致的看法。如果沒有這些標準，我們就沒有要求或給與尊重的基礎。對於一個民主的社會而言，共同的標準絕對是不可免的。圍繞著一個特權階級組織起來的社會，可以容忍有多重標準，但是一個民主的社會卻不行。雙重標準意味著二等公民權。

對於平權的認知是民主的公民權的必要條件，但不是充分條件。除非每個人都可以平等取得競爭力的工具，否則平權不會給人們任何自尊。此即爲什麼把捍衛民主奠基於一廂情願地以爲「每個人都是一樣的」是個錯誤。事實上，每個人的能力就不一樣（這當然不會妨礙我們想像別人的生活）。正如漢娜・鄂蘭（Hannah Arendt）所指出的，啓蒙運動讓公民權倒退了。是公民權給了我們平等，而不是平等創造了公民權。「相同」不意味著「平等」，「所以，政治的平等和面對死亡的平等是相反的，」鄂蘭說：「……或是面對神。」政治的平等、公民權，把在能力上不平等的人們給平等化，公民權的普遍化因而也不只要輔以公民知識的形式性訓練，也要有用以保障經濟和政治責任的普遍分配的方法，比起關於正確判斷、清晰中肯的言說、決策的能力以及勇於承擔自己的行爲結果的形式性訓練，責任的分配顯然重要得多。在這個意義下，普遍的公民權蘊含著英雄的整個世界。如果我們不希望公民權變成空洞的拘泥形式，民主就需要這樣一個世界。

寬容不是道德的中止判斷

民主也需要一個比寬容更能鼓舞人的道德。寬容是好事，但是那只是民主的起點，而不是它的目的地。在我們的時代裡，冷漠對民主的威脅遠甚於不寬容或迷信。我們太習於給自己找藉口，尤其甚者，我們還很熟練地爲「處於困境的人們」找藉口。我們總是忙著捍衛我們的權利（大部分是法院判決所授與的權利），以致於很少想到我們的責任。我們很少說出自己的想法，以免得罪別人。我們很堅持要尊敬每個人，卻忘了尊敬是要努力去贏得的。尊敬既不是寬容的同義詞，也不是指欣賞「另類的生活型態或社群」。那是觀光客式的道德看法。所謂的尊敬，是我們在面對值得稱頌的成就、讓人讚嘆的人物，以及發揮得淋漓盡致的天賦時的體驗。尊敬需要有鑑別性的判斷，而不是不分青紅皀白的接受。

我們的社會爲兩個巨大而讓人不知所措的恐懼困擾著：狂熱的行爲和種族的戰爭。我們很晚才發現所有信仰體系和意識型態的偶然性，而當部分的眞理被當作普遍的眞理時，我們就被恐懼纏身。在一個由法西斯主義和共產主義宰制的世紀裡，這個恐懼是可以理解的，但是現在我們可以說極權主義的威脅正在退潮當中。就目前所知，伊斯蘭教原教旨主義也不會是個等量其觀的威脅。對於意識型態的狂熱主義憂心忡忡的人們，很容易落入自以爲是的盲點，尤其是自由主義的知識分子。彷彿只有他們才知道普遍性的誤用、眞理的相對性或是中止判斷的需要。這些所謂胸襟開闊的知識分子總是自視爲在狂熱主義的大海裡的少數文明人。他們以從宗教裡解放自詡，卻把宗教誤解爲拒絕任何知識性評斷的一組確定而絕對的信理。他們誤解了反對宗教狂熱主義的學說。沒有任何學說比猶太基督宗教的傳統更加強烈譴責杜威所謂的「確定性的追求」（quest for certainty），他們一再告誡不可拜偶像，包括教會的偶像崇拜。許多知識分子假設宗教是要滿足道德和情感的安定性的需要，而只要對宗教有一點常識的人，都會對這種想法嗤之以鼻。即使再開闊的胸襟也有其限度，只要話題一扯到宗教，那個限度就會露出馬腳。

種族的不寬容的問題，和狂熱主義有密切的關係。我們在這裡又看到自以爲是和傲慢混雜在對於不寬容的恐懼裡。知識階級似乎妄想只有他們才沒有種族的偏見。在他們眼裡，所有其他的人都是無可救藥的種族主義者。他們汲汲於把所有話題都拉回到種族問題，讓人不禁懷疑他們對於該問題的投入是否超出了種族關係的實際情況。偏執狂不是好的判斷力的徵兆。但是無論是源自自以爲是、恐慌或兩者的混合，認爲「大部分的美國人心裡都是種族主義」的假設是經不起仔細檢驗的。種族態度的改善是近幾十年來少數的正向發展之一。我並不是說種族衝突已經平息了，但是認爲每個衝突都可以證明美國人的墮落、或是以前美國不寬容的歷史的重演，則是個錯誤。新的種族主義是一種反彈，而不是什麼殘餘的東西，更不是復辟。那是對於大多數美國人都認爲不合理且不公平的種族正義的雙重標準的一個回應，無論它有多麼的不恰當或具攻擊性。由於反對「優惠的」雙重標準的人們一般都會被斥爲種族主義者，無論是被「優惠措施」或「校車接送」騷擾的勞工階級和中下階層的人們，或是現在被推行政治正確的語言和思想騷擾的大學生，對於這種侮辱的一個反應，就是把「種族主義」當作光榮勳章，在那些意欲把種族主義和少數族群權利當作唯一的公共議題的人們面前，以刻意的挑釁去炫耀它。

對於那些沉迷於種族主義和意識型態的狂熱的人們而言，民主的意義只有一個：為他們所謂的「文化多元性」辯護。但是面對民主的朋友，還有更多重要的議題要吵：競爭力的危機、冷漠和令人窒息的犬儒的流行，尤其是那些重視「開放」的人們的道德癱瘓。惠特曼在一八七〇年說：「以前從來沒有像現在這樣心靈空虛，像現在的美國。真實的信仰似乎已經離我們而去。」這些話頗為切中時弊。我們什麼時候才會聽得進這些話呢？

第五章

社群主義或民粹主義？同情心的倫理和尊重的倫理

我的標題旨在指涉不同的強調面向的差異，而不是指兩個完全不同而無法妥協的對立的立場。民粹主義（populism）和社群主義（communitarianism）的傳統是判然有別的，但是在歷史上卻交織在一起；對於那些傳統及其現代意義的任何解釋，都必須正視它們之間的同異問題。民粹主義植根於捍衛小資產階級，在十八世紀和十九世紀初，它普遍被認爲是德行的必要基礎。社群主義在社會學傳統裡則有其知識源流，起初是保守主義的傳統，認爲社會凝聚力源自那深植於日常生活而不必去解釋的共同假設：在習俗、慣例、偏見、內心的習慣裡。但是因爲這兩個傳統都對啓蒙運動有所保留，所以人們不是很容易區分它們。而且似乎也沒有區分的必要。兩者都不符合歌頌進步的主流，而他們在這個重要議題上面的沆瀣一氣，使得他們的差異也就微不足道。

啟蒙運動和自由主義的沒落

如果說，「民粹」或「社群」在現在的政治論述裡會引人注目，那是因爲啓蒙運動的意識型態在飽受批評以後幾乎失去了魅力。普遍理性的主張普遍被懷疑。我們也不再能夠說服人們去期待一個可以超越階級、民族、宗教和種族之類的特殊主義的價值體系。啓蒙運動的理性和道德漸漸被視爲權力的藉口，而以理性去統治世界的願景，自從十八世紀以來，似乎沒有像現在這麼遙遠。世界公民（根據啓蒙哲學，那是未來的人類原型）也沒有那麼顯然可見。我們有個全球性的市場，但是其中並沒有休姆（Hume）和伏爾泰（Voltaire）滿心期望的公民化結果。全球市場並沒有創造對於共同利益和趨勢（全世界人類基本的相同性）的一個新理解，反而似乎加深了對於種族和民族差異的認知。

啓蒙運動的式微在政治上就表現在自由主義的沒落，尤其是啓蒙最吸引人的產物以及它最前途無量的傳播者。自由主義意識型態歷經所有的物換星移和蛻變以後，有兩個特質是多年來始終不變的：它對於進步的信仰，以及相信自由主義的國家可以省去公民德行。這兩個觀念是一連串的推論結果，它預設了資本主義讓每個人都有理由去渴望以前只有有錢人才能享受的富裕生活。自此以後，人們將會致力於私人事業，減少對於政府的需要，而政府只要管好自己就夠了。基於進步主義的觀念，人們才能相信物質充裕的社會讓一般公民可以不必積極參與政府。美國獨立戰爭以後，自由主義者開始主張說（相對於約翰．亞當斯所謂的「公民德行是共和的唯一基礎」），合宜的憲政制衡體系「讓壞人都比較有機會爲公益服務」（威爾遜〔James Wilson〕語）。約翰．泰勒（John Taylor）認爲，「一個貪婪的社會，可以引導不道德的意欲……去支持德行」，而「創設一個足以防治個人的貪婪的政府」。泰勒說，德行的基礎在於「政府的原則」，而不是

「個人捉摸不定的性質」。體制和「一個社會的原則可以是有德行的，儘管創設它的個體是不道德的」。

社會仍然需要個人德行

一個有德行的社會卻奠基於不道德的個體，無論在理論上有多麼好聽，要相信這樣的弔詭，總會有些不一致的地方。就連自由主義者也不得不承認有些個人德行是必要。即使主張公民道德可以極簡化的自由主義者，也會在他們自由市場的意識型態的縫隙裡夾帶若干的公民道德。密爾頓．傅利曼（Milton Friedman）自己也承認，自由主義的社會需要「最低程度的讀寫能力和知識」，以及「對於某些共同的德行的普遍承認」。我不清楚我們現在的社會是否符合這兩個最低條件，但是我很清楚一個自由主義的社會所需要的德行遠比傅利曼所容許的還要多。一個如此倚重權利的概念的體系預設著：個體只因爲期待別人會尊重他的權利，他才會尊重別人的權利。作爲一個自由主義的社會的核心體制，市場至少預設了眼光敏銳的、斤斤計較的、頭腦清醒的個人，也就是「理性選擇」的典型。它不只預設著自我本位，也預設著開明的自我本位。因此，十九世紀的自由主義者非常強調家庭的重要性。在他們看來，扶養妻子兒女的責任可以約束佔有欲強烈的個人主義，讓潛在的賭徒、投機者、紈袴子弟或騙子蛻變爲負責盡職的扶養人。自由主義者拋棄傳統的共和主義的公民道德理想以及對於奢華世界的指控，因而沒有任何理由去要求個人捨私利而就公益。但是他們至少可以要求比較高尚的利己主義，例如婚姻和親子關係。就算不是擱置自我本位主義，他們也可以要求提升它，或讓它更精緻。

他們希望各種昇華的期待會讓人們把事業心投注在子女身上，但是這樣的希望終究會落空的。資本主義越是被等同於及時行樂和「計畫報廢」（planned obsolescence），它就會越無情地磨損家庭生活的道德基礎。離婚率的增加已經是十九世紀後期的一個警訊，似乎反映出人們對於長期的責任和奉獻造成的束縛漸感不耐。力爭上游的熱情蘊含著：只要以前的承諾成爲不必要的負擔，他們就有權隨時重新開始。物質的富裕削弱了十九世紀的自由主義者所歌頌的「秩序井然的家庭狀態」的經濟和道德基礎。家庭的事務被公司的事務給取代，家庭農場被集體耕作給取代（更加緩慢而痛苦），而集體耕作最後則被購併企業的銀行家族給控制住。一八七〇年代、一八八〇年代和一八九〇年代的農民暴動，只是爲了挽救家庭農場的長期而沒有勝算的第一回合抗爭，在美國的神話裡，它被當作美好社會的典範而珍藏著，但在現實裡則必須忍受機械化、負債和生產過剩的沒落循環。

家庭價值被市場侵蝕

家庭不僅無法成為對抗市場的力量，反而遭到市場入侵和破壞。儘管對於母性的情感推崇在十九世紀後期到達影響力的巔峰，卻無法掩蓋一個現實：當金錢成為衡量價值的普遍尺度時，不計酬的勞工總是被烙上社會弱勢者的印記。到頭來，女性被迫去工作，不只是因為她們的家庭需要補貼，更因為支薪的勞動似乎是她們能夠和男性平等的唯一希望。在我們的時代裡，人們漸漸明白，孩子們是市場侵入家庭的受害者。如果父母親都得工作，而又沒有爺爺奶奶，那麼家庭就再也無法保護孩子免於市場的侵襲。電視機變成主要的臨時褓姆。對於仍然希望家庭能夠提供孩子們成長的庇護空間的人們而言，電視機的入侵無疑是最後一根稻草。當孩子們大到可以被丟在螢幕前面而置之不理時，他們就開始接觸到外在世界了。而且他們接觸到的是殘忍卻誘人的世界，把各種市場價值化約成最簡單的語彙。電影廣告以最明顯的用語把市場意識型態所蘊含的犬儒主義給戲劇化。「生命裡最美好的事物不是錢買得到的」，這樣讓人感傷的信念早已經被遺忘。誠如在電視廣告裡所描繪的，既然最美好的東西都價格不菲，於是人們紛紛追逐金錢，無論手段正當與否。「犯罪是不值得的」（另一個被遺忘的信念）的想法，也屈服於以下的認知：執法是一場打不贏的戰爭；政府當局面對犯罪集團總是束手無策，而且經常阻礙警察將罪犯繩之以法；所有衝突都可以用武力解決；如果不敢以暴易暴，循規蹈矩的人們就活該是輸家。

當市場價值變成唯一的價值

在整個二十世紀裡，自由主義在兩個方向中間拉扯著：市場和國家（儘管他們原本並不信任政府）。另一方面，市場似乎是以下原則（自由主義的基本原則）的理想體現：個人是關於自身利益的最好裁判者，因此，在涉及他們的幸福和福利的事務上，他們應該被准許爲自己說話。但是在一個除了市場價值以外別無其他價值的世界裡，個人根本就不知道怎麼爲自己說話，更不用說以理性去了解他們的幸福和福利是什麼。即使是自由主義的個人，也需要陶冶性格的家庭教育、鄰居、學校和教會，這一切（不只是家庭）都因爲市場的蠶食鯨吞而被削弱。市場總是惡名昭彰地想要普遍化自己。它和某些依據和市場對立的原理運作的體制不容易並存：學校和大學、報紙和雜誌、慈善團體、家庭。市場遲早會把它們都併吞掉。它讓任何行動都不得不以它唯一承認的說法去證成自己：在商言商、自負盈虧、獲利了結。市場會把新聞變成娛樂，把學術變成就業的跳板、把社會工作變成對於貧窮的科學管理。它會很冷酷地按著自己的形象去重塑每個體制。

市場和社會工程破壞了社區的功能

自由主義者爲了限制市場的勢力範圍，因而轉向國家，卻經常是治絲益棼。以社會化和控制的形式性體系去取代非形式性的團體類型，既會削減社會信任，讓人們不再願意爲自己的行爲負責，或認爲別人應該爲他們的行爲負責，也會破壞對於權威的尊重，因而弄巧成拙。試想我們的街坊鄰居，它一直是在家庭和更大的世界之間很有效率的中介。而今破壞我們的社區的，不只是市場（犯罪、毒品或是比較不顯著的郊區商店街），還包括所謂開明的社會工程。自從對於童工的第一次口誅筆伐以來，社會政策的主要方針就是把兒童照護從非正式的安置，轉移到特別以教育和監護爲目的而設計的體制。現在這個潮流則繼續推動日間托兒所，不僅是因爲上班的媽媽們有此需要，也因爲日間托兒所可以採用最新的教育學和兒童心理學。把孩子隔離在根據年齡分班的機構裡，接受專業的監管，這樣的政策始終遭到重大的挫敗，前一陣子傑可布斯（Jane Jacobs）在《美國大城市的盛衰》（*The Death and Life of Great American Cities*）（抨擊應用於整個社會計畫的都市計畫）裡曾提出其理由。「認爲對於孩子們而言，遊樂場、綠地以及雇用警衛或管理員本身是有益的，而熙來攘往的大街本身則是邪惡的，這樣的神話總歸來說，根本就是瞧不起一般老百姓。」由於這樣的輕蔑，他們就看不見孩子們如何在街頭（在正常的情況下）學到老師或管理員無法教的東西：「即使人們沒什麼相互關係，他們對於彼此還是得負一點公共責任。」當街角的雜貨店老闆或鎖匠喝斥孩子不要在街上亂跑時，孩子其實就學到了正式的學校沒有教的東西。傑可布斯頗爲中肯地稱之爲「成功的城市生活的首要基礎」，那是「受雇照顧孩子們的人不會教的東西，因爲這個責任的本質就在於你即使沒有受雇也會做。」

傑可布斯認爲，街坊鄰居可以彼此勸勉「偶一爲之的公共義務」。沒有了街坊鄰居，日常生活的維繫就得靠專業的官僚。非正式的約束的萎縮難免會導致官僚控制的擴張。如此的發展勢必會破壞自由主義者向來極爲重視的隱私權。公共投資的危機只是體制的內在缺陷的冰山一角，因爲他們再也不信任非正式的、日常的社會信任和約束。納稅人的反叛儘管充滿了拒絕任何的公民訴求的利己主義，但是他們懷疑稅金只是被用於官僚體制的自我膨脹，卻也不無道理。國家顯然已經負擔過重，人們也不相信它有能力解決該解決的問題。

一旦非正式的體制瓦解了，人們就得胡亂尋找滿足其需求的各種方法：巡邏他們自己的社區，不讓孩子去念公立學校，而在家裡教他們。國家的怠忽職守也順理成章地助長了自力救濟的非正式機制的復甦，但是我們不知道公民生活的基礎如何能夠恢復，除非這個工作成爲公共政策的首要目標。我們聽到很多人在談如何修復物質性的基礎建設，但是我們的文化的基礎建設其實也需要照顧，而不只是政客們的口惠，他們一方面歌頌「家庭價值」，另一方面卻競逐於那些會破壞家庭價值的經濟政策。要民眾相信只要廢除福利國家就足以保證非正式的守望相助的復甦（「千萬點光芒」）（布希語），那不是太天眞就是在說笑。人們已經失去自力救濟的習慣，居住的城市或郊區裡，商店街取代了社區，而他們寧可和好朋友爲伍（或是與電視爲伍），也不願意到街頭、咖啡館或小酒館去從事非正式的社交活動，他們不太可能只因爲對國家不滿意就會想要重建社區吧。市場機制不會去修復公共信任的結構。相反的，市場對於文化的基礎建設的影響和國家一樣都具有腐蝕性。

民粹主義和社群主義的第三條路

現在我們可以開始去評斷民粹主義和社群主義了。他們拒絕市場和福利國家，而尋求第三條路。這就是爲什麼我們很難以習慣的政治立場光譜去分類他們。他們反對自由市場的意識型態，因而似乎和左派是盟友，但是他們也批評福利國家（尤其是當那些批評是公開而明白的），使得他們聽起來傾向右翼。其實，他們的立場既非左亦非右，正因爲如此，許多人覺得他們最有希望爲目前的論戰打破僵局，該論戰已經在兩大政黨以及輪替執政的政府裡被體制化。當政治論戰只是對著忠於該黨的聽眾不斷重複意識型態的口號時，人們的確迫切需要新的思維。然而我們不太可能期待那些在古老正統裡的既得利益者會有什麼新思維。正如亞倫·伍爾夫（Alan Wolfe）所說的，我們需要「關於道德義務的思考的第三條路」，不把道德義務置於國家或市場裡，而是定位在「常識、一般的感受以及日常生活裡」。伍爾夫呼籲一個可以強化公民社會的政治綱領，很類似羅伯特·貝拉（Robert Bellah）及其同儕合著的《美好社會》（*The Good Society*）裡提出的觀念，對於越來越多不滿足於在傳統的論戰裡選邊站的人們而言，這個呼籲應該頗受歡迎。

社群主義的優缺點

這些作者們證明了社群主義立場的強項及其典型的缺點。他們說明市場和國家都預設了「信任和團結的非經濟性約束」（伍爾夫語）。然而這些體制的擴張會削弱信任的關係，因而損害了它們的成功前提。貝拉說，市場和「職場文化」正在「入侵我們的私人生活」，腐蝕我們「社會信任」的「道德基礎建設」。福利國家也無法修補這個損害。「比較成功的福利國家的例子……暗示著，僅僅是金錢和官僚的援助，並無法阻止家庭的沒落」，或強化其他任何「把相互依賴視爲重要的道德的支援團體」。

在伍爾夫最近的作品《誰的守護者》（*Whose Keeper?*）裡頭，對於爲了市場和國家而放棄日常生活團體的發展在意識型態、社會和文化方面的影響，有很中肯的分析。早期歌頌市場者，例如亞當·斯密（Adam Smith），相信自私也是個德行，只要它被限制在交易的領域裡。他們並沒有說明甚或預見當生活的每個面向都依據市場原則去組織的時候會是什麼情況。然而既然大部分的私人生活都已經被市場併吞，於是新的經濟思想學派便提出所謂「新的道德思維」：在一個完全受市場宰制的社會裡，經濟關係「再也不會因爲信任和團結的約束而軟化」。在傅利曼和其他被訛稱爲「新古典經濟理論」的代言人的作品裡，「沒有任何領域可以自外於……市場……社會生活只有一種區隔：亦即由利己行爲所界定的區隔。」伍爾夫認爲，社會民主派對於自由市場的經濟學及其擴延的回應，例如哲學家羅伯特·諾齊克（Robert Nozick）的作品，也同樣不夠充分。就像麥克·沈代爾（Michael Sandel）一樣，伍爾夫認爲約翰·羅爾斯（John Rawls）是社會民主派的自由主義的主要詮釋者，他把人類想像爲飄浮不定的抽象概念，完全沉迷於追逐自己的利益。羅爾斯主張，如果個人確切地理解自身的利益，就會重視那證成福利國家的擴展的正義原則，但是根據伍爾夫的解釋，羅爾斯對於社會關係的觀點卻很類似於某些支持市場擴張的觀點。羅爾斯的理論裡沒有信任或良知的空間，那是他認爲「很壓抑性」的性質。裡頭沒有任何感情約束的空間，除了它們最抽象的形式以外。「在羅爾斯的共和國裡，人們並不彼此相愛：相反的，他們只愛人類。」他的理論「讓人們不信任那些最能幫助他們的東西，也就是他們和身邊的人們的情感，卻去重視那對於他們幫助最少的東西，亦即抽象的原則」，而那些原則總是「對於日常生活的道德兩難束手無策」。

伍爾夫認爲，福利國家的困窘在於它忘記其初衷，也就是財富的重新分配。現在的福利國家，至少在北歐，「更加直接投注於道德義務的規定」。伍爾夫以公立日間托兒所的膨脹爲例。「當國家成長而家庭沒落，人們再也很難期望國家的干預不會大幅改變公民社會裡各種體制的性格。」而這會衍生出一個很麻煩的問題：「當我們依賴政府提供我們道德義務的規則時，它會不會反而削弱那原本使政府成爲可能的社會呢？」

惜哉伍爾夫並沒有深究這個問題。他的大部分批評都著眼於市場。他對市場大肆撻伐，對於國家的態度卻「搖擺不定」。他知道在瑞典對於福利國家的批評聲浪日漸高漲，而且他也承認那些批評有點道理，例如「個人責任」（海克謝〔Gunnar Heckscher〕

語）被「社會要爲貧窮、不法行爲和許多其他弊病被譴責」的觀念給瓦解。伍爾夫引用了安森伯格（Hans Magnus Enzensberger）在一九八〇年代許多對於瑞典社會的責難：「國家的權力已經凌駕一切，潛入日常生活的每個縫隙，以在自由社會裡史無前例的方式去規定人們的行爲。」然而伍爾夫在接下來的幾頁裡卻堅持說，安森伯格關於「北歐人的道德自主權可能會落到政府手裡」的主張是「不正確的」。無論如何，在美國的福利國家實在乏善可陳，以致於不會威脅到任何人。它或許不會「完全讓人滿意」，但是明顯比市場好得多了。如果我們必須在北歐和美國的體系中間作選擇，我們應該會推論說前者「比較能滿足我們下一代的需要」。伍爾夫的作品並沒有履行它的承諾。他所謂的「第三條路」結果是對於福利國家的有限定的背書，以及對於社會學的大聲背書，讓人覺得有點虎頭蛇尾。

公民需要尊重甚於憐憫

像《誰的守護者》裡頭的美好社會，與其說是在攻擊福利國家，不如說是在攻擊市場。這種形式的社群主義和社會民主主義幾不可分。前揭書的作者大聲疾呼「全球新政」，雖然他們對於「被管理的社會」頗有疑慮。他們很喜歡談責任，但是他們關心的主要是「社會的責任」，而不是個人的責任。我在他們呼籲的「負責的照顧」裡聽到「憐憫」的弦外之音，那是社會民主主義的術語，總是被用來證成福利計畫、國家監控和保護的功能的擴張，以及對於婦女、兒童和其他受虐者的官僚救援。憐憫的意識型態無論多麼悅耳，其實是公民生活被顛覆的結果之一，而公民生活依賴相互尊重尤甚於憐憫。憐憫放錯了地方，不僅會侮辱到受害者（他們被化約為憐憫的對象），也會侮辱某些可能的施與者（他們或許認為，比起以客觀的標準去要求他們的同胞且讓他們覺得受尊重，憐憫似乎容易得多）。我們憐憫受苦的人，尤其是惹人注意的受苦者；但是我們更尊重那些不願利用痛苦以博取同情的人們。我們尊重願意為其行為負責、並且接受一視同仁的標準的人們。現在人們普遍相信所謂的標準本來就是壓抑性的，它們不但一點都不客觀，而且歧視婦女、黑人，以及一般的少數族群。有人說，標準其實反映了頑固的歐洲白人男性的文化霸權。而憐憫則驅使我們承認自己把標準加諸別人的不義。

當憐憫的意識型態導致這種荒謬時，就是該質疑它的時候了。憐憫變成了鄙夷的臉孔。民主曾經蘊含著反對一切雙重標準。現在我們卻以人道關懷為名而接受了雙重標準（總是作為次等公民的療傷藥方）。我們放棄提升整體競爭力的層次（那是民主的古老意義），而滿足於把管理階級的競爭力給制度化，他們則霸佔了其他人的工作機會。

民粹主義是真正的民主聲音

而我所理解的民粹主義，卻明白致力於「尊重」的原則。因為如此，民粹主義比社群主義更受歡迎，後者太快就和福利國家妥協，而支持它的憐憫的意識型態。民粹主義既拒絕俯首貼耳的政治，也拒絕憐憫的政治。它是一種質樸的態度，平凡而直截了當的言說。它對於社會地位崇高者的頭銜和其他符號無動於衷，但是它也同樣不同意以受壓迫者為名去主張道德的優越性。它反對「窮人的優先選擇權」，如果那意味著把窮人視為環境的受害者，免除他們的責任，或是為他們的怠惰找藉口，因為貧窮總是帶有無罪推定原則。民粹主義是真正的民主聲音。民粹主義假定個人都應該被尊重，直到他們證明自己不配得到尊重，但是它也堅持他們必須為自己負責。它不願意基於「社會是應該被歸咎的」而容許或壓抑任何判斷。有人說民粹主義「好作論斷」（judgmental），那是時下流行的一個帶有貶義的形容詞，卻也證明了人道「關懷」的道德氣氛如何削弱了有辨識力的判斷。

社群主義嗟嘆社會信任的瓦解，但是沒有看到在民主政治裡，信任只能奠基於相互尊重。他們固然可以堅持說，權利必須以責任去平衡它，但是他們對於整個社會的責任的興趣（例如對最不幸者的責任）似乎高於個人的責任。當《美好社會》的作者們說「民主意味著傾聽」時，他們似乎是要喚醒我們民胞物與的精神，喝斥那讓我們對於他人的窮困視若無睹的自私的個人主義。我們一直過於寬大且好施小惠。我們以同情的理解為名，容忍二流的技術、二流的思考習慣，以及二流的個人行為標準。我們忍受沒禮貌和各種壞語言，從現在無所不在的低俗「糞便學」（scatology）到字斟句酌的學院遁詞。我們很少自找麻煩去糾正錯誤，或是和對手辯論以期改變他們的想法。相反的，我們不是要他們閉嘴，就是互相容忍歧見，說我們每個人都有表達意見的權利。在我們時代裡的民主比較可能死於漠不關心，而不是死於不寬容。寬容和諒解是很重要的德行，但是他們不能變成冷漠的藉口。

為什麼是民粹主義而不是社群主義

民粹主義和社群主義的差別在於強調重點的不同，卻各自得出很重要的政治結論。我之所以反對社群主義的觀點，主要是因為他們絕口不提諸如優惠措施、墮胎和家庭政策等爭議性話題。《美好社會》的作者們對讀者保證說，他們「不想為任何形式的家庭生活辯護」。他們認為，重要的是「家庭生活的品質」，而不是其結構。但是性質和結構並沒有那麼容易區隔開來。常識告訴我們，孩子需要爸爸也需要媽媽，離婚會讓孩子不知所措，他們在日間托兒所不會很快樂。即使我們無法讓家庭問題比較容易解決一些，至少也應該能夠提出一個標準以評估我們努力的成敗。我們需要指導方針，而不是空泛地談論善意。如果社群主義重視貝拉所謂的「生產的政治」（politics of generativity），那麼他們就必須去探討，爲什麼大家認爲現在的生活條件使得扶養小孩比從前困難許多。溺愛縱容的道德趨勢、孩子們過早接觸的性與暴力、在學校裡感覺到的道德相對主義，以及使得孩子們對於任何約束都不耐煩的權威的貶值，在在讓父母親感到很困擾。許多反對墮胎者都表示過相同的憂慮，我們不能只是說墮胎和家庭結構一樣應該都是個人的選擇就算了。道德的私人化是社群瓦解的另一個指標，而一個既默認這種發展卻又呼籲一種公共哲學的社群主義，很難期望人們認眞去看待它。

社會的共識遠多於意識型態的衝突假象

當然，任何把公共哲學奠基於明確的道德指導方針的企圖，都會招致一種批評，認爲道德認知本質上是主觀的，很難取得共識，因此道德和政治必須嚴格隔離開來。據此，任何結合兩者的企圖，都會導致某個團體的價值強加於其他人身上。對於社群主義最常見的批評，不外乎說它會以道德之名去控制輿論、鎮壓異議，並且對於不容異己的行爲視而不見。社群主義的反對者，包括右翼的自由意志論者、左傾的自由派，都會以喀爾文的日內瓦、克倫威爾的清教徒共和，以及賽倫女妖的審判爲例，去證明國家試圖強制執行道德的後果。對於他們而言，「社群」（community）這個語詞聽起來似乎是指固執的迷信和褊狹的地域觀念。它讓人們想起舍伍德・安德森（Sherwood Anderson）和辛克萊・路易士（Sinclair Lewis）筆下浮現的鄉村印象：迷信、碎嘴、自以爲是，無情地壓迫原創力和知識自由。就此而論，社群主義似乎會威脅到現代世界從本位主義進步到世界主義的一切成就，包括已經成爲文明化社會指標的尊重「多樣性」。

對於這些指摘最好的回答是：他們誇大了關於道德問題形成共識的困難度。《回應性社群》（*Responsive Community*）雜誌（社群主義的機關雜誌）的創辦人伊茲歐尼（Amitai Etzioni）很中肯地主張說：「共識比我們乍看之下還要多。」「作爲一個社群，我們共有的價值」包括「對民主的責任、權利法案，以及次團體的相互尊重」。美國人相信所有人都應該享有公平待遇，也相信「以愛、尊重和尊嚴去對待別人是好的」。他們相信寬容和誠實的美德。他們譴責歧視和暴力。伊茲歐尼在近作《社群的精神》（*The Spirit of Community*）裡說，社群的廣度和深度使得我們可以在自由意志論和權威主義之間想像一個「合理的中間立場」。很不幸的，利益團體肆無忌憚的施壓、媒體在衝突裡的既得利益、司法體系裡的當事人進行主義，都只會助長衝突而無法形成共識。在政治活動裡，我們似乎沒有任何共同點。正如伊茲歐尼所說的，有些基進主義者甚至主張「我們拋棄『一個社會』的觀念，以各種膚色的部落的集合體去取代它」。的確，他們認爲部落主義（tribalism）是唯一可能在多種族、多重文化的社會裡扎根的「社群」形式。

為什麼我們討厭政治？因為政治變成意識型態的表態

伊茲歐尼不只拒絕這種觀點，也相信大部分美國人也會拒絕它，因爲他們畢竟有許多共同的基本信念。然而人們仍然可以反駁說，他的「道德基本建設」的說法只是一些含混不清的通則，而且應用在個別議題上也總會產生歧見。不過，有充足的證據（儘管伊茲歐尼沒有援用）顯示，即使是某些具體的議題，在近年來造成意識型態的激烈衝突，而據稱不可能有什麼共識，美國人卻達成了。民意調查顯示，大多數人支持女性經濟機會的擴張。一九八七年的蓋洛普民調發現，六十六%的受訪者反對「婦女應該回到她們的傳統社會角色」的命題。而根據相同民調，六十八%的受訪者相信，「在托兒所裡長大的孩子太多了」。將近九成受訪者說他們自己「關於家庭和婚姻的價值是很老式的」。楊克洛維其（Daniel Yankelovich）在一九八二年報導說，有三分之二的人們同時支持婦權以及「回歸比較傳統的家庭生活標準以及爲人父母的責任」。

迪昂（E. J. Dionne）在《爲什麼美國人討厭政治》（*Why Americans Hate Politics*）裡談到這個調查結果時說：「在這個年代……『左派』和『右派』的概念似乎沒有以前那麼有用。」以墮胎的議題（美國政治裡意見最紛歧的議題）爲例，似乎不可能有妥協的空間。當問題被界定爲個人選擇和政府干預之間的衝突時，支持墮胎的立場就佔上風。但是大多數美國人相信墮胎太氾濫了，並且贊成諸如「父母同意書」的限制。而民眾對於政府的態度也顯現同樣的搖擺不定。大部分的人原則上同意美國政府太龐大且干預太多了，但是他們卻支持社會福利制度、全民健康保險，以及全民充分就業政策。狄昂說，民調一般顯示，「美國人相信應該雪中送炭、促進機會和權利的平等，並且提供教育、住宅供給、健保和兒童照護的各種管道。」但是他們也相信，「勤奮應該得到回報；損害他人者應該受制裁：家裡附近的小型機構比遙遠的大型機構好得多；即使是個人的道德選擇，也經常會影響到社會。」尤其是，他們相信父母親都和孩子們住在一起是扶養孩子的最好安排。狄昂認爲，對於「傳統家庭」的奉獻不應該被解釋爲反對女性主義甚或另類的生活型態。那只是反映一個理解：「孩子和彼此承諾長相廝守的父母親住在一起會快樂得多。」

正如狄昂所描述的，比起那支配著公共論辯的死板的意識型態，民眾的態度包含了更多的常識。他們經常搖擺不定，但並不必然是矛盾或前後不一。很不幸的，在政治裡聽不到他們的聲音，而狄昂說，正因爲如此，美國人對政治興趣缺缺。其他政論家對於政治冷感和僵局的解釋，包括貝拉和伊茲歐尼，都強調程序的考量：談話片段（sound bites）、選舉募款、執政者在國會選舉的壓倒性優勢；然而眞正的解釋則是實質性的：政黨不再代表一般老百姓的意見和利益。整個政治程序被熱中於無法和解的意識型態的對立菁英們給宰制。如果狄昂的話是可信的，那麼意識型態的政治已經扭曲了我們的世界觀，讓我們面對一連串假選擇：女性主義和家庭，社會改革和傳統價值，種族正義和個人責任。意識型態的死板僵化遮蔽了美國人共同的觀點，製造了兩極對立的錯誤印象。狄昂說，那些議題太過聳人聽聞，而讓美國人覺得很不眞實，這也說明了「爲什麼美國人討厭政治」。那些議題讓兩邊意識型態的陣營作出刺耳的信仰宣示，卻似乎和大多數人的日常生活問題無關。政治變成意識型態的表態，而眞正的問題卻沒有去解決。「當美國人說政治和眞正重要的問題無關時，他們大致上是對的。」

這並不意味著一個眞正關乎國計民生的政治（一個植基於民眾的常識的政治，而不是菁英們喜歡的意識型態），可以毫不費力地解決那些可能撕裂整個國家的衝突。社群主義低估了解決家庭議題的困難度，也就是說，既要支持家庭又要支持女性主義。它在理論上或許是民眾所要的。但是在實踐上，它必須重新設計職場，讓上班時間更有彈性，讓職業模式沒有那麼死板而且可以預期，也減少升遷的標準對於家庭和社區義務的損害。這些改革蘊含著要干預市場以及重新定義成功，而兩者難免都會招致許多爭議。

衝擊著美國社會（或任何工業先進國家）的問題，絕不能僅憑著「美國人所相信的」去解決，雖然那的確是正確的第一步。狄昂認爲，許多民調顯示「共識比我們想像的空間還要大」，但是那些民調並不算是一個公共哲學。狄昂自己也說，國家的搖擺不定經常會漸漸變成精神分裂。美國人有一個「分裂的人格，交替著強調個人自由和社群的重要性」。

此二者絕非完全無法和解的價值，但是我們也絕對無法僅僅隔離其差異就可以輕鬆平衡它們。作爲政治實踐的健全性指標，精神分裂沒有比意識型態的偏執狂好到哪裡去。狄昂最後呼籲說，一個「關於共同利益的一致性的觀念」仍然必須奠基於許多很困難的選擇，即使那些選擇不是陳腔濫調的意識型態所指定的。二十世紀的公共哲學將必須更加強調社群，而不是個人決定的權利。它必須強調責任而不是權利。它必須對於社群有更好的論述，而不再著眼於福利國家。它必須限制市場的範圍和企業的權力，而不必以中央集權的國家官僚去取代它們。

問題仍然在於階級，而菁英分子絕口不提

放棄古老的意識型態並不會預告共識的黃金時代的到來。如果我們可以超越性別政治和種族政治所製造的虛假的兩極對立，我們或許會發現，眞正的區別仍然是在於階級。「回到原點」或許意味著回到階級戰爭（既然我們的菁英們認爲不合時宜而拒絕的正是這些原點），或至少是回到以階級爲主要議題的政治。不消說，那些爲美國政治定調的菁英分子，儘管對於其他事情爭執不下，卻有志一同地對於階級政治絕口不提。所以問題在於社群主義是否繼續默許他們把階級議題排除於政治之外，或是他們終於像民粹主義者一樣看見，極端的不平等和任何被公認很好的社群形式都無法兩立，因此，一切都端視於如何消弭菁英分子和國家裡的其他老百姓之間的差異。

第二部

墮落中的民主論述

第六章

交談和公共藝術

如果說，菁英們只和他們自己人講話，其中一個理由即在於缺少一個促成跨階級對話的機制。公共生活需要一個背景，讓人們平等相遇，不分種族、階級或原籍地。由於公共體制的式微，從政黨到公園以及非正式的聚會場所，交談和知識的生產一樣被專門化。各個社會階級以他們的方言和自己人講話，外人則不得其門而入；他們只有在典禮的場合和國定假日裡才會彼此交談。遊行或其他大型表演也無法彌補非正式聚會的貧乏。原本似乎和政治以及公共藝術扯不上邊的酒館或咖啡館，爲那些讓民主成長的街談巷議提供了一個好地方，但是現在隨著社區的聚會場所被商店街、速食店和外賣給取代，它們也有銷聲匿跡之虞。我們的飲食漸漸和節慶儀式無關。它變成完全功能性的事：我們總是吃得很匆忙。快節奏的生活習慣讓我們沒有時間或空間好好交談，即使是提倡生活空間的城市裡亦然。

充滿了交談和咖啡館的城市

一般認爲愛默生不會很喜歡城市，但是他曾經說巴黎是「世界的社交中心」，又說它「最重要的優點」在於它是個「充滿了交談和咖啡館的城市」。尤有甚者，愛默生很重視孤獨的價値，但是他也承認社交有「莫大好處」，他在〈社交和孤獨〉（Society and

Solitude）裡說：「和第一流的人物交遊而弦歌不輟，是一件絕對不會失去浪漫的事。」

吉姆．史利普（Jim Sleeper），《最親密的陌生人》（*The Closest Strangers: Liberalism and the Politics of Race in New York*）的作者，把城市裡的社區稱爲「公民文化的坩鍋」。史利普指出，社區的成人變成年輕人的模範，他們「所扮演的角色爲教養者、守護者、鼓舞者、傳承者、隊友、情人、朋友。而這些角色是城市市場僅能間接回報的，如果它能回報的話」。用愛默生的話說，和第一流的人物交遊，讓我們得以一窺家庭和朋友的鄰近視野以外的開闊世界，窺見「浪漫」。如果史利普是對的，它也會讓我們學到公民生活的重要德行：忠誠、信任、負責。它以責任去節制浪漫。它鼓勵我們去了解自己，承擔艱鉅的任務，並且對於獻身理想甘之若飴，完全不同於市集裡璀璨華麗卻不眞實的滿足感。史利普說，樸實無華、但深邃而長久的滿足，可以在許多場合和不同的活動裡看到，但是「那些世界公民當然會不屑一顧，雖然至少在社區、地區教會或會堂、在附近的小酒館、餐廳、社區活動中心或公園裡，紐約人總是可以看到那樣的活動。」

第三個地方

歐登堡（Ray Oldenburg）的輕快作品《絕妙的好去處》（*The Great Good Place: Cafés, Coffee Shops, Community Centers, Beauty Parlors, General Stores, Bars, Hangouts and How They Get You through the Day*），也談到那些支撐著社區的生活的非正式聚會場所。非正式的聚會場所（歐登堡稱爲「第三個地方」，有別於大型而結構嚴謹的組織，以及家庭和其他小團體）最重要的魅力在於，「任何的等級評斷都是以人的教養爲依據」，而不是憑著財富、姿色、侵略性甚或聰明。歐登堡提到一句羅馬諺語：「沒有比下等人爬到上流地位更讓人討厭的事。」（譯注❶）他比較社區聚會場所的非正式社交以及職場的階級（在那裡，羅馬的智慧沒有那麼明顯）。另一方面，在「絕妙好去處」裡，「權利是很平常的事」。在歐登堡的經驗裡，「激濁揚清」是「不變的」律則。其次，那精神也會感染到整個街坊鄰居；在和同儕的非正式社交裡習得的教養，即使是常客們離開了他們聚會的地方，也不會忘記它。

譯注❶：語出羅馬詩人克勞狄亞（Claudianus, 340-410）。

在第三個地方裡的教養的增益並不限於該處。酒客們不太會做在吧台絕對不容許的事。在第三個地方漫長隨興的閒聊裡，會對於合宜和不合宜的行為逐一品頭論足。他們不喜歡有人隨身的東西看起來很礙眼，或是把紙尿布亂扔在停車場裡，或是為了不該他的錢而隨時找藉口要告人的道德白癡，或是沒有善盡父母親的責任的傢伙。如果沒有養成某種好惡觀念，你很難成為他們的核心分子。

在心裡問人們會怎麼想，那就是以前所謂「社會控制」的有力動因（那是指社群自動自發的約束力，而不是行爲矯正專家或其他專科醫生的權威）。歐登堡認爲，因此我們可以絕不誇張地說，「較之於許多號稱美德化身的機構」，非正式的聚會場所「不必大聲疾呼就更能夠提升教養」。

正如這些觀察所暗示的，第三個地方之所以有價值，不是因爲「你在那裡度日」，而是因爲小酒館、咖啡館、露天啤酒屋和夜店都鼓勵交談，而那正是公民生活的本質。歐登堡說，在非正式的聚會場所裡，人們可以無拘無束地放言高談，而唯一的限制是談話的方式本身。就像愛默生一樣，他相信交談是城市的存在理由。沒有好的談話，城市就變成僅僅是「度日」的地方。

因此，第三個地方是街談巷議的家，一個介於職場和家庭、介於「塵務鞅掌」和「母親的懷抱」之間的聚會的地方。這個語詞讓我們想起自由結社的熟悉領域，社會學家和受社會學傳統影響的社會評論家都很重視它，認爲它是個人和國家之間的中介。然而，正如歐登堡所說的，「第三個地方」聽起來像是窮人的公共論壇。它不完全是「自由結社」，也就是爲了推動某個共同的目標而組織起來的團體。它也不是一個「生活類型的圈地」，貝拉和其他作者在《心的習慣》（*Habits of the Heart*）裡用這個詞去指涉以共同的鑑賞力和人格傾向爲基礎的非正式團體。你總是可以在第三個地方看到老面孔，但是你也會遇到不速之客，甚至是陌生人。就像是比較大的社區，第三個地方因爲地利之便而讓人不由自主地聚在一起。瑪麗·佛萊特曾說：「我們可能比較喜歡某個團體，而不想和鄰居爲伍，但是因爲相同性而得到的滿足卻暗示了一種貧乏無趣的人格。」另一方面，社區提供了「讓人耳目一新的不同經驗和典型」。或許有人會說，這些差異提供了熱烈交談所需的材料，而不同於彼此的欣賞和不成問題的共識。

重視教養的地方

這種不由自主的聚會給與第三個地方一個類似政治的性格。在這種氛圍下，對彼此的承認是來自於性格的力量，而不是你的成就，更不是你的銀行存款。佛萊特在一九一八年的《新國家》（*The New State*）（至今仍是關於社區的政治潛力的最佳作品）裡鞭辟入裡地說：「我的鄰居知道我家後院髒兮兮的，他們並不會因爲我是畫家而多麼瞧得起我，但是喜歡我的顏色的藝術家朋友們，既不知道也不關心我的後院是否乾淨。我的鄰居知道我不是第一個有麻煩的鄰居，他們不會因爲我的科學研究而尊敬我。」歐登堡認爲，自由結社的團體和鄰里的社交的差異可以解釋爲什麼在「第三個地方」更重視教養，而不是財富或卓越的成就，而教養是最顯著的公民或政治德行。這個觀點使得我們可以主張說，第三個地方的社交以很純樸的方式讓德行和政治生活恰如其分地結合在一起，而遠勝於以自由結社組成的「公民社會」。

它也以另一種方式去獎掖政治德行。它幫助人們克服日常生活裡的某些壓抑和拘謹而稍微「開闊」一些（用歐登堡的空間隱喻來說），但是它也會戳破驕矜自大的氣球。在許多第三個地方裡，人們會把酒言歡，以打開話匣子，但是不鼓勵飲酒過量的傳統也會讓人們說話不致於天花亂墜。只要人們的言詞不會流於裝腔作勢，我們倒是可以隨時聽到珠璣咳唾。交談「沒有那麼壓抑，也比較有興味」，「比較戲劇化」，而解頤妙語也就層出不窮。因爲那些地方的常客「都很熱中於交談」，但是他們比常人更討厭「東拉西扯，無論是由於離題的評論，或是因爲講個沒完沒了」。

我們不難看到，爲什麼「第三個地方」在歷史上一直是時事評論作家、從事各種運動者、政客、記者、革命分子和其他鼓唇搖舌之輩很自然的聚集之處。在現代新聞業興起以前，小酒館和咖啡館（經常在公路旁或大街路口）也扮演媒體的角色，是蒐集和傳播新聞的地方。在極權國家裡，它們至今都維持著這個功能。這個歷史使我們更加有理由去強調第三個地方的原型政治性格，並且猜測說（即使歐登堡不認爲如此），參與式民主的沒落和第三個地方的消失有直接關係。當社區的聚會場所被郊區的商店街或私人的雞尾酒會給取代，基本上是政治性的交談藝術被職業用語或個人的流言蜚語給取代。漸漸的，交談在美國社會幾乎沒有地位。沒有了交談，政治習性如何（或在哪裡）能夠被養成且磨鍊呢？

社區為日常生活世界開一扇窗

歐登堡主張說，第三個地方在大城市裡重新創造了小鎮生活的某些性質。有人認爲小鎮是無可救藥的褊狹心態，但是歐登堡不認爲如此，他讚賞小鎮的自娛能力、樂群的習性，以及爲更開闊的世界提供一扇窗子的可能性。他引用了一個婦女寫給他的信，她在大蕭條時期成長於俄亥俄州的小鎮，並且相信「在雜貨店聽到的所有交談」，而這讓她漸漸明白「世界比俄亥俄州的巴克頓鎮要大得多」。她懷疑小時候偷聽大人講話讓她「一輩子都對政治、經濟和哲學頗感興趣」，它們都不屬於家庭的一部分，卻是小鎮社交能力的核心。

如果說在小鎮和郊區裡的社區能培養「一種對於人群的興趣，以及他們彼此娛樂和啓蒙的能力」，如歐登堡所說的，那麼在商店街就很難有這種事，儘管人們把它當作新版的「大街」（Main Street）去招徠顧客。他認爲那些主張商店街可以提倡新的社區意識者「根本是無稽之談」。商店街裡住的都是短期居留者以及商家，而不是社區。一個地方性的商會毫不諱言商店街的目標：它「歡迎來購物的人，而不是來閒逛的人」。酒吧和餐廳也是爲了高營業額和快速周轉率而設計的。長椅子的不足讓顧客無法在裡頭磨磨蹭蹭。背景音樂取代了交談。歐登堡說拿它和「大街」相比是「不倫不類」；大街上有「各種角色的陣容」，而在商店街裡，卻只有「熙來攘往的不存在的人（nonperson）」。

郊區的生活方式和小鎮或老城社區的對立，其實不在於他們所說的提倡什麼社區意識，而是在於對於社區的「批判」，他們主張說，小鎮和城市社區的是狹隘的、種族中心主義的、對外來者很猜疑的，而且無法容忍「差異」（歌頌差異已經成爲學術上的「後現代主義」的指標）。佛萊特說，她在讚美社區的優點時，反對者會「立即鳴鼓而攻之」：

我始終不明白，為什麼這個話題特別容易激怒他們。他們會直接認為我是要他們困守社區，把他們密封起來；他們認定我是要以社區去取代任何其他的接觸形式。他們對我說社區的生活有多麼可憐，而我必須聽他們講一堆社區惡行惡狀的故事，從閒言閒語到堅決的聯合抵制。他們說，社區的團體充斥著排擠和褊狹的觀念；在範圍比較大的團體裡則沒有這種事。

而對於社區最強烈的控訴，則是說它壓抑女性。歐登堡的第三個地方大部分是清一色男性的場所，而光是這個事實，就足以讓認爲任何形式的性別隔離（除了解放了的婦女的自我隔離）就等同於性別不平等的人們譴責它。歐登堡並沒有迴避這個控訴。他承認「第三個地方傳統的男性主導地位」，但是他認爲，以前的女性有她們自己的其他聚會場所，而性別的隔離是有幫助的。例如說，它讓男性和女性不必把所有情感的期待都寄託在婚姻上面。歐登堡說，損害同性的社交活動的，不是婦女運動，而是一個新的而「基本上有缺陷的」婚姻關係的理想。就像商店街一樣，婚姻裡的「夫妻一體」本質上是個郊區式的虛構觀念，讓人們在私人空間裡尋求所有的情感滿足，而把公共空間視爲單純的利益交換的地方。儘管歐登堡太過簡化女性和清一色男性的社交活動的長期對立，但是他認爲那樣的對立和賦與婚姻超出它能負擔的情感重量的理想關係（許多評論者也都曾提到）有關，我認爲是對的。

年輕人的成年禮

他也認爲，性別隔離的沒落呼應了一個依據年齡的狡猾隔離形式的出現。他指出，以前的小酒館是「一個讓世代間得以交流，並且鼓勵年輕人擺脫青少年習性的重要地方」。正如那位俄亥俄州的投書讀者所說的，街角的雜貨店也有相同的功能。一般來說，以前的年輕人比現在更積極投入成人的世界。他們有更多的機會在輕鬆的情況下去觀察成人。現在則是由一群出自好意的成人，在以教育爲目的的環境裡，很專業地觀察年輕人。結果兒童和青少年漸漸沒有什麼機會即興創造他們自己的社會生活，並且利用成人的生活空間（注❶）。歐登堡指出，郊區的環境（現在也包括城市，除了那些沒落的地區）已經不容易被年輕人「客製化」，他們大部分的時間都待在特別設計給年輕人的地方裡，在成人的監督下活動。由成人去規畫他們的童年生活，也意味著第三個地方的沒落，以及「被稱爲美國人的生活方式的解體力量」的興起。

從社交模式的改變去看，這種生活最典型的性質，在於以選擇和個人偏好取代了非自願性的、因而有點偶然的、不規則的、無法預期的非正式社交類型。在性別隔離的瓦解和年齡團體的隔離的漸增裡，都有這個共同的元素。由興趣和品味相同的成人組成的社交網路包括了男性和女性，但是必然排除年輕人。正如歐登堡所說的，網路「是……反兒童的」。它們也是「菁英主義的」，因爲大部分的網路都預設了要很有錢並且受過高等教育，更別說要擁有私家轎車了。其次，那些圈子也是用來保護人們「免於隔壁或對街的鄰居的騷擾」。

社區才是真正的世界主義

即使是現在，個人網路的魅力仍然和在佛萊特的時代一樣，那樣的魅力就在於把自由和個人畫上等號。歐登堡扼要地說明「美國人的生活方式」所體現的理想，聽起來就像她的朋友們對於社區羅織的指控一樣：

（歐登堡在總結「美國人」的理想時說）我們每個人都有自己的個人社群，而它的擁護者讓網路聽起來像是一個先進的社會形式，而不是原子化的產物。他們說，擁有網路者都是世界主義者。他們的興趣和關係都超越了地方性的社區。「網路」

自地方的閒言閒語和偏見「解放出來」，可以在更理性而個人的基礎上（而不只是地緣關係）「自由地」選擇他們的朋友。

在一九九四年，就像一九一八年一樣，主張「比起沆瀣一氣者的世界主義，社區才是眞正的世界主義」的論點一直被忽略。

我們只要比較「第三個地方」和相對立的場所，例如私人俱樂部，就會明白歐登堡想說的是什麼。正如他所說的，俱樂部是排他性的、勢利眼的，並且汲汲於保衛他們的社會特權。他們和社區的聚會場所是「兩極對立的」，而如理察・羅逖（Richard Rorty）在著名的論文裡所書的，這其中也透露了某個「後現代中產階級的自由主義」的社會和政治蘊含，亦即他們是以俱樂部作爲他們社交活動的模式，而不是「第三個地方」。「中產階級民主的公民社會」（羅逖認爲仍然是新的「世界秩序」希望所繫），很像是「被許許多多的俱樂部圍繞著的拍賣場」。羅逖認爲，當一個世界打破了民族和種族的孤立，許多不同國籍的人們聚集在不可免的多文化且多種族的集團裡，這樣的世界是無法以共同的文化凝聚起來的；但是一個秩序井然的拍賣場在共同的信念或價值方面則不需要任何預設。它只預設要接受若干程序性規則。價值和信念的衝突並不會阻止生意人「討價還價」。如果他們渴望與生活觀念相同的人們爲伍，可以在「白天激烈的討價還價」

以後「撤退」到他們的俱樂部裡去。

羅遜的理想世界很接近現實存在的世界，至少在美國如此，而我想許多美國人也願意相信它是所能期望的最好世界。歐登堡的作品讓我們明白這樣的世界少了什麼東西：城市的禮節、愉快的心情、交談、政治，幾乎是一切讓生活有意思的東西。當市場把所有公共空間據爲己有，而社交也「撤退」到私人俱樂部，人們就有喪失自娛甚或自我管理的能力之虞。然而只要他們意識到這個危險，就仍然有希望翻轉我們文明的郊區化趨勢，並且還給公共藝術它在事物核心的應有地位。

注❶：以前男孩們會在街上、停車場空地或鄉間的草地學習基礎的棒球，而沒有大人在場。他們會隨興組織自己的遊戲。在裝備不齊全的情況下，棍子和罐頭蓋也都能湊合著用。而現在呢，少年棒球聯盟鉅細靡遺地把一切都組織得好好的。

第七章

紐約的種族政治：對於共同標準的侵害

吉姆・史利普認爲，紐約的光榮在於「把普羅大眾的力量和專業的卓越以及高度的文化成就整合在一起」，而如我們所見，一個城市接著一個城市，這樣的整合正在瓦解，而如果目前的趨勢不減緩的話，它在紐約也會瓦解。作爲記者和專欄作家，史利普先後在《布魯克林鳳凰報》（*Brooklyn Phoenix*）、《北布魯克林水星報》（*North Brooklyn Mercury*）、《紐約每日新聞》（*New York Newsday*）、《紐約新聞日報》（*New York Daily News*）撰稿，因爲他非常熟悉紐約也深愛它，使得他在《最親密的陌生人》裡，對於它的沒落的嚴厲批評頗有說服力。

公共設計完備的社區聯接了個人和寬闊的世界

史利普於一九七七年從故鄉波士頓搬到紐約，不久他就發現，紐約和其他世界大都市一樣，是屬於「漫步者」和「閱讀者」的城市。它的許多公共設施，如大眾運輸、學校（包括全市的大學體系）、醫院、圖書館、公園、博物館，「即使沒有錢接受高等教育，也有知識啓發的機會」。這些設施爲大部分紐約客的「追求個人進步提供很大的幫助」。它們把「貧窮的城市居民個人的向上流動和更廣大的世界主義的目標」結合在一起。（注❶）史利普不同於那些對著少數族群倡言自力救濟的新保守派，他要我們明白，機會是取決於精力旺盛的公共部門，而公家機構也可以形塑個人抱負的結構。紐約的文化設施讓人們不以傳統的賺錢發財以及自我放逐到郊區的生活為目標，而是對他們的環境的知識性自覺，那曾經是紐約客的特質：一個知識淵博、口若懸河、好爭訟的傢伙。

公共設施也把社區（以族群和家族爲基礎，而結果是相當地域性的）和更開闊的世界的客觀文化結合在一起。當我們說社區在公民美德的形塑上非常有價值，並不蘊含著把社區生活美化爲目的本身。社區保護人們免於市場的匿名化，但是它也鼓勵年輕人去分享社區以外的公民文化。在一個穩定的社區裡，教士、老師、籃球教練、街角的雜貨店老闆和警察，都是成人權威模範，他們可以教導年輕人許多在社區外頭的廣大世界裡也很有價值的東西。史利普在總結他們的教導時，強調個人的責任感以及對他們的尊重，換言之，那是公民生活的必要品格，卻不一定可以帶給他們名聞利養和專業成就：「不要隨便輟學，除非你有個穩定的工作；在你有能力養小孩以前，不要生孩子；尊重其他人以及他們的財產。」

次文化必定會被犧牲嗎？

島國心態和世界主義：它們之間的拉扯就構成了城市生活的故事。侯爾（Irving

Howe）（譯注❶）、卡辛（Alfred Kazin）（譯注❷）以及許多其他自傳作家，都讓我們想起紐約的封閉社群的沉重背景，以及和古老社區既痛苦又興奮的決裂，讓有抱負的年輕人得以徜徉於國際性的學術共和國裡。把這個錯綜複雜的故事化約成向上流動的陳腔濫調的傳說，正如包德荷雷茲（Norman Podhoretz）在《力爭上游》（*Making It*）裡所說的，只會把它簡化得幾不可辨。決裂並不是不可挽回的，除非其目標只是很赤裸裸地想要出人頭地。尤其是，對世界的探索其實蘊含著經由想像性的落葉歸根而發現自我，而不會沉醉於追求成功以及物質成就以外的文化名聲。一般人總會誤以爲，習染了世界的文化就必然會失去或放棄自己個殊的次文化。除了那些一心一意要完全同化的人們（以文化的虛飾去誇耀自己的權力地位），超越自己的地域性認同總會導致複雜的、甚至是痛苦而分裂的認同。社區和城市之間創造性的拉扯（在紐約，則是多民族特有的次文化以及它的文化設施所體現的世界文化之間的拉扯），一直被視爲城市文化特有的生命力的泉源。

譯注❶：侯爾（Irving Howe, 1920-1993），美國左派文學評論家和社會批評家。

譯注❷：卡辛（Alfred Kazin, 1915-1998），美國溫和派作家和文學評論家。

民族主義和種族融合主義的綜合

以前人們通常會採取兩種方法去緩解這種拉扯（個人在兩種文化的撕裂裡會覺得難以承受，而它的負面影響也會多於正面的）。當人們抨擊以「美國精神」或其他文化教條爲名的特殊主義時，經常會招致近乎種族隔離主義的特殊主義四面楚歌的抗辯。在黑人社群裡，民族主義和種族融合主義（integrationism）的策略之間長期的衝突，讓人們忘記了這兩種策略都旨在對抗一種對於黑人認同的更複雜的理解。民族主義者認爲，黑人永遠也不會被接受是美國人，應該把他們自己視爲非洲的流亡民族，而種族融合主義者則相信同化於主流是政治平等的邏輯結果。兩者都沒有把握到非裔美國人所經驗到的「二元性」（twoness），如杜波伊斯（W. E. B. Du Bois）（譯注❸）所說的：分裂的忠誠，既痛苦、無法避免，卻也希望無窮，如果它有助於新的美國精神的定義，既反映特殊主義而又不否認需要一個共同的美國文化。

譯注❸：杜波伊斯（W. E. B. Du Bois, 1868-1963），美國重要的黑人民權運動者、作家、歷史學家、社會學家。

無論是黑人民族主義，或是種族融合主義，現在都沒有多少擁護者了。這些立場或許是片面性的，但是他們至少是前後一致的。他們各自提到現實世界的一個面向。種族融合必須基於一個理解，也就是膚色和人類的整個事業無關：無論是造橋、經營企業或是履行公民義務。另一方面，民族主義則著眼於沉重的歷史背景，讓我們無法忽略種族的重要性。只要我們把這兩個立場相互對照一下，就可以明白其實兩者都不完備，也可以期待有一個同時解決黑人經驗的這兩個面向的綜合性觀點。一九五〇年代和一九六〇年代初期的民權運動，被民族主義者很不公平地斥爲單純的種族融合主義，但是它其實已經預見了這個綜合的元素。

新部落主義

民權運動的瓦解讓人們既困惑又沮喪，那使得黑人民族主義和種族融合主義的優點都在種族口水戰裡消失無蹤。另一方面，「文化多元性」的擁護者則把民族主義的論證扭曲爲否定任何普遍或跨種族的價值。他們現在已經不再主張說（就像馬庫斯．賈維〔Marcus Garvey〕或麥爾坎X〔Malcom X〕那樣），融入一個腐敗的社會，一個拒絕實踐它所宣傳的教義的社會，對於黑人沒有什麼好處。現在他們說，整個西方社會的文化，西方的理性主義，所謂一個共同的傳統或共同的公民語言，或一套共同的標準的觀念，都必然是種族主義的。另一方面，這種極端形式的特殊主義主導著種族主義的討論，卻附和對於社區的無情攻擊，剝奪了讓文化特殊主義可能成長的唯一物質條件。在後現代主義的學院裡、媒體、娛樂界、雅痞經常出沒的文化精品店和沙龍裡，「新部落主義」已經成爲新寵兒，它在部落主義失去任何實質內容的時候粉墨登場。「部落主義」是剛剛被消費主義式的資本主義拋棄的流行風潮，它快速地以商店街取代社區，因而損害了它亟欲包裝爲一個商品的特殊主義。

史利普說：「有些紐約客似乎完全不要社區。」商人和知識工作者階級構成一群永不停歇的、短期居住的人口，他們的家是全國性的或國際的機構（如果那可以稱爲家的話），那些機構則以深奧難解的專業知識爲基礎，由競爭的成就主宰一切。從知識工作和管理者的觀點來看，只有那些沒有進取心的人們才會留在社區裡，那裡是失敗和文化停滯的窮鄉僻壤。

關於「房屋自由租售政策」（open housing）（譯注❹）和「學校撤除種族隔離政策」

譯注❹：「房屋自由租售政策」（open housing），美國於一九六八年立法禁止在租售房屋或貸款時有種族或宗教的不平等待遇。

（school desegregation）的政治論戰，讓社區招致更多的批評，認為他們灌輸種族的排他性和不寬容。從一九六〇年代中期開始，自由派偏好的種族政策就一直努力要打破黑人的貧民區（另一種不受歡迎的社區），而犧牲其他據說充斥著種族偏見的族群「圈地」。自由派政策的目標，其實就是以富裕且流動不居的菁英分子的印象去改造城市，他們認為城市只是工作和娛樂的地方，而不是落地生根、生兒育女、生於斯死於斯的地方。

種族融合主義

種族融合主義或許會被認為是一個讓每個人平等接觸共同的公民文化的政策。但是現在大部分人們認為那是保障教育的流動性的策略。種族融合的學校，正如最高法院在《布朗訴教育委員會案》的判決所解釋的，可以克服因為種族隔離而招致的心理傷害，讓黑人可以憑著能力在職場上競爭。他們錯誤地強調知識工作的職業，卻忽略了一般的工作以及公共文化的參與，這也可以解釋在一九六〇年代以後的種族政治裡，一種充滿敵意的文化特殊主義（例如說，主張黑人孩子應該只讀黑人作家的作品，以免受到「文化帝國主義」的荼毒），為什麼可以和某些其實是在損害特殊主義的策略（具體表現在社區裡）很奇怪地並存著。

史利普說，在一九四〇和一九五〇年代，自由派認爲「一個有足夠的凝聚力和自信去承認黑人地位的社會秩序」是理所當然的事。種族的衝突和不義固然層出不窮，但是雙方仍然有足夠的善意。史利普認爲，白人仍然是「人人可以挑戰的對象」。儘管他們對於黑人移居到他們的社區裡感到很不安，卻始終相信公平競賽的原則。（史利普說，即使到了現在，「城市裡被包圍的白人知道……他們不是敗給少數民族；有很多有錢人，以及新的管理菁英分子，其中包括了偏激派，在一九六〇年代以很諷刺的方式欺負他們，而到了一九八〇年代卻撇清一切，主張他們的階級特權。」）害怕且仇視黑人的人們，因爲民權運動的道德壯舉、自律和愛國主義而消除了心裡的疑慮。參與運動者因觸法而入獄卻甘之如飴，他們始終忠於國家，卻不接受國家給他們的種族標籤。民權運動證實了黑人的主張：比起那些擁護種族隔離爲「美國方式」的人們，黑人是更好的美國人。他們要求國家實現其承諾，訴求一個共同的正義標準，以及超越種族界線的基本禮節觀念。

社會工程鼓勵雙重標準

另一方面，一九六〇年代啓動的社會工程卻導致種族關係的快速惡化。「校車接送」、「優惠措施」以及「房屋自由租售政策」，在在威脅到社區裡的種族團結，迫使中下階層的白人群起反對。史利普說，面對他們的抗拒，自由派「以自以爲是的憤慨回應之」。黑人的好戰派鼓吹種族的兩極對立，要求一種「集體抱怨和授權」的新政策。他們堅持說，黑人是「白人種族主義」的受害者，不能以白人的教育和公民標準去要求他們。那些標準本身就有種族主義色彩，其目的只不過是要讓黑人待在原地不動。白人的左派則很浪漫地把非裔美國人的文化想像成情感奔放的、性解放的、沒有中產階級的那種壓抑的生活方式，他們也附和批評所謂的共同標準。民權運動原本是在抨擊雙重標準的不義，現在單一標準的觀念卻被指摘是「制度性的種族主義」的極致。

黑人好戰派的知識工作者以及他們的自由派和左派的支持者，對於任何共同標準的觀念有多麼避之唯恐不及，從布羅利的烏龍案就可見一斑。（譯注❺）塔瓦娜・布羅利（Tawana Brawley）的「性侵案」被夏普頓（Al Sharpton）和麥鐸（Alton Maddox）說成白人迫害的典型案例，最後卻被揭穿是一場騙局，但是人類學家史丹利・戴蒙（Stanley Diamond）卻在《國家》雜誌裡說：「是否眞的有犯行，那並不重要。」即使該事件是

譯注❺：塔瓦娜・布羅利案（Tawana Brawley），一九八七年，紐約十五歲黑人少女塔瓦娜指控六個白人對她性侵，其中包括一個警察，被當時媒體和民權人士大肆炒作。一九八八年，大陪審團裁定性侵案不成立。

由「黑人演員」演出的，他們的表演也「充滿了技巧和被控制的歇斯底里」，並且描繪了「許多黑人女性的眞實遭遇」。昆斯特勒（William Kunstler）也了無新意地說：「塔瓦娜的性侵是否眞的發生再也不重要……它不能掩蓋一個事實，許多年輕黑人婦女的遭遇就像她所說的一樣。」昆斯特勒又說，至少黑人好戰派「現在有個話題，可以用來攻佔報紙頭條，對於刑事司法體系發動猛烈攻擊」。

少數族群的生活和自尊仍然每況愈下

如果我們思考對抗「種族主義」的戰爭如何逐漸企圖操縱媒體（政治變成種族的劇場），那會是很發人深省的經驗。夏普頓和麥鐸是佔據了頭條，可是紐約大部分黑人的生活條件仍然每況愈下。「優惠措施」的確讓黑人菁英有機會到市政府和媒體工作，但是民眾的生活卻過得比以前更悲慘。史利普指出，「姓氏和膚色本身就成爲成功的工具」已經大有問題了——那樣的政策「瓦解了古典自由主義的美國理想，亦即個人必須爲他們自己的命運負責，依據他們的付出得到回報」。更糟的是，大部分的黑人根本沒有成功，原本應該要解放他們的抗爭，卻反而壓抑了他們。黑人文化策略使得黑人學生團結起來抵制學校裡的模範生，說他們「假扮白人」。他們在學校裡成績不好，就找藉口說黑人學生不應該去修「歐洲中心主義」的課。他們以受迫害作爲一切挫折的藉口，而使得挫折的源頭始終揮之不去：受害者總是很難恢復其自尊心。

在這些背景下，難怪黑人貧民區裡的年輕人（尤其是年輕男人）會那麼在意別人對他們的尊重，而公然侮辱他們的名譽（「否定」他們、公然鄙視或「不尊重」他們）會被認爲是以暴力報復的理由。當人們找不到自尊心時，就很容易把它和讓別人心生恐懼的能力混淆在一起。貧民區裡的犯罪次文化不僅是社會流動性的替代品，犯罪所得也被認爲是窮途潦倒的工作的另一種選擇，更重要的是，他們可以贏得無法以合法手段找到的尊重。對於麥爾坎X的懷念，可以被理解爲對於暴力、恐嚇和自尊心的迷思的政治化版本。由於史派克．李（Spike Lee）的緣故，麥爾坎X現在被視爲一個領袖，對他的同胞承認要「以任何必要的手段」去恢復自尊，也就是以種族恐嚇的手段。另一方面，馬丁．路德．金恩則被貧民區的年輕人指責是一個「湯姆大叔」；金恩博士主張說，民權運動需要的是消除白人的疑慮，而不是去加深它。這句話對於那些再也分不清楚害怕和尊重的人們而言，已經完全無法理解的了。

問題在於階級而非種族

在這同時，城市的經濟持續在惡化。工業的潰逃創造了一個眞空地帶，而只能以金融、通訊、旅遊和娛樂局部地塡補它。新的工業並沒有爲失業者提供就業機會。紐約需要一個稅基和充分的就業；但是它所擁有的卻只是言語、符號和一大堆餐廳。新的產業鼓勵一種自掃門前雪的、即時行樂的生活方式，而和以家庭爲重心的社區所提倡的生活扞格不入。房地產的投機買賣（史利普說，房地產之於紐約，正如油田之於休士頓）同樣也顚覆了舊時的生活方式，因爲流動率高的社區自然是比穩定的社區更有利可圖。投機客讓房屋貶值，房子遭到祝融之災時，他們就賺取保險理賠。房地產業者會散播傳言，說某個社區正要興起或已經沒落了，於是「創造許多關於社區的成長和衰退的自我應驗的預言」。

史利普不僅是要談論是非對錯的問題。只要人們一直在爭論孰是孰非，就永遠無法兜在一起。他只是想要了解是什麼讓城市活絡順暢，而城市又是如何瓦解的。他說像紐約這麼複雜的城市，無法很明確地區分成兩個陣營，「被壓迫的有色人種以及輕率的白人壓迫者」，他的意思不是要否認白人壓迫的事實，而是要告訴我們，捶胸頓足、激烈的表情或政治的戲碼，是無法匡正這個現象的。他提倡「跨種族的」政治，但不是支持社會經濟的現狀。而史利普說，丁勤時（David Dinkins）（譯注❻）當選市長所引起的問題正是在於一個跨種族的政治是否能夠避掉既存體制的政治的陷阱。（以丁勤時爲例，答案似乎是不能。）

史利普主張說，紐約要重視的是階級的區分而非種族的區分，以解決「眞正的問題，也就是貧窮，以及眞正的需要，也就是工作」。讓城市擺脫寄生的利益以及那些現在控制著它的產業，和勞工有密切的關係。而「倡導關於個人責任、民眾的誠實和信任的標準」，也都有賴於勞工。對於共同的標準的承諾，是任何跨種族的聯盟的必要元素。但是史利普心裡的民粹主義式的聯盟，還必須承諾去正面迎擊平等主義的經濟改革以及企業權力和特權。史利普所主張的不是虛應故事的政治基進主義，而是實質的基進主義，它會帶來眞正的改變，而不是換個說法而已（對於那些大量投資於既有體制者而言，包括許多自稱的基進主義者和文化革命者，那總是一個不受歡迎的願景）。

譯注❻：丁勤時（David Dinkins, 1927-），美國第一位黑人紐約市長（1990-1993）。

注❶：在十九世紀，許多城市的文化設施都有此構想。例如說，亨利．塔潘（Henry Tappan）主張設立一所都會大學，把艾斯特圖書館（Astor Library）、庫伯聯盟學院（Cooper Union）和其他科學和文學團體整合成「一個和諧的整體」（塔潘語）。他說，他的目標是要教育一般民眾，而不鼓勵知識工作的專業科目。教授們會被要求在他們的個別領域的課程以外「為民眾開設通識課程」。「大學的圖書館、陳列室、實驗室和教室，會成為任何年級的學生經常去的地方，因而也會變成城市裡的知識活動的中心。」貝奇（Alexander Dallas Bache）也提倡類似的概念，「一所人文科學和自然科學的偉大大學，在裡頭，販夫走卒和學者可以平起平坐。」貝奇的大學可以讓「前衛人士、學者、販夫走卒、工匠和藝術家」匯聚一堂。

而湯瑪士．班德（Thomas Bender）說，到了十九世紀末，這些頗有抱負的公民文化教程被專門學科和專業主義的新的課程模式給取代了。然而原來的願景並未完全消失，有些東西在許多小型雜誌以不同的形式以及不同的體制背景持存著，例如《七藝》（*Seven Arts*）、《國家》（*Nation*）、《新共和》（*New Republic*）、《燭台》（*Menorah Journal*）、《評論》（*Commentary*）、《朋黨評論》（*Partisan Review*）、《政治》（*Politics*）、《異議》（*Dissent*），它們讓紐約在整個二十世紀前半葉成為美國的文化首都。

第八章

公立小學：霍拉斯・曼和對於想像力的戕害

如果冷靜看看美國殘破不堪的教育體系，我們難免會有個印象，亦即一定有什麼地方出了大差錯，我們也不會意外於看到教育體系的批評者回顧歷史，希望能夠解釋在什麼時候出了錯，以及如何回歸正軌。（注❶）一九五〇年代的批評者把問題追溯到各種前衛的意識型態，說他們爲了孩子，把課程設計得太簡單了，因而使得課程失去了知識的嚴謹性。在一九六〇年代，許多修正主義的歷史學家認爲，學校體系最後變成了「分類機器」（史普林〔Joel Spring〕語），一個分配社會特權的機構，既加強階級的區分，表面上卻又提倡平等。有些修正主義者甚至說，公立學校體系自始即被新興的工業秩序的需求給扭曲了，使得學校不再是訓練一群獨立思考、積極參與政治的公民，而只是灌輸守時和服從的習慣。

霍拉斯．曼的教育理想

我們從學校體系的形成期（一八三〇和一八四〇年代）的種種論辯，可以得到許多啓發，但是對於那些論辯的分析，並不會支持任何把學校的功能視爲「社會控制」的機構的單向度詮釋。霍拉斯．曼努力要證明公立小學體系的合理性，並且說服美國人花錢興建學校，我不知道爲什麼讀他作品的人們會忽略霍拉斯．曼的計畫裡所流露的道德熱情和民主理想主義。霍拉斯．曼的確以各種論證去支持公立學校，包括說他們會訓練踏實認眞的工作習慣。他認爲踏實的習慣對勞工和雇主都有好處，並提出受過良好教育的人都是坐領高薪的說法以支持這個論點。其次，他小心翼翼地指出，當他談到學校教育對於人們的「俗世財富或房地產」的正面影響時，那絕對不是支持教育的「最高等」的論證。的確，「它應該被視爲最低等的」（V:81）。霍拉斯．曼認爲，更重要的論證在於教育可以「普及有用的知識」，促進寬容和機會的平等、「擴大國家資源」、消滅貧窮、鼓勵以事實和知識取代「迷信和無知」，以和平的統治方法取代鎮壓和戰爭（IV:10; V:68; 81, 101, 109; VII:187）。如果霍拉斯．曼很清楚地偏好道德原則的理由，而不是工業私利的理由，那麼他還是可以善意地訴諸某些愼重的動機，因爲他不認爲其中有什麼矛盾。生活舒適和方便本身是好事，即使還有更崇高的善要去追求。他的「淑世」願景很開闊，包括了物質和道德的進步；正因爲它們是相容的，甚至是不可分的，使得霍拉斯．曼的進步觀念有別於那些只知道歌頌現代科學和科技的奇蹟的人們。

作爲啓蒙運動之子，霍拉斯．曼對於科學和科技的崇拜不下於任何人，但是他也是新英格蘭清教派的產物，即使他最後揚棄了清教派的神學。他太清楚美國人繼承自十七世紀的祖先的道德包袱，以致於不認爲有什麼生活標準可以作爲目的本身，也不苟同把美國生活和快速致富的機會畫上等號的作法。他也不很喜歡最終大撈一筆的事業。他批評貧富的兩極化（他稱爲關於社會組織的「歐洲理論」），而支持「麻州理論」，強調「生活條件的平等」和「人類福祉」（XII: 55）。他也要避免「上流和下流的兩極化」，美國人原本自歐洲「逃出來」，而在十九世紀的新英格蘭，那個兩極化卻再度出現，應該是他的同胞最感到恥辱的事（VII: 188, 191）。霍拉斯·曼緬懷先祖的成就，是要美國人勇於承擔標準高於其他國家的公民義務。他經常提到的「我們國家歷史的英雄時期」，並不是起源於「自吹自擂或虛榮的精神」，了解美國的使命，「讓人謙卑多於驕傲」（VII: 195）。美國原本應該是「立於世界前方的耀眼標誌或典範」，但是它卻沉淪於物質主義和對於道德的漠不關心（VII: 196）。

先知的預言

質疑如霍拉斯·曼之輩的改革者是否比較熱中於人道主義或是工作紀律和「社會控制」，那是沒有意義的事。歷史學者們許多莫衷一是的論辯都圍繞著這個問題。霍拉斯·曼不是基進主義者，而不可否認的，他對於社會秩序也很有興趣，但是那並不影響他成爲一個人道主義者。他被貧窮和苦難的景象深深撼動，雖然他也擔心貧窮和苦難會滋生「平均地權主義」（agrarianism），正如他和同時代的人所說的，那是「貧窮對財富的報復」（XII: 60）。當他說人們有義務「提升不幸的階級，他們在文明的進展裡被拋到後頭」時，我們沒有理由認爲他會擔心社會革命的危險（XII: 135）。當然，他捍衛財產權，但是他不認爲財產權是「絕對且無條件的」（X: 115）。人類擁有土地，是「爲了整個人類的生存和利益」，而「繼承者的權利」也「受限於那些被授權繼承和使用的人們的權利」（X: 114-15）。每一代都有義務善用他們繼承的財產，並傳給下一代。「薪盡火傳的人類世代，構成了一個偉大的共和國」（X: 127）。絕對財產權的教條否定了人類的團結，是「隱遁者」的道德觀念（X: 120）。霍拉斯・曼認爲，財產的「繼承人」只是「一個受信託人，基於最神聖的義務去執行他們的託管財產」（X: 127）。如果他們怠忽職守，就會得到「窮途潦倒」、「暴力失序」、「放縱無度」以及「政治上的腐敗和法律上的背信」的「報應」（X: 126）。就此而論，霍拉斯・曼是個眞正的先知，他說，人們必須擔起責任，履行繼承的艱鉅任務，並且預言說，如果他們失職的話，會受到「天國的某種報應」（X: 126）。對於一般民眾而言，他也是個先知，因他的預言已經成眞：由於沒有一個傳授「知識和德行」的教育體系（共和政體的必要基礎），於是邪僻橫行。審視現在的美國，誰能否認霍拉斯・曼的諄諄告誡的準確性，甚至是政治領袖們於「法律上的背信」也一語中的。他唯一沒有預見的，就是毒品的氾濫，儘管那或許是歸類於「放縱無度」。

預言的實現和災情

霍拉斯．曼推動公立小學的努力可以說是成果斐然，如果我們思及他的長程目標（甚至是近程目標）的話。他的同胞畢竟有把他的勸告聽進去了。他們設立了一個讓社會各階級都可以就學的公立小學體系。他們拒絕了歐洲模式：爲特權階級的孩子提供通才教育，爲一般民眾提供的卻是職業訓練。他們接受了霍拉斯．曼的主張，廢除童工並且推行義務教育。他們嚴格區隔教會和國家，保護學校不受教派的影響。他們承認老師需要專業的訓練，於是設立師範學院。他們聽從霍拉斯．曼的建議，不僅講授學術科目，也提供其他「健康法則」、聲樂、以及其他陶冶性格的訓練（VI: 61, 66）。他們也聽霍拉斯．曼的話，聘任女性教師，相信相較於男性，面對孩子們時，女性更能循循善誘。他們甚至推崇霍拉斯．曼爲學校的創建之父。如果霍拉斯．曼在某個方面可以說是先知的話，他幾乎是舉國聞名的先知。他的成就超越了大部分改革者們的瘋狂夢想，但是如果他失敗的話，大概也和他們沒什麼兩樣。

於是，我們的疑惑是：爲什麼霍拉斯．曼的計畫成功了，卻留給我們他曾經預言的社會和政治的災難？我們會這麼問，就暗示著霍拉斯．曼的教育願景本身有缺陷，他的計畫裡包含了某種重大的瑕疵？該瑕疵並不在於霍拉斯·曼對於「社會控制」的熱中或他半調子的人道主義。改革的歷史（它的使命感、對於進步和革新的奉獻、對於經濟成長和機會平等的狂熱、它的人道主義、它的愛好和平且厭惡戰爭、對於福利國家的信心、尤其是對於教育的熱誠），是屬於自由主義的歷史，而不是保守主義的，而如果改革運動給與我們的社會迥異於它所承諾的，我們不會問那個運動是否不夠自由主義或人道主義，而會問自由主義的人道主義是不是民主社會的最好藥方。

排除政治和戰爭內容的課程設計

從霍拉斯·曼對於戰爭的強烈反感（那似乎也是他的魅力所在），我們約略知道他的限制。他堅持相信反對戰爭以及好戰的習性是社會進步絕對可靠的指標，也意味著文明戰勝野蠻，他也抱怨說學校和城裡的圖書館裡充斥著太多歌頌戰爭的歷史著作。

這些書裡有太多不適合孩子們閱讀的內容了！對於戰爭的描繪、攻城掠地、俘虜民族，戰亂頻仍，層出不窮。我們給與年輕人的教育，都是一些軍事競賽和戰爭的模擬技術，作為戰爭的悲劇的準備；演習和閱兵，無論是對表演者或觀眾，都會產生不友善的情緒，把整個心靈的力量轉為毀滅性的（III: 58）。

霍拉斯．曼自稱爲共和主義者（以區別於君主專制），但是他不認爲戰爭的德行和公民權有任何關係，雖然共和主義傳統很重視這點。即使是亞當．斯密，他的自由主義經濟學給與傳統重大的打擊，卻也惋惜軍事性的公民德行的喪失。「一個無力保護自己或報復別人的人，顯然缺少了一個男人最重要的性格。」「在一個講究禮節和教養的時代裡到處存在的公共安全和幸福，竟如此輕忽危險以及忍受疲憊、飢餓和痛苦的能力，」那是一件很令人惋惜的事。斯密認爲，由於商業的成長，一切已經無法改變了，但是對於男子氣概以及公民權如此重要的性質的消失，仍深覺是一個令人不安的發展。政治和戰爭才是「訓練自律的偉大學校」，而不是商業。如果商業取代了「戰爭和黨派」而成爲人類的主要「事業」（以致於「事業」和「商業」變成同義詞），教育體系就得承擔起那些再也無法藉由參與公共事務而得到的日漸凋零的價值。

因為它們混淆了道德觀念

霍拉斯．曼和亞當．斯密一樣，都相信正式的教育可以替代其他陶冶性格的經驗，但是他所要形塑的性格則大不相同。亞當．斯密對戰爭很狂熱，但對一個由愛好和平、只顧著自己的事業、對於公共事務漠不關心的人們組成的社會，他則有所保留。但是霍拉斯．曼卻不這麼想。他對政治的評價並不比戰爭高到哪裡去。他的教育計畫似乎不想補給以前由「戰爭和黨派」補給的勇氣、耐心和堅毅。因此，他不認爲描繪戰爭或政治事蹟的歷史故事可以激發年輕人的想像，或幫助他們說出自己的志願。或許更正確的說，他並不相信想像力這回事。他的教育哲學是排斥想像力本身的。他偏好事實而不喜歡虛構、偏好科學而不喜歡神話。他抱怨說，年輕人「讀太多小說了」，他們需要的是「眞實的故事」和「眞實的人的眞實典範」（III: 90-91）。但是他心裡所謂可以放心告訴孩子們的事實，其實是非常有限的。他認爲歷史「應該改寫」，好讓孩子們「明辨是非對錯」，並且要他們能夠「讚賞且效法對的東西」（III: 59-60）。霍拉斯．曼之所以反對孩子們一般閱讀的歷史，不只因爲它歌頌戰爭的事蹟，更因爲它混淆了是非善惡（當然，在現實世界裡也是如此混亂）。霍拉斯．曼想要消弭的，只是這種道德的混淆。「就現在的歷史而言……是非對錯都被混在一起。」（III: 60）教育者有責任爲孩子們揀擇是非善惡，讓他們明白什麼是對的，什麼是錯的。

否定日常生活的教育功能

霍拉斯．曼的歷史現實主義不僅顯示他對於現實世界的概念很貧乏，也透露出他並不相信日常生活的經驗有什麼教育功能。就像許多教育學家一樣，霍拉斯．曼希望孩子們經由有專業資格決定他們應該知道什麼的人去認識這個世界，而不是從不適合孩子閱讀的故事（文字的或口語的故事）裡囫圇吞棗地得到某些印象。和孩子們長期相處的人都知道，孩子對於成人世界的理解，有很多是來自大人原本不是要說給孩子聽的話，無論是偷聽或只是不小心聽到的，這樣得到的訊息比其他方式都要生動且深刻得多，因爲那讓孩子可以想像自己是成人，而不只是成人擔心或教訓的對象。這個想像成人世界的經驗（年輕人的想像力不受監督的遊戲），卻是霍拉斯．曼想以正式的教學去取代的。因此他反對「小說之類的書」，它們「只是供人娛樂，和關於生活實際問題的教學正好相反」。當然，他反對的主要是所謂的「輕鬆讀物」，據他說，它們會讓人們無法專心於「反省廣大的經驗世界」；但是他沒有特別排除比較嚴肅的小說作品，在他卷帙浩繁的教育著作裡，也沒有承認小說和詩比其他文類更能描繪「廣大的實存世界」（III: 60）。

學校變成唯一的教育場所

霍拉斯．曼的教育哲學裡的重大缺點，在於他假設教育只能在學校裡進行。或許，說霍拉斯．曼把這個要命的假設囑咐給下一代的教育者以作爲他的知識傳承，那是不公平的。畢竟，無法看到學校以外的事（例如把「教室授課」和「教育」視爲同義詞的趨勢）或許是專業的教育者的職業風險，是工作本身的一個盲點。霍拉斯．曼更是最早正式認可它的人。就此而論，霍拉斯．曼的思想所忽略的比它所闡述的更讓人印象深刻。他完全沒有想到，諸如政治、戰爭和愛（他所非難的著作們的重要主題）的行爲本身也可以有教育意義。他尤其相信朋黨政治是美國生活的禍源。他在「第十二次報告」裡描述對於一八四八年總統大選的興奮之情，言語之間也承認政治作爲民眾教育的重要性，只是抱怨競選活動（他最後當選參議員）讓他無法專心於教育工作。

整個國家一片動盪不安。沒有靜止不動的心；也沒有靜止不動的氣氛……機智、論證、雄辯，一時蔚為風尚，從美國的一岸傳到另一岸。即使是最簡陋的生活，也感染到這種激情。工匠在店舖裡以榔頭唱和政治腳韻的音樂；農夫在收割的時候，也緊盯著政治的各個面向，比仰望天色更加謹慎。到處都在召開會議……。報紙如冬天風暴的雪花一般覆滿大地。人們到處挖掘公開的或私人的故事，以證明名譽或不名譽的行為；政治經濟也被扯進來；愛國主義、博愛、對神的責任以及對人的責任，這些神聖的名字，每個人都琅琅上口。

在一八四八年的大選引起群眾強烈的回應，那或許是我們現在很欣羨的事，但是霍拉斯．曼只覺得「粗暴」和「喧囂」，一個「充滿著恣意妄爲、惡毒的話語以及謊言的狂歡節」。他希望那些投入政治的精神能夠用來「讓孩子上學」（XII: 25-26）。在該報告裡，他把政治比作一場失控的大火，或者是一場瘟疫，「傳染病」或「毒藥」（XII: 87）。

把政治趕出學校

讀到這幾段，我們開始明白，霍拉斯．曼要把政治趕出學校，不只是因爲他擔心有政黨圖謀者會破壞他的教育體系，更因爲他根本不相信政治本身。它會造成一種「激情的發炎」（XII: 26），會製造論戰，或許有人認爲那是教育的必要部分，但是霍拉斯．

曼認爲那只是在浪費時間和精神。它會讓人們分裂而不會凝聚在一起。爲此，霍拉斯·曼不只努力要保護學校免於政治的壓力，更拒絕安排政治史的課程。該主題不可能完全被略去；否則孩子們只會「從憤憤不平的政治討論和政黨的報紙那裡得到這類知識」。但是關於「一個共和政府的本質」的課程只能強調那些「在共和主義的信條裡的條款，它們被所有人接受且相信，並且構成我們的政治信仰的共同基礎」。任何有爭論的東西都應該沉默帶過，或者最多告誡說「教室不是負責裁決的法庭，也不是討論它的論壇」（XII: 89）。

斲傷想像力的教育方法

儘管它有點離題，但是仍然値得我們駐足看看霍拉斯·曼認爲什麼是在共和主義信條裡的普通條款，什麼是每個人都可以同意的「基本理念」（XII: 89）。而其中最重要的似乎是：公民遇到糾紛的時候有責任訴諸法庭，而不是在自己的土地上採取法律手段；他們也有責任「以選票而非叛變」去改變法律（XII: 85）。霍拉斯·曼沒有看到，這些「基本的觀念」本身就很有爭議性，而其他人或許也不同意他的基本假設，即政府的目的在於維持秩序。但是我關心的不是他的政治觀點，而是他如何讓它們混充爲普遍的原則。他把自由黨（Whig）的原則僞裝成所有美國人共同的原則，並且迴避理性的批判，已經是很不好的事了。更糟糕的是，單調的監督方式會讓孩子們失去了刺激想像力或「熱情」的機會。依據霍拉斯・曼的說法，政治史將會排除爭論、被消毒、刪除不妥當的部分，因而也失去了激情。它會變得很溫和、友善，卻非常無聊，充滿了讓人窒息的說教。霍拉斯・曼的政治教育理念和他關於道德教育的理念相當一致。他在反對單純的知識訓練時，非常粗暴地強調道德教育。他所想像的道德教育包括灌輸反對「社會惡習和犯罪」的觀念；「賭博、酗酒、縱欲、說謊、詐欺、暴力，以及諸如此類的過犯」（XII: 97）。在共和主義的傳統裡（和霍拉斯・曼的共和主義無甚相關），德行的概念是指正直、熱心、精力充沛，並且能夠人盡其才。對於霍拉斯・曼而言，德行只是「惡習」的反面。他所謂的德行是「清醒、節儉、誠實」，似乎無法把握到年輕人的想像力（XII: 97）。

宗教禁止進入校園甚至公共生活

德行的主題讓我們想到宗教，也更清楚看到霍拉斯・曼的缺點。於是我要再度質疑霍拉斯・曼經常被稱頌的思想。即使是中傷他的人（認爲他的博愛主義只是社會控制的僞裝），也很稱讚霍拉斯．曼的遠見，保護學生免於教派的壓力。他堅持相信我們必須排除以任何個別宗派的教條爲基礎的宗教教育。在他生前，他遭到不當的指控，說他排斥整個宗教教育，因而損害了公民道德。對於這些「嚴重的指控」，他很中肯地回答說，在每個人都要去上的學校裡（如果他的理想能實現的話，那將是義務教育），不容許有教派主義（XII: 103）。但是他也明白表示，「『堂區』或『教派』的學校的競爭體系」也不會被容許（XII: 104）。他要籌畫的公立學校體系在實務上（雖然不是在法律上）是壟斷的。它蘊含著任何和公立小學相抗衡的機構都要被邊緣化（即使不是徹底消滅）。

他反對宗教的教派主義，更把它排除在教育的公部門以外。他反對教派主義本身，基於相同的理由，他也不看好政治。他認爲教派主義暗示著狂熱主義和宗教迫害的精神。它引起宗教論戰，對於霍拉斯．曼而言，那和政治論戰一樣都是無法接受的。他以火災去形容兩者。如果神學的「熱火和敵意在家裡和鄰里間醞釀起來，形成熊熊大火延燒到」校務會議裡，「易燃物」會變成「無法熄滅」的烈燄，直到「狂熱者」被「被他們自己點燃的大火給燒死」（XII: 129）。把教會排除在學校以外還不夠；必須把它隔離於一切公共生活以外，以免宗教論戰的「不一致的」聲音「淹沒了單一而不可分的、極其榮華的基督宗教體系」，並且「回到了巴別塔」（XII: 130）。在霍拉斯．曼的完美世界裡，每個人都莫逆於心，是一個有天使們齊聲合唱的城市。他慨嘆說：「我們很難想像世上能有一個沒有任何意見差異的社會狀態，」但至少可以把「關於權利」和其他重要事務的意見分歧謫放到社會生活的邊緣，把它們擋在學校和整個公共領域以外（XII: 96）。

這並不意味著學校不應該安排宗教課程；他的意思是說，他們應該教的是大家共同的宗教，或至少是所有基督教徒一致相信的。孩子們在學校裡應該讀聖經，假設聖經可以「自己說話」而不需要可能引起爭論的注釋（XII: 117）。霍拉斯．曼的計畫於此又遭到離題的批評。他主張課程應該排除任何宗教教派，卻被批評說它排斥猶太教、伊斯蘭教、佛教以及無神論。它看似很寬容，其實是幾乎強行把宗教和基督宗教畫上等號。這種批評是很無謂的。在霍拉斯．曼的時代，美國可以說是基督宗教國家，但是他所謂排除宗教教派的基督宗教，其實可以擴及於其他宗教。真正的批評應該是說，這種大雜燴太呆板了，只會讓孩子們睡著，而不是讓他們生起敬畏或驚奇的感覺。

勃朗遜的批評

勃朗遜是和霍拉斯．曼同時代的批評者當中最高瞻遠矚的人，他在一八三九年指出，霍拉斯．曼的體系壓抑宗教的任何分裂，留下的只是很乏味的殘茱剩渣。「一個只知道要接受通則的信仰，還不如沒有信仰。」勃朗遜認爲，孩子們在一個溫和而沒有宗教教派問題的「不偏不倚的基督宗教」裡、在「只教通則而不講任何特別的東西的」學校裡成長，會被剝奪了與生俱來的權利。他們被教導要「尊重和保存現狀」；他們被告誡要小心「大人們的放蕩，暴徒的騷亂和野蠻」，但是他們在這樣的體系裡絕對學不到「自由之愛」。

儘管勃朗遜不像霍拉斯．曼那麼擔心意見的紛擾，但是他也一樣感慨貧富差距的擴大，認爲教育是克服這些隔閡的方法。然而不同於霍拉斯．曼，他知道眞正的教育工作根本不在學校裡進行，勃朗遜先於杜威指出：

> 我們的孩子們在街頭巷尾受同儕的影響，在田野和山坡上欣賞周遭的景致和蔚藍的天空，在家庭的懷抱裡接受父母親的愛和溫柔，或是憤怒和焦慮，在社區裡看到人們的熱情或情緒，聽到他們的交談，尤其是他們的理想、習性和道德觀念，孩子們就是這樣受教育的。

這些思考以及勃朗遜關於媒體和文化團體的廣泛討論，似乎指向一個結論：在無所不談的公共論辯裡，「心智對心智的自由活動」，使人們最能培養「自由之愛」。

教育體系的敗壞

無所不談的公共論辯正是霍拉斯．曼所要避免的。他認爲意見的衝突、政治和宗教論戰的眾聲喧譁，並沒有任何教育價值。孩子在專爲教育設立的機構裡接觸教育專家們認爲合適的知識，這樣才是教育。這樣的假設自此就一直是美國教育的指導原則。霍拉斯．曼被譽爲公立學校之父，的確實至名歸。他的鞠躬盡瘁、他的使命感、他的辯才無礙，以及策略性地在麻州擔任教育委員會祕書，都讓他在教育事業上名譟一時。我們甚至可以說，整個教育事業自始就沒有辦法從錯誤和誤解裡恢復。

我並不是說霍拉斯．曼會喜歡現在的教育體系。相反的，他應該會嚇壞了。然而，那些駭人現象是他個人理念的間接產物，沒有因爲該理念的道德理想主義而有什麼不同。我們實現了霍拉斯．曼理論裡的糟粕，卻對其精華視而不見。我們有爲證照考試設計的職業教育，但是我們的教育體制卻不像霍拉斯．曼那樣把教育視爲光榮的神召。我們設立了無遠弗屆的教育官僚體系，卻沒有提出任何學校的評量標準或改善教學品質。教育的官僚化有其反效果，它會損害教師的自主權，以行政人員的判斷取代老師的判斷，讓有教學天賦的人們望之卻步。我們的確照著霍拉斯．曼的建議，不去強調純學術性的科目，雖然失去了知識的嚴謹性，但是學校因此更有能力去培養霍拉斯．曼認爲很重要的人格特質：自力更生、勇敢，以及懂得惜福感恩。人們每隔一段時間總會覺得爲了「社會技能」而犧牲了知識訓練，因而過度強調教育的純粹認知層面，甚至忽略了霍拉斯．曼對於道德層次的補救性觀念。我們和霍拉斯．曼一樣不信任想像力，我們對於眞理的概念也同樣的狹隘，認爲學校不應該講什麼神話故事和傳說，而應該實事求是，但是關於什麼事實是可以談論的，我們時代的限制其實比霍拉斯．曼的時代更可悲。

學校不能拯救社會

歷史已經被幼稚化的社會學給取代了，誤以爲照顧孩子最聰明的方法是能近取譬：他們的家庭、社區、地方性的產業、他們所依賴的技術。更合理的假設應該是說：在孩子們認識鄰近的環境以前，他們需要知道關於遙遠的地方和時代的東西。既然孩子們沒有機會遠行，既然在我們的世界裡旅行沒辦法增廣見聞，學校就應該提供替代的東西，然而他們不能固執地以爲，唯一能夠讓學生「產生學習動機」的，是他們還不熟悉或在生活裡看不到的事物。

我們和霍拉斯・曼一樣相信學校教育是能治百病的藥方。霍拉斯・曼和他的同胞認爲，好的學校可以根除犯罪和青少年的不法行爲，消滅貧窮，把「被放棄了的孩子」變成有用的公民，並且作爲窮人和有錢人之間的「大型平衡器」（XII: 42, 59）。他們最好一開始不要期望太高。如果我們從霍拉斯・曼在麻州辦學的一百五十年以來可以學到什麼，那就是：學校不能拯救社會。犯罪和貧窮仍然如影隨形地跟著我們，貧富差距持續在擴大。而我們的孩子即使到了青少年時期都還不會讀寫。或許現在已經到了該改弦易轍的時候了（即使它還沒有過去）。

注❶：本章除了部分引文出自亞當・斯密和勃朗遜以外，其他皆出自霍拉斯・曼擔任教育委員會祕書時呈給麻州議會的報告：*Annual Report of the Board of Education, together with the Annual Report of the Secretary of the Board*（Boston: Dutton and Wentworth, 1838-1848），12 volumes。斯密關於商業如何敗壞道德的說法見：*The Wealth of Nations*, Book V, chapter 1; *The Theory of Moral Sentiments*, ed. D. D. Raphael and A. L. Macfie（Oxford: Clarendon Press, 1976），pp. 146, 152-53, 205。勃朗遜對於霍拉斯・曼的批評則見：*Boston Quarterly Review* 2（1839）：394, 404, 411, 434。

霍拉斯．曼的傳記，見：Jonathan Messerli, *Horace Mann*（New York: Alfred A. Knopf, 1972）。關於霍拉斯．曼的教育理念和綱要的討論，見：Merle Curti, *The Social Ideas of American Educators*（New York: Scribner's, 1935）; Rush Welter, *Popular Education and Democratic Thought in America*（New York: Columbia University Press, 1962）; David Tyack and Elizabeth Hansot, *Managers of Virtue: Public School Leadership in America,* 1820-1980（New York: Basic Books, 1982）; Maxine Green, *The Public School and the Private Vision*（New York: Random House, 1965）; Carl F. Kaestle, *Pillars of the Republic: Common School and American Society,* 1780-1860（New York: Hill and Wang, 1983）; R. Freeman Butts, *Public Education in the United States*（New York: Holt, Rinehart, and Winston, 1978）。另見其他關於美國教育的著作。另見：Maris A. Vinovskis, "Horace Mann on the Economic Productivity of Education," *New England Quarterly* 43（1970）: 550-71; Barbara Finkelstein, "Perfecting Childhood: Horace Mann and the Origins of Public Education in the United States," *Biography* 13/1（1900）: 6-20; Lawrence Cremin, *The Republic and the School: Horace Mann on the Education of Free Men*（New York: Teachers College Press, 1959）。一九五〇年代的歷史學者痛惜進步主義的教條對於美國教育的影響，見：Arthur Bestor, *The Restoration of Learning*（New York: Alfred A. Knopf, 1955）。一九六〇和一九七〇年代的修正主義著作，認為學校體系基本上是灌輸工業工作紀律、中產階級道德和政治信仰的機構，見：Raymond E. Callahan, *Education and the Cult of Efficiency*（Chicago: University of Chicago Press, 1962）; Michael J. Katz, *The Irony of Early School Reform*（Cambridge: Harvard University Press, 1968）; *Class, Bureaucracy, and Schools*（New York: Praeger, 1971）; Robert H. Wiebe, "The Social Functions of Public Education" *American*

Quarterly 21（1969）: 147-64; Raymond A. Mohl, "Education as Social Control in New York City, 1784-1825," *New York History* 51（1970）: 219-37; Ivan Illich, *Deschooling Society*（New York: Harper & Row, 1971）; Joel H. Spring, *Education and the Rise of the Corporate State*（Boston: Beacon Press, 1972）; *The Sorting Machine*（New York: David McKay, 1976）; Colin Greer, *The Great School Legend*（New York: Basic Books, 1972）; Clarence J. Karier, *The Individual, Society, and Education*（Urbana: University of Illinois Press, 1986）。並非所有著作都是特別研究霍拉斯·曼，而研究者也不一定拒絕以善意去評價他。但是他們似乎認為，學校改革和其他改革運動一樣，與其說是由於人道主義或民主的考量，不如說是因為對於社會秩序和工業生產力的執著。對於這類詮釋的回應（人道主義畢竟重要得多），並沒有去挑戰論爭的觀點。見：Lawrence Frederick Kohl, "The Concept of Social Control and the History of Jacksonian America," *Journal of the Early Republic* 5（1985）: 21-34; David Rothman, "Social Control: The Uses and Abuses of the Concept in the History of Incarceration," *Rice University Studies* 67（1981）: 9-20; Thomas L. Haskell, "Capitalism and the Origins of the Humanitarian Sensibility," *American Historical Review* 90（1985）: 339-61, 547-66。

第九章

被遺忘了的辯論技巧

多年來，資訊時代的承諾一直在取悅著我們。人們說，資訊革命的社會影響將會包括：對於專業人員的需求不會飽和、職業所要求的技術必須升級，而民智大開的群眾也必須跟得上流行的話題，對於公共事務也要有見多識廣的判斷。然而，我們看到大學畢業生的條件都遠超過他們的工作所需。對於基層勞工的需求勝過技術專家的需求。後工業時代的經濟似乎助長了人事的可替代性，從一種工作類型快速轉到另一種類型，而勞動力也持續集中在技術落後、勞力密集、不屬於工會的經濟區塊。人們原本期望技術的創新，尤其是通訊的改善，會創造出許多技術性的工作，淘汰掉不合意的工作，讓每個人的生活更輕鬆，但是我們最近的經驗似乎無法支持這樣的期待。相反的，它們最重要的影響，卻是擴大知識階級和其他人民之間的差距，前者在全球新經濟裡如魚得水，而且「期待那些流向他們的資訊隨時可以增值」（貝爾實驗室的彭齊亞斯〔Arno Penzias〕語），而後者則很少使用行動電話、傳眞機或網路服務，還活在彭齊亞斯所謂的「紙上作業的時代」。

民主需要公共論辯而不是資訊

有人說資訊革命會提高大眾的知識水準，但是現在民眾對於公共事務的知識不如以往，已經不是祕密了。有數百萬的美國人已經無法告訴你什麼是權利法案、國會在幹什麼、憲法關於總統職權的規定是什麼、政黨系統的起源及其運作。根據最近的調查，大多數人以為以色列是個阿拉伯國家。民眾對於公共事務如此無知，到了令人沮喪的程度，對此，我們不應該只是怪罪學校，而必須在別的地方找到更完整的解釋，並且記住一點，只要人們認為某個知識對他們有用，就會很願意去得到它。既然民眾不再參與國家議題的論辯，他們就沒有理由去知道公共事務。讓民眾孤陋寡聞的（雖然有資訊時代的奇蹟），是公共論辯的沒落，而不是學校體系的解體（儘管它已經很糟了）。當辯論成了失傳的技巧，即使資訊唾手可得，也不會給人們什麼印象。

民主要求的是激烈的公共論辯，而不是資訊。當然，民主也需要資訊，但是它需要的那種資訊只能在論辯裡產生。我們不知道我們需要什麼，除非我們問對了問題，唯有把自己的世界觀訴諸於公共論辯的考驗，我們才會知道正確的問題是什麼。通常被視為辯論的前提的資訊，最好被理解為辯論的副產品。當我們全神貫注於論證的時候，總會熱切地尋找相關的資訊，否則我們只會被動地接受資訊（如果我們眞的接受了的話）。

政治論辯的沒落

在十九、二十世紀之交，政治論辯開始沒落，在一個媒體變得更「負責」、更專業、更明白其公民義務的時代裡，那似乎是很奇怪的事。在十九世紀初，媒體有很討人厭的黨派觀念。直到十九世紀中葉，報紙還經常接受政黨的資助。即使他們後來比較獨立於政黨之外，卻還是沒有接受客觀或中立的理想。葛雷利（Horace Greeley）於一八四一年創辦《紐約論壇報》（*New York Tribune*），他在創刊詞裡說，那會是「一份既擺脫諂媚的黨派色彩，又沒有言論被箝制的、裝模作樣的中立性刊物」。意志堅定的編輯，如葛雷利、班奈特（James Gordon Bennett）、葛德金和鮑爾斯（Samuel Bowles）反對政黨忠誠侵犯編輯的獨立性、把編輯當作政黨或派系的傳聲筒，但是他們也不想隱藏他們自己的看法，或是嚴格區隔新聞和社論內容。他們的報紙是輿論刊物，讀者會期待看到某個觀點，以及對於相反的觀點的猛烈批評。

新聞業從一八三〇年到一九〇〇年的蓬勃發展並非偶然，當時民眾的政治參與正值巔峰。在總統大選時，有百分之八十的選民會去投票。到了一九〇〇年以後，投票率銳減（一九〇四年降到六十五％，一九一二年則只有五十九％），而整個二十世紀則不斷地在降低。火炬遊行、群眾示威，以及演說者脣槍舌劍的內容，讓十九世紀的政治變成一個消磨民眾興趣的對象，於是報紙也成爲小鎮聚會的延伸。十九世紀的媒體創造了一個辯論激烈的論壇。報紙不僅報導政治論戰，而且置身其中，甚至把讀者也拉進來。出版文化則以口說傳統的殘餘物爲基礎。出版物還不是唯一的溝通媒介，也還沒有和口說語言切斷關係。印刷的語言仍然是以口語的節奏和用法爲其形式，特別是言詞辯論的習慣。出版物爲口說語言創造一個更大的論壇，而還沒有取代或重塑它。

媒體操弄政治論辯

林肯和道格拉斯的論戰是口說傳統的最佳典範。根據當時的標準，林肯和道格拉斯違反了政治論述的每一條規定。他們讓聽眾（每一場多達一萬五千人）絞盡腦汁去分析錯綜複雜的議題。他們說話的風格比現在保守謹慎的政客還要直率、辛辣、通俗，有時候略爲淫穢。他們的立場非常明確，讓人很難以閃躲。他們的行爲彷彿是認爲政治領袖有義務去澄清議題，而不只是尋求當選而已。

這些名實相副的辯論和現在的總統大選辯論（由媒體設立議題並且擬定基本規則）的對比非常明顯而且直言不諱。媒體人對政治候選人的提問（由辯論變成提問了）經常會誇大媒體人的重要性，而削弱了候選人的角色。媒體人提問（大部分是枯燥乏味而陳腔濫調的問題）要求候選人立即且明確地回答問題，而且只要他們覺得偏離了設定的主題，他們還有權隨時插嘴、打斷候選人的回答。爲了準備這個嚴刑拷問，候選人聽智囊團的話，用一堆事實和數字、可以引用的口號，以及任何讓人覺得候選人見多識廣、處變不驚的能力塡飽他們。政治人物不僅要面對一大群隨時準備突擊任何一點小錯誤的媒體人，而且要面對攝影機冷酷無情的審視，他們知道一切都依賴於視覺印象的操縱技巧。他們必須散發出自信和決心，絕對不可以露出啞口無言的樣子。必要的時候，他們也會誇大公共政策的範圍和效益，好讓人覺得正確的計畫和正確的領導可以面對任何挑戰。

格式讓所有候選人看起來都一樣：自信、泰然自若，因而也很不眞實。但是他們也有義務去解釋爲什麼他們與眾不同。其實這個問題已經有答案了。的確，這個問題本身就有輕視和貶損的意味，電視有讓被評判的對象看起來比較小、拆穿僞裝以及戳破浮誇做作的效果，就是個很好的例子。他們以每個懷疑論者慣有的輕聲細語（那是電視語言不可避免的一部分）直率地提問，結果問題卻是非常誇張。「你」有什麼特別的地方？什麼也沒有。

這是電視必定會提問的問題，因爲媒體的本性就是要冷酷堅定地告訴我們，沒有任何人是特別的，儘管他們的意見相反。就這點而論，我們歷史上的政府高層最重要的條件，就是要拒絕隨著媒體自我擴張的計畫起舞。有勇氣放棄由媒體設計的「辯論」的候選人，很自然地會卓爾不群，並且贏得大眾的尊敬。候選人應該堅持彼此直接辯論，而不是回答由政論家和權威人士提問的問題。他們的被動和阿諛屈從會讓選民把他們給瞧扁了。他們需要挑戰媒體作爲公共論辯的仲裁者的地位，好恢復他們的自尊。拒絕依照媒體的規則去演對手戲，會讓人們意識到大眾媒體對於美國政治的龐大卻不合法的影響力。它也會提供一個得到選民的認和掌聲的性格指標。

進步主義年代裡的政治專業化

林肯和道格拉斯的論戰的夙昔典範於今安在？「鍍金時代」的醜行給了政黨政治一個汙名。他們證實了自從傑克遜式的民主興起以來的「男儐相」（best men）的憂慮。在一八七〇和一八八〇年代，知識階級瀰漫著一種卑鄙的政治看法。出身上流社會的改革者（他們的對手則稱之爲「騎牆派」〔mugwumps〕）要求政治的專業化，讓公務員擺脫政黨的控制，以訓練有素的專家取代政務官。即使是那些拒絕聲明獨立於政黨體系的人們，例如羅斯福（Theodore Roosevelt）（他拒絕拋棄共和黨，讓「獨立分子們」

〔independents〕群情激憤），也對於公務員的改革有同樣的熱情。羅斯福認爲，「男儐相」應該在自己的賽馬場上挑戰政黨分贓者，而不是撤退到政治生活的邊線。

在進步主義的年代裡，整頓政治的欲望找到了動力。在羅斯福、威爾遜（Woodrow Wilson）、拉福萊特（Robert La Follette）和布萊恩（William Jennings Bryan）的領導下，進步主義者高唱「效率」、「好政府」、「兩黨合作」（bipartisanship）、公共事務的「科學化管理」，並且對「領袖式的政黨控制」（bossism）宣戰。他們抨擊國會的資深制（seniority system），限制美國眾議院議長的權力，以市府祕書（city managers）取代市長，並且把重要的政府職務委託給由訓練有素的行政人員組成的委員會。進步主義者們明白，政府機器其實是個福利機構的雛型，它分配工作和福利給其成員而得到他們的忠誠，於是著手創造一個福利國家，以和機器競爭。他們大規模地調查犯罪、惡習、貧窮和其他「社會問題」。他們主張說，政治是個科學而不是藝術。他們提議政府和大學的結合，以得到專家和專業知識的穩定供給。但是他們很少利用到政治辯論。他們認爲，大部分的政治問題太複雜了，而無法交由民眾去判斷。他們喜歡把科學專家和名嘴做對比，說後者只是沒有用的好發空論者，他們的叫囂隳途只會讓大眾更混淆。

李普曼所了解的民主

政治的專業主義也意味著媒體的專業主義。李普曼在一系列的著作裡曾闡述它們之間的關係：《自由與新聞》（*Liberty and the News*, 1920）、《輿論》（*Public Opinion*, 1922）以及《虛幻的民眾》（*The Phantom Public*, 1925）。這些著作可謂現代新聞業的創設憲章，是以專業客觀性為準繩的新聞學新理想最為詳盡的理論依據。李普曼提出評斷媒體的標準，而他們結果通常是不符標準。

然而我們關心的，不是媒體是否符合李普曼的標準，而是當時他如何得出那些標準。一九二〇年，李普曼和梅茲（Charles Merz）在《新共和》發表一篇很長的文章，檢驗媒體關於俄國革命的報導。該研究顯示（現在已經被人遺忘了），美國的報紙給他們的讀者關於俄國革命的解釋，完全被反布爾什維克主義的偏見、一廂情願的想法和單純的無知給扭曲了。《自由與新聞》的出版也是有感於戰時的新聞客觀性的坎陷，當時的報紙紛紛以「捍衛信仰」為己任。李普曼說，其結果是「大眾知識工具的崩壞」。性交易、暴力以及「人情趣味」（human interest）（現代大眾新聞的要素），對於民主的未來提出了很沉重的問題。「對於民主的一切最尖銳的批評都是對的，如果沒有值得信賴且相關的新聞的持續供給的話。」

在《輿論》和《虛幻的民眾》裡，李普曼重新定義了民主，藉此回答批評者。民主不需要人民實際去管理自己。人民和政府的利害關係完全是程序性的。大眾的利益並不會及於決策的實質內容：「大眾關心的是法律本身，而不是個別的法律；他們關心的是法律的方法而不是實體。」實質內容的問題應該由有知識背景的行政官員去決定，他們有可靠的資訊來源，讓他們不受那些主宰著政治爭論的情緒性「符號」和「刻板印象」的影響。李普曼認爲，民眾沒有能力管理自己，甚至也不在乎。但是只要公平遊戲的規則被通過，民眾會願意把政府交給專家，當然前提是專家能夠提供符合美國生活方式的利益，以及不斷增長的舒適和方便。

無法信任輿論

李普曼承認，他的建議和公認的民主理論之間是有衝突的，後者認爲公民應該參與政策的討論以及決策（即使是間接的）。李普曼說，民主理論植基於許多已經不存在的社會條件。它假設一個「全能的公民」，一個「萬事通」，但是只有在「自給自足的單純社群裡」才找得到這種人。在現代世界「廣袤而無法預測的環境」裡，古老的公民權理想已經落伍了。一個複雜的工業社會，需要一個由公務員去執行的政府，而既然直接民主現在是不可能的，他們就必須以輿論或專業知識爲依據。但是輿論並不可靠，因爲唯有訴諸口號和「象徵性意象」才能形成輿論。李普曼對於輿論的不信任，是奠基於知識論裡知識（knowledge）和意見（opinion）的區分。他所想像的眞理源自沒有利益糾葛的科學研究；而其他的一切都是意識型態。因此，公共論辯的範圍必須被嚴格限定。公共論辯最多只是個不友善的必要條件，它不是民主的本質，而是它的「主要缺陷」，只因爲「精確的知識」很不幸地供應有限，才會有這種缺陷。理想上，公共論辯根本就不會發生；決策會只以科學的「評量標準」爲基礎。科學克服了「夾纏不清的刻板印象和口號」，以及讓「負責的行政官員」綁手綁腳的「記憶和情緒的線團」。

真理是越辯越明才對

在李普曼眼裡，媒體的角色在於流動資訊，而不是鼓吹辯論。資訊和辯論的關係是敵對的，而不是互補的。他不認爲可靠的資訊是辯論的必要前提；相反的，他認爲資訊排除了辯論，使得辯論變成不必要的東西。只有在缺乏可靠的資訊時，才會有辯論。李普曼忘記了他從杜威和威廉·詹姆士（William James）那裡學來的東西：在關於某個行爲的辯論裡提出的問題，引導著我們對於可靠的資訊的探索。唯有讓我們的偏好和計畫接受辯論的考驗，我們才會明白自己知道了什麼，還有什麼要去學的。在我們公開辯護自己的「意見」以前，「意見」始終是有著李普曼的貶義：基於偶然的印象和未經求證的假設的信念。在觀點的鋪陳和辯護裡，我們使得觀點超越了「意見」的範疇，爲觀點賦與形式和定義，讓別人明白那也是在描述他們自己的經驗。簡單地說，我們只有對別人解釋我們的想法，才會了解我們自己。

在試圖讓別人接受我們的想法時，當然也有可能反而讓我們接受了他們的想法。我們必須想像對方的論證，好去反駁他們，而我們最後也可能被我們原本要說服的人給說服了。辯論是有風險而且無法預測的，因此也很有教育性。我們大多會認爲辯論只是敵對的教條的衝突，是彼此都不肯讓步的潑婦罵街。但是辯論不是把對手罵得啞口無言就算贏了。要讓對手心悅誠服，那才算贏得辯論，但前提是我們要能夠尊重且傾聽對方的論證，並且說服他們其中仍然有瑕疵。

媒體放棄了承擔文化的責任

如果我們堅持辯論是教育的本質，我們會說，民主或許不是最有效率的政府形式，卻是最有教育意義的，它可以把辯論的圈子盡可能地擴大，要求所有公民都陳述他們的觀點，讓他們的觀點接受檢驗，並且培養辯才無礙、清楚的思緒和表現，以及合理的判斷的德行。正如李普曼所說的，小社區是民主政治的典型場域，不是因爲它們「自給自足」，而是因爲它讓每個人都能夠參與公共論辯。如果我們不認爲直接民主和現代環境脫節而拒絕它，那麼我們需要在更大的規模裡重新創造它。就此而論，媒體就是鄉鎮集會的同義語。

這就是杜威在《大眾及其問題》裡所主張的（可惜沒有很清楚），這本書旨在回應李普曼對於輿論的輕蔑研究。柯瑞（James W. Carey）在《作爲文化的傳播》（*Communication as Culture*）裡說，李普曼關於眞理和資訊的區分，是以「知識的旁觀者理論」（spectator theory of knowledge）爲基礎。就李普曼的理解，知識是指一個觀察者（最好是有科學訓練的觀察者）提供我們每個人都能認識的實在界的摹本。而另一方面，杜威則明白，即使是科學家之間也會有爭議。他認爲「系統性的研究」只是知識的開端，而不是最終的形式。任何社群所需要的知識（無論是科學研究的社群或政治社群）都只源自「對話」和「直接的施與受」。

柯瑞指出，杜威對於社群的分析強調耳朵而不是眼睛，這是很重要的。杜威說：「對話具有在僵化而冰冷的書寫語言裡所缺少的充滿活力的重要意義……耳朵和充滿活力且爽朗直率的思考和情緒的接觸，比眼睛的接觸要更仔細且更多樣。視覺是個旁觀者，聽覺則是個參與者。」

媒體以書寫語言去補充口說語言，藉此延伸論辯的範圍。如果媒體有什麼要道歉的話，也不會是說，書寫語言是純粹的數學語言的拙劣替代物。重要的是，在這個情況裡，書寫語言是口說語言的拙劣替代物。但是只要書寫語言以口說語言而不是數學為其模範，它會是個可以接受的替代物。根據李普曼的說法，媒體之所以不可靠，是因為他們從來無法給與我們實在界的準確「表象」，而只是「象徵性意象」和刻板印象。杜威的分析蘊含著更深入的批評。柯瑞指出，「媒體認為自己的職責在於滿足大眾知的權利，卻放棄了承擔我們文化的對話的仲介角色。」媒體接受了李普曼客觀性的理想，而不再在社群裡培養「某些充滿活力的習慣」：「能夠跟得上論證，了解別人的觀點，擴大理解的領域，討論其他可能追求的目標。」

廣告和宣傳取代了公開辯論

廣告業和公關業的攜手興起，有助於解釋為什麼媒體會放棄它最重要的職責（擴大公共論壇），同時卻變得更「負責」。一個負責的媒體，而不是黨同伐異或固執己見的媒體，會吸引那些讓廣告業者垂涎的讀者：有錢的讀者，大部分自認爲獨立選民。這些讀者希望他們讀到的新聞都是適合刊登的，而沒有摻雜任何編輯的個人癖好或偏見。而責任最後變成了避免爭議，因爲廣告主會不給錢。有些廣告業者會喜歡腥羶色的報導，但是整體來說，他們還是比較喜歡有身分地位的讀者群。他們明確討厭的是「意見」，並不是因爲他們受了李普曼的哲學論證的影響，而是因爲固執己見的報導不能保證得到讀者的青睞。無疑的，他們也希望客觀性的氛圍（負責任的新聞業的標竿）能夠影響到版面逐漸縮小的廣告。

經過一個很奇怪的歷史轉折，廣告、宣傳以及其他商業說服的形式，也把自己僞裝成資訊。廣告和宣傳取代了公開辯論。「潛在的說服者」（hidden persuaders）（派卡德〔Vance Packard〕語）取代了以前從不掩飾其黨派色彩的編輯、專欄作家和名嘴。資訊和宣傳越來越無法分辨。我們報紙大部分的「新聞」（根據喬治亞大學教授卡特利普〔Scott Cutlip〕的保守估計，有百分之四十）是由通訊社和公關公司粗製濫造，再由報章雜誌的「客觀性的」器官原封不動地反芻。我們現在已經很習慣看到大部分（至少三分之二）的版面都留給廣告的報紙了。但是如果我們認爲公共關係是另一種形式的廣告（那看起來一點都不突兀，因爲商業導向的私人企業同時挹注兩者），那麼我們也得習慣看到大部分的「新聞」也都是廣告。

客觀性報導變成無用的資訊垃圾

有黨派色彩的媒體的沒落，以及信奉嚴格的客觀性標準的新型新聞業的興起，並不保證能夠穩定供給有用的資訊。除非資訊是由持續的公共論辯產生的，否則它們充其量只是不相關的資訊，甚至可能是誤導的、被操弄的資訊。越來越多的資訊是由那些意圖促銷某個人或東西（某個產品、政治候選人或公務員）的人們生產出來的，卻沒有就其優缺點去辯論，也沒有明白說明它是基於私人利益的廣告材料。大部分的媒體，儘管他們汲汲於滿足大眾知的權利，卻變成了和垃圾郵件沒什麼兩樣的導管。現在他們就像郵局一樣（另一個延伸面對面的討論並且創立「通訊委員會」的機構），大量傳播沒有人要看的、沒有用的、無法消化的資訊，大部分都成了沒有讀過就扔掉的垃圾。資訊偏執狂最重要的影響，除了砍樹造紙以及「垃圾管理」日漸沉重的負擔以外，就是損害了語言的權威性。當語言變成了廣告或宣傳的工具時，它們就失去了說服力。沒多久，它們也不再有任何意義。人們失去了正確明白地使用語言的能力，甚至無法分辨語詞的差異。口說語言反過來以書寫語言爲模範，而日常語言也開始聽起來像是我們在報紙上看到的佶屈聱牙的術語（jargon）。日常語言聽起來像是「資訊」，這是一場可能讓英語永遠無法復原的災難。

第十章

假基進主義的學者：「顛覆」的語言的猜字遊戲

根據全國性媒體的報導，關於高等教育的爭論加深了人們一個印象，認爲菁英分子活在自己的小世界裡，遠離一般老百姓的日常事務。關於「正典」（canon）的喧囂論戰（讓少數一流大學的科系動盪不安）（譯注❶），和整個高等教育的困境毫不相關。四年制的州立大學，兩年制的社區大學，招收的學生遠多於諸如哈佛或史丹福之類的著名大學（他們受關照的程度卻不成比例）。一九九〇年代，美國有半數的大學新鮮人就讀於社區大學。其次，由於學費暴漲，中產階級無法進入在教育體系頂端的明星學校。低收入團體的入學人數增加，尤其是非裔和拉丁美州裔，模糊了一個更重要的趨勢：一流學院和大學的「仕紳化」，無論是公立或私立學校。羅素．雅科比（Russell Jacoby）的《教條的智慧》（*Dogmatic Wisdom: How the Culture Wars Have Misled America*），對於時下強調菁英學校的趨勢提出針砭之語，他說，一九九一年加州大學洛杉磯分校有超過百分之六十的新鮮人來自年收入高於六萬美元的家庭，有百分之四十來自年收入高於十萬美元的家庭。評論者一味讚美族群的多元性，卻忘了「富裕程度的同質性」（雅科比語），「證明了聲稱學生之間的巨大文化差異其實是個謊話」。

譯注❶：一九六〇年代，美國關於「正典」的政治辯論喧囂一時，「正典」（用以形塑西方文化的著作、音樂和藝術）被抨擊為「死去的歐洲白人男性」的東西，而不能代表當代世界的所有社會。

經濟的階層化意味著：通才教育變成有錢人的特權，名額有限的學生則都來自少數的上流階級。大部分的大學生被謫降到放棄通才教育的僞裝的學校，他們念商業、會計、體育、公關以及其他實務科目。他們沒上過什麼寫作課（除非「商用英語」也算數），很少讀完一本書，沒有接觸歷史、哲學或文學就畢業了。他們只有在諸如「社會學導論」或「普通生物學」的必修課才有機會接觸到世界的文化。大多數學生都有兼差的工作，因而沒什麼時間讀書或反省。當自由派和保守派在爭論所謂「歐洲中心主義」的課程的修訂、提倡種族的多元性和「敏感度」的政策，以及後結構主義的理論涵蘊時，卻忽略了根本的問題：美國教育放棄了他們的歷史使命，也就是通識文化的民主化。

佶屈聱牙的術語被稱為「顛覆」的語言

左派學者聲稱他們代表一般百姓，人們或許會期待他們反對一個其實是讓高等教育自生自滅的重建計畫。但是基進主義的學者比較感興趣的卻是面對外來的批評聲浪，捍衛他們的專業特權。普林斯頓高等研究院的瓊．史考特（Joan Scott）則對於該批評嗤之以鼻，認爲那只是「鬱鬱寡歡的學者」和「窮途潦倒的知識分子」的無聊之作。左翼的學者根本就懶得和對手論辯，或是了解他們的觀點。作爲已經放棄和廣大閱聽人溝通的學術機構的成員，無論是作爲教師或作家，他們自以爲是的言論讓人頗感不耐。他們爲他們難以理解的術語辯護，說那是「顛覆」（subversion）的語言，而把淺顯易懂的語言斥爲壓迫的工具。他們說：「在一個很聰明而有說服力地以『清楚』和『簡單化』的語言，有系統地損害複雜而批判性的思考的文化裡……，『清晰』的語言扮演著主宰的角色。」並且推論說，唯有同儕學者才有資格去談論人文科學的條件。雅科比引述英國文學教授貝魯貝（Michael Berube）的主張說，媒體對於學術界的批評是要打一點折扣的，因爲只有「入會者」才能夠了解「接受理論」（reception theory）、「新歷史主義」（new historicism）及其他諸如此類的「奧祕」。另一個基進主義的教授則說，「學院的怒毆者」（academy basher）「沒有學到什麼新的批判語言」，因此可以予以忽略。「文化研究」的要角詹明信（Fredric Jameson）則很訝異外行人居然會希望他的作品明白易懂（「以像咖啡桌上的雜誌那樣休閒優雅的文體呈現」），卻不去要求「核子物理、語言學、符號邏輯」或其他專業知識。詹明信的一個崇拜者，大衛．考夫曼（David Kaufmann）則堅持說，他的「學術散文」證明了文化理論現在和自然科學在同一個層次上。

不願面對的教育危機

這類說法有助於支撐人文科學的自我印象，在面對批評時能夠鼓舞士氣，但是在學院以外就行不通了。一般大眾比較肯聽諸如威廉·班奈特（William Bennett）、亞倫·布倫（Allan Bloom）和林恩·錢尼（Lynne Cheney）之類的保守派的言論，因爲他們探討一個普遍的認知：我們的教育體系已經四分五裂了，而我們似乎有必要去談一談導致該危機的原因。而相反的，左派的人（除了雅科比）則拒絕認眞面對這個問題。在他們眼裡，根本就沒有什麼危機。教育體系唯一的麻煩，就是它仍然太過抗拒文化變遷的潮流。如果我們能夠順應已經發生的變化（通常被總結爲文化「多元性」的趨勢），將會有所裨益。它們將會爲長期被白人男性把持的體系引進新的聲音和觀點。它們會糾正一個公認的大師作品的「正典」，不然就會整個摧毀一個正典的「菁英主義」理念。文化多元主義會打破對於偉大藝術和上流文化（它們只是被用來排擠被壓迫的弱勢族群）的過度崇拜。它會鼓舞批判性的思考習慣，明白揭示說，沒有什麼東西是神聖的，沒有什麼東西可以免於批判。

無論這些目標是不是人們所要的，他們始終沒有提到困擾著教育的批判者們的問題。當孩子們似乎無法學會閱讀或寫作，當他們畢業的時候對於文化只是一知半解，當他們的一般知識越來越貧乏，當他們不知道莎士比亞、古典文學、聖經或自己國家的歷史典故，當全美學科評鑑考試（SAT）的分數持續下探，當美國的技術和生產力不再被全世界稱羨，當資優教育因爲諸如日本或前西德的經濟成功而到處被援用時，談論多元主義和多樣性似乎並沒有讓人們舒服一些。這些發展一直困擾著老百姓，而任何認眞討論教育的人，都必須談到這些發展。

他們也必須談到對於道德瓦解的認知，我們相信孩子們在成長的時候沒有找到正當的價值。對於道德相對主義以及「世俗的人道主義」的批評，或許把問題給簡單化了，但是我們不能就此忽略了他們的憂慮。許多年輕人在道德上完全不知所措。他們厭惡「社會」的倫理要求，認爲那侵犯了他們的個人自由。他們相信他們作爲個體的權利包括了「創造他們自己的價值」，卻無法解釋那是什麼意思，除了說是爲所欲爲的權利以外。他們似乎無法明白，「價值」也蘊含著某種道德義務的原則。他們堅持說他們不欠「社會」任何東西（這是主宰著他們對於社會和道德問題的思考的一個抽象名詞）。如果他們順從社會的期待，那只是因爲順從比較不會招致反感。

左派和右派的無知

關於教育的爭論很類似於關於家庭的爭論，兩者關係很密切。右派談的是瓦解和危機，左派則談論多元主義和多樣性。右派並沒有合理地解釋問題是什麼，更不用說提出解答了，但是至少他們認識到問題的存在：離婚率的升高、女性負擔家計的比例增加、人際關係的不穩定，以及這個不穩定對於孩子們的衝擊。對於左派而言，這些只是變遷的健康的跡象，從男性主宰的核心家庭發展到多元主義式的家庭結構，讓人們可以選擇各式各樣的生活規畫。進步主義者反對任何規畫必須被社會認可才行，正如他們反對一個共同的文化或共同的課程。從齊一性到多元性的轉型，或許會讓人混淆，但是混淆只是選擇的自由的小小代價。

對於不那麼樂觀的人們而言，這些論證只是把家庭的瓦解僞裝成進步。而同樣的反駁也適用於那些擁護人文科學最近的趨勢的人們，因爲他們會說：「現在被認定是人文科學的缺陷的東西，其實是生意盎然的蛻變的指標。」（注❶）

我們很容易證明，保守派對於文化危機的認知，無論是有感於家庭的生活條件或是高等教育的現況，經常都是誇大其詞而且孤陋寡聞的。他們說馬克思主義已經主宰了學術生命，這種說法甚至經不起隨意的檢驗。如果說馬克思主義不再是當然的嫌犯，那是因爲它不再是基進觀念的主要來源。「馬克思主義已經把它在基進論述的主宰地方給讓出來了，」馬丁·傑伊（Martin Jay）如是說。但是那還是沒有回答以下的問題：「基進的論述」是否主宰了學術生命（至少在人文科學裡）。傑伊說：「新的習慣語，『種族性別階級』，在某些學術討論裡已經被援用得太浮濫而沒有感覺了。」若是如此，我們必須注意保守派的批評者如何談論「基進論述」的新形式。我們也不可以忽視那些以左派觀點去批評假基進主義（pseudoradicalism）的人們。而傑伊以所謂沒有感覺的陳腔濫調駁斥雅科比在《最後的知識分子》（*The Last Intellectuals*）裡對於學院的基進主義的批評，說那是「對於自詡爲普世性的知識分子的沒落以及對於整個社會的鄉愁式的哀悼」。社會批評是否眞的需要這種普世性的假設，稍後我會回頭討論，但是傑伊對於雅科比的不經意的駁斥，並沒有回答一個問題：如果在人文科學裡逐漸佔優勢的「基進論述」和學院外的世界沒有什麼交集，那麼有哪一種社會批評能夠脫穎而出呢？

沽名釣譽而虛僞自私的基進主義

羅傑·金博（Roger Kimball）對於社會批評的命運不怎麼有興趣，但是他在《終身職的基進主義者》（*Tenured Radicals*）裡對於基進主義學者的抨擊，任何人讀了以後都獲益匪淺。金博是克拉默（Hilton Kramer）的《新判準》（*New Criterion*）雜誌的總編輯，現在則是現代主義和上流文化的最後堡壘。在那些主要閱讀《耶魯法國研究》（*Yale French Studies*）、《新德國評論》（*New German Critique*）、《批判研究》（*Critical Inquiry*）、《社會文本》（*Social Text*）和《十月》（*October*）的人們眼裡，那就足以不信任他了。在「後現代」、「後人文主義」、「後結構」、「後當代」的年代裡，《新判準》捍衛文學的現代主義（以前則是左派的前衛知識分子的工作），無疑會被打入反動派的陣營。但是如果我們以開放的心態去讀金博的著作，應該會承認他的評論的準確性。他把解構的「超載的廢話」翻譯成白話英語，戳破了它的矯揉造作，證明它「沒有向常識讓步，卻硬要讀者去相信它」。例如說，麥克・傅利德（Michael Fried）可以把庫爾培（Courbet）的名畫「採石工人」曲解成閹割以及藝術家對於自然的暴力的隱喻表現，有些建築學家「可以假裝說建築其實是一種『偵訊形式』、推翻『牆的邏輯』等等，而不是建造舒適的、堅固耐用的、甚至優美的建築」。而保羅・德曼（Paul de Man）的擁護者們面對他在戰時支持納粹的文章時，可以把關於德曼的整個爭論化約成關於語言的論辯。關於語言的不明確性以及眞理和自我有疑問的地位的「浮誇不實的知識分子化」，金博則揭露了其中沽名釣譽的野心。他們堅持語言、藝術甚至建築都只和自身有關，而似乎對於平日的世界漠不關心，但是這些新的人文科學家一談到他們的學術升等時卻又市儈得可以。文學研究變成自我指涉的（self-referential），卻不只指語言不可免的自我指涉的性質：文學研究的主要功能是得到學術聲望、增加學術期刊的發表次數，並且維持文學研究的「企業」。新的文學理論作品擺明了輕蔑一般大眾，除了反映一種沒有根據的知識分子的優越感，其實他們也很明白，爲一般大眾著書立說是得不到終身教職的。

既然新的人文科學界支持被學術「正典」排斥的少數族群，並且呼籲抵制一切權力機構，我們就得看看他們如何以施惠的態度去對待一般大眾，甚至是他們假裝支持的少數族群。有人主張說，婦女、黑人、拉丁美州裔根本讀不懂「二十世紀以前的西方白人男性」（現在成爲羞辱人的標準語詞）所寫的作品，金博認爲那根本是不尊重那些團體的知識能力或是他們的想像性認同的力量。金博說，這種思維「暗示說，文明的最高成就是某些族群難窺其堂奧的」。學院裡「所謂解放的論調」，根據其基本的假設，結果是「極爲排他性的，甚至可以說是種族主義和性別歧視的」。一般老百姓（尤其是不對的族群或種族）是讀不懂古典作品的（即使他們有能力閱讀）。因此課程要重新設計，著重於影片、照片和對於讀者沒有特別要求的書籍，而這一切皆以「民主化的文化」爲名。

偽裝成寬容的雙重標準

根據最近左派學者的一篇宣言〈爲人文科學辯護〉（Speaking for the Humanities）所說的，大眾文化的研究「提供學生們一個架構，去批評他們每天習焉而不察地消費的東西」。無論是否眞的有效，我們懷疑它之所以受老師們青睞，只是因爲相較於充滿著在日常生活經驗以外的文化傳統和歷史典故的著作，它更容易被學生接受。認爲「當代人文科學的討論既有活力且切中要旨」的人們當然會說，「關於『他者性』（otherness）的教學是人文科學研究的主要角色」。但是他們的改革經常得到反效果。他們主張多元主義，卻剝奪了學生們接觸直接視野以外的經驗的機會，尤其甚者，它更讓學生們認爲該經驗（經常被保存在世界經典文學裡）是「西方白人男性」的文化而摒棄之。接觸「他者性」最多也只是一條單行道。特權階級的孩子被鼓勵（甚至被要求）去認識「被邊緣化的、被壓迫的權益、處境和傳統」，但是黑人、拉丁美洲裔和其他少數族群，卻不必接觸「西方白人男性」的作品裡的「他者性」。一個僞裝成「寬容」的狡猾的雙重標準，讓少數族群無法得到他們長久抗爭的果實：世界文化的洗禮。在新的學院的「多元主義」裡的一個基本訊息，亦即他們沒有能力去欣賞或進入那文化，其實就像以前的不寬容和排他性一樣明顯；有時候甚至更加昭然若揭，因爲排他性多半是基於擔憂而非輕視。於是，蓄奴者害怕奴隸在歐美文化的含英咀華以後會更加渴望自由的滋味。

道格拉斯（Frederick Douglass）（譯注❷）的例子（或杜波伊斯、休斯〔Langston Hughes〕、萊特〔Richard Wright〕、艾利森〔Ralph Ellison〕、克魯斯〔Harold Cruse〕或其他黑人知識分子）顯示，這種擔憂並非空穴來風。道格拉斯在他的自傳裡回憶說，他讀到一個奴隸辯才無礙地談論追求自由的主張，甚至說服了他的主人以後，他才開始去學修辭學。於是道格拉斯沉浸在十八世紀著名的英國演說家的作品，彼特（Pitt）、謝利敦（Sheridan）、柏克（Burke）和法克斯（Fox）。「讀了這些演說，」他說：「增益了我很有限的辭藻，讓我能夠表達許多有趣的思想，那些思想曾經靈光乍現，卻因爲拙於言辭而消翳。」現在，這些演說應該會被譏爲不適合黑人的研究對象，是充滿仇恨的壓迫者的正典（儘管它們其實早就被排除在正典以外），那些演說的流傳只是在助長白人男性的文化帝國主義。但是道格拉斯問自己（貧窮而懵懂無知的傢伙），一個黑人男子的心會因爲接觸了壓迫者的文化而被扭曲嗎？以他自己的同胞的語彙去辯論追求自由的

譯注❷：道格拉斯（Frederick Douglass, 1818-1895），美國重要的廢奴主義者、作家、演說家和政治家。

主張會好一點嗎？新古典主義時期的雄辯，根據二十世紀的標準，無論如何的華而不實，還是給了他屬於自己的聲音，讓他得以參與當時關於奴隸問題的激烈公共論辯。他的研究並沒有減損他對於自由的信仰或是他對於自己的同胞的認同，反而讓他成爲他們的喉舌，不只是爲他們辯護，並且爬梳那始終混淆的、不一致的、困惑的、不成熟的「有趣思想」。言論的力量（習得自古典文學的教育）讓他一窺自己的思想的內在世界，以及那決定著他的同胞命運的公共世界。

我們的教育體系大部分的缺點，多少都可以追溯到我們的逐漸無法相信內在世界或公共世界的實在性，我們無法相信有一個個人認同的穩定核心、或是一個不只是陳腔濫調或宣傳的政治。

人文科學的犬儒心態

在我們的時代裡，人文科學課程的簡單化並沒有讓更多人攻讀人文科學。金博說，學生們都很清楚，人文科學的課程不外乎「意識型態的表態、流行文化，以及深奧的文字遊戲」。他顯然低估了學生們必須選修比較可能找到好工作的科目的壓力，但是在我的經驗裡，學生們（成績比較好的）的確排斥流行文化和文學理論的課程縮減（那似乎是在告訴他們，「文本」只是自我指涉或是和其他文本相互指涉，因而無法期待它們能夠改變我們的生活世界）。我猜學生們也很厭惡時下流行的文化批評模式，金博說，那樣的模式很容易退化成「一種犬儒主義，對他們而言，任何事物都必須被揭露爲墮落的、口是心非的或僞善的，才算是眞正的理解它們」。

根據金博的說法，現在人文科學裡獨領風騷的語言學理論，爲語言的歧義性和不精確性神魂顚倒，卻忽略了「虛無主義的懷疑論和素樸的信仰之間的可能妥協」。這些理論的朋黨們提出一個無私的客觀性標準，一個「超級笛卡兒主義」（super-Cartesian）的觀點，認爲語言應該是一個「完美的透明媒介，可以傳達關於世界的思想而沒有任何遺漏或歧義」，因而推論說，既然語言不可能符合這樣的標準，也就完全無法主張任何眞理。這是一個很生動的犬儒主義式的批評，它拒絕區分「理念」以及「宣傳」、「論證」以及「意識型態的戰爭」。但是金博卻一竿子打翻一船人。他不只是指控虛無主義者（他們主張說，所有論證都是最粗鄙的意義下的政治，任何論證的贏家都是有權力強迫別人接受其思想的人）。他的指控更擴及於任何質疑需要什麼知識論基礎的人。他不以爲然地說：「對於當代許多學院派的人文主義者而言，基礎論（foundationalism）是最好的代罪羔羊。」然而它不只是個代罪羔羊而已；我們不能僅僅引證那些緊抓著反基礎論的口號卻不思其義的人們的荒誕和悖理，就想要打發掉這個嚴肅的問題。

對於基礎論的攻擊不只是另一個學術風尚，儘管它已經流行了數十年。它是出自一個同樣困擾著金博的憂慮：害怕一旦知識的確定性被揭露爲一個幻想，「確定性的追求」（杜威語）就會瓦解成懷疑論。我們希望我們關於世界的知識是奠基於不容置疑的命題之上（這個願望導致哲學的笛卡兒主義革命、十七世紀的科學革命，以及啓蒙運動），如今這個願望已經瓦解，而二十世紀哲學的主題，就是在思考這個瓦解的影響有多大。有些哲學家把哲學論述的範圍限縮到據說可以如數學一般精確的技術性和形式性的問題，試圖藉此拯救古老的知識論。也有的哲學家主張說，除了徹底的懷疑論以外，一切皆不可得。第三種學派，包括二十世紀各式各樣的實用主義（pragmatism），則認爲確定性的不可能，並不排除合理論述的可能性：某些主張儘管沒有絕對可靠的基礎，因而也可能被推翻，卻可以暫時得到一致的同意。

關於基礎論的哲學爭論難免會影響到人文科學的作品，例如說，提出比我們以前所見更積極的意識型態的觀點。於是，紀爾茲（Clifford Geertz）認爲，社會學家在戰後對於意識型態的非難，例如雷蒙・阿弘（Raymond Aron）、愛德華・希爾斯（Edward Shils）、丹尼爾・貝爾（Daniel Bell）以及派深思（Talcott Parsons），影響所及，不僅拒絕政治的自私陳述，也排除了一切經不起科學驗證的主張（那是在孔恩〔Thomas Kuhn〕質疑科學驗證本身的觀念以前）。換言之，對於意識型態的批評禁止一切政治論述，以及對於典故、象徵、隱喻以及情緒性的溝通策略的認眞研究。二十世紀對於意識型態的批評，呼應了啓蒙運動對於宗教的攻擊，他們污損了政治思想的分析（把它化約爲謊言、扭曲和合理化），正如把宗教化約成迷信而污損了宗教思想的分析。（注❷）

如果紀爾茲是對的，在對於意識型態的新實證主義式的批判裡，已經蘊含著沒有辦法區分權力和說服的犬儒主義，他們的說詞也讓我們想到好戰的無神論的說法。期待意識型態終結的人們，希望政治討論可以侷限在專家們意見一致的技術性問題裡頭。當意識型態的終結無法實現時，就像傅柯（Foucault）和德希達（Derrida）一樣，人們很容易推論說，任何形式的知識都純粹是權力的作用，或是如費許（Stanley Fish）所說的，「所謂強權即正義，是說在缺少一個獨立於詮釋的觀點的情況下，某個觀點總是藉由打敗其對手而主宰著。」另一方面，紀爾茲說，某個意識型態勝過其他意識型態，不是因爲它的擁護者有權力讓對手沉默，而是因爲它提出更好的實在界的「地圖」，更可靠的行動指南。他爲意識型態（以及對於基礎論的批判）平反，讓人們可以重新認眞討論道德和政治議題，並且反駁認爲不可能以理性去爲任何道德和政治立場辯護的主張。

人文科學的困境在於不願意辯論

〈為人文科學辯護〉的作者們在回答右翼學者對於人文科學的批評時，總結了懷疑論者立場說：「我們會去問，普世主義的（universalist）主張是否把某個族群的事情擢升成規範，把其他團體的事情視為片面的或有限的而擱置之。」但是「普世主義的主張」不會這麼輕易地就被駁回。正如葛蘭西（Gramsci）在很久以前告訴我們的，沒有任何意識型態可以完成「霸權」，如果它只是要把某個階級的利益予以合法化而「擱置」其他階級的利益的話。正因為意識型態能夠表現人類持久的需求和欲望，才會那麼有說服力，即使它們的世界觀難免會看不到自己的侷限。由於意識型態表現了普遍的渴望，批評者也應該在相同的基礎上去論證，而不只是把它們斥為自私的合理化行為。在這個共同的基礎上（而不是知識論基礎的普遍意見一致）去辯論，也就創造了一個共同文化的可能性。

金博很中肯地強調我們需要一個共同的文化，但是他嚴格區分「客觀的」而「無偏私的判斷」以及「有偏見（partis pris）的遊說」、「公平的描述以及黨同伐異的宣傳」、「眞理」以及「說服」、「論據」以及「修辭」，因而壓縮了知識論辯的重要作品的空間。描述從來不會是「公平的」，除非它只說些芝麻綠豆小事；而判斷也絕對不會完全「無偏私的」。金博不分青紅皀白地抨擊「反基礎論的信條」，其中蘊含著一個共同的文化必須具有普遍的贊同，而人文科學的教學也必須著重於沒有爭議的古典文學的正典。但是「正典」始終是有爭議的，始終在更改。我們看看一百年前美國文學的正典是什麼：一堆朗費羅（Longfellow）和惠提爾（Whittier）的作品，而惠特曼（Whitman）、梅爾維爾（Melville）或梭羅（Thoreau）的作品則付之闕如。現在人文科學的困境不在於人們要更改正典，而是太多人都不願意去辯論是否要剔除或增列某些作品。他們不想辯論，而只是全盤否定，而理由經常是說，審美判斷是無可救藥地任意而主觀的。這類批評的現實影響，就是開設平行的課程（給女性的、給黑人的、給拉丁美洲裔的、給白人男性的），或是以同等時數的原則去修補古老的課程設計（例如史丹福大學）。無論哪一種方式，辯論都被放棄了，而如果我們主張說「政治」要退出教育，那麼辯論也一樣會被放棄。「腐化我們的高等教育的」（金博語），不是「政治」，而是假設政治是戰爭的另一個名字。如果政治只是如金博所說的「意識型態的表態」，那麼顯然就和「論據」、「無偏私的判斷」或「眞理」無關。在這裡我們再度看到，左派學者基本上和右派學者沒什麼兩樣。他們都把政治貶抑爲強者的法則，只是淹沒了理性聲音的彼此叫囂。

基進主義從內部去顛覆體制

右派和左派還有另一個相同的假設：基進主義的學者是眞正「顚覆的」。金博其實是完全相信左派學者的基進主張的。他不是因爲「終身職的基進主義者」關心終身教職甚於基進主義才反對他們的。他之所以反對他們，是因爲他認爲他們利用其學術地位的保障去抨擊社會秩序的基礎。「當六〇年代的孩子們獲聘爲教授或院長時，他們並沒有放棄基進的文化蛻變的夢想；他們著手去扶植它。現在……他們不是從外部去破壞我們的教育體制，而是從內部去顚覆它。」他們無疑地會想要這麼做，但是他們的行爲並沒有嚴重威脅到被法人團體控制的大學；「腐化我們的高等教育的」，是法人團體的控制，而不是基進主義的學者。法人團體的控制把社會資源由人文科學轉移到軍事和科技的研究，助長對於量化（它毀掉了社會科學）的偏執，以官僚的術語取代英語，創造一個頭重腳輕的行政機器，它的教育願景則始終是聊備一格而已。法人團體和官僚控制的結果，是把批判的思想家從社會科學趕到人文科學裡去，他們在裡頭可以耽溺於「理論」的滋味，而不必有經驗性的社會觀察的嚴格訓練。「理論」絕不是社會批評的替代物，社會批評是可能嚴重威脅到現狀的知識活動，而「理論」則沒有任何學術威信。一個探討現在高等教育的眞正問題（大學完全同化於法人團體的制度；一個知識階級的興起，他們的「顚覆」行動卻沒有威脅到任何既得利益）的社會批評，對於當代論述會是讓人振奮的挹注。但是顯然這種論述不會從左派學者或是右派的批評者那裡得到太多的鼓勵。

注❶：這些鼓舞人心的話見於一九八九年的一篇報告，〈為人文科學辯護〉（Speaking for Humanities, by Peter Brooks, Jonathan Culler, Marjorie Garber, E. Ann Kaplan, and Catharine R. Stimpson; ed. George Levine, published by American Council of Learned Society）。許多學者都「為該立場背書」，包括查美斯基（Jules Chametzsky）、克里格（Murray Krieger）、勒卡普拉（Dominick LaCapra）、馬禮德（Richard L. McCormick）、米勒（Hillis Miller）和范恩（Richard Vann），他們都是各自領域的權威大師。

對於人文科學的批評看到的是困惑和混亂，但是這些作者卻看到了「知識的發酵」、探索論辯，以及無畏的革新。儘管有入學人數的降低、過度專業化（overspecialization）、無法理解的術語、輕教學而重研究等問題，他們仍然堅持其樂觀主義。他們認為，「跨學科的活動」可以矯正專業化的問題。入學人數的下降是在反映「經濟的壓力」，而不是「學術和教育的失敗」。術語固然不好，但是一般來說還可以懂，「本報告的作者們當然是懂得的」。教學和研究本來就是互補的。但是那些作者們完全沒有提到最重要的批評：大學畢業生對於世界的嚴重無知。他們似乎從不認為那些批評裡可能包含了某些事實。或許他們也從不關心這點。

注❷：紀爾茲說：「這個類比並不為過。在阿弘的《知識分子的鴉片》裡，不只是書名（諷刺馬克思的偶像破壞），乃至於論證的整個修辭（『政治神話』、『歷史的偶像崇拜』、『牧師和信徒』、『俗世的教權主義』等等），都只讓人想到好戰的無神論者的文學。希爾斯很圓滑地以意識型態思想（納粹、布爾什維克主義什麼的）的極端病理學作為它的典範形式，讓人想起一個傳統，在其中，宗教審判、文藝復興時期許多教宗個人的劣跡惡行、宗教改革戰爭的殘暴、聖經帶基要主義的野蠻，都被視為宗教信仰和行為的原型。而派森思認為意識型態的定義就在於它相較於科學的認知的不充分，就像是孔德（Comte）認為宗教的特質即在於對於實在界沒有批判性的想像性觀念，一個頭腦清醒而且摒棄隱喻的社會學很快就會宣告它落伍了：我們可以慢慢等候『意識型態的終結』，就像實證主義者等候宗教的終結一樣。」

第三部

靈魂的暗夜

第十一章

羞恥的廢黜

討論「羞恥」問題的人們，很喜歡一開始就先指責以前的人忽視了該主題。如果他們剛好是精神科醫師，他們會說羞恥不僅是被忽略，而且是被刻意壓抑。他們說，現在是掀開審查機制的簾幕的時候了，正如麥克·尼可（Michael P. Nichols）所說的，「讓羞恥心出櫃」。他們對自己的觀感必須包含大膽探索以及征服禁地的意象。即使現代的心理治療師排斥佛洛伊德的其他作品（而時下羞恥心的風潮和對於佛洛伊德的反彈也相互呼應），他們也認爲他的「偶像破壞」是無法抗拒的：他挑戰謙虛和沉默的規範的態度，以及他堅持說出不可言說的東西。

羞恥心理的探索

佛洛伊德勇於以他的執業生涯作賭注，探索其他人寧可隱藏起來的知識，因而有很好的理由把自己視爲一個孤獨的入侵者。新一代的「羞恥」的考古學家們踏入一個已經由人類學家和戰後的精神分析師（許多人是納粹德國的難民，也很熟悉羞恥心對社會的影響）開採過的礦場，尤其是卡內基（Dale Carnegie）和皮爾（Norman Vincent Peale），早在精神科醫師和發展心理學家同意把羞恥定義爲缺乏自尊並且著手開出處方以前，他們就發現自尊的重要性。羞恥變成了理論家和臨床醫師在追尋寶藏時密集挖掘的最新礦場，它不再是被忽略甚或遺忘的主題。納坦遜（Donald L. Nathanson）承認那已經不只是一點「流行」而已。

無論如何，指責人們隱藏羞恥的問題，似乎是不合理的。我們的文化還會試圖隱藏任何可以剝削其衝擊性價值的東西嗎？已經沒有什麼東西會讓我們吃驚的了，尤其是個人生活的親密關係。大眾媒體從不遲疑去炫耀最怪異的變態行爲、最墮落的欲望。道德哲學家會說，「怪異」、「變態」和「墮落」是含有階級歧視的、不足採信的「主觀論斷」的語詞。在我們的暴露狂文化裡，唯一被禁止的東西，就是想要去禁止的衝動，對於揭露加以限制。

我們不去問如何能夠撤銷圍繞著羞恥的緘默約定，而應該問爲什麼它在一個不知羞恥的社會裡會如此引人注目。溫舍（Leon Wurmser）的《羞恥的面具》（*The Mask of Shame*）或許能夠給予最好的答案，那是關於羞恥最好的精神分析研究，或許也是最後的，因爲整個精神分析界可能已經瓦解了。在一九八一年，也就是該書出版的時候，對於精神分析的抗拒甚囂塵上：許多批評者說佛洛伊德的觀念是不科學的、菁英主義的、家父長式的，並且沒有任何治療的作用。寇哈特（Heinz Kohut）及其信徒已經把強調的重點從內心的衝突轉移到「整個自體」以及和其他自體的關係。爲了抵抗這個潮流，溫舍必須對導致羞恥的內在衝突進行比前輩們更深入的分析。

窺視和被窺視的心理衝動

以前的研究區分了羞恥和罪惡感的諸多差異。用專業術語來說，罪惡感暗示著「超我」的懲罰面向，而羞恥則是愛與被愛的面向（自我的理想）。罪惡感源自對父親的反抗，而羞恥則是來自於跟不上他內化的模範。儘管溫舍自己以該傳統爲基礎，但是他提醒我們不要太過強調自我的理想。「僅僅是無法滿足自我的標準甚或是自我理想的設準，並不會引起羞恥感。」和罪惡感一樣，羞恥必須被視爲一種自我懲罰的形式，自體的強烈譴責，根源於「不惹人愛的絕對感覺」。如果沒有這個自我折磨的元素，我們則可以說那是「缺乏自尊」。溫舍拒絕把它和羞恥混爲一談，因而說明了許多以前曖昧不清的東西。

溫舍所理解的精神分析，是對於內在的心理衝突以及內在防衛機制的詮釋。面對人們「不斷地迴避」衝突（這使得精神分析越來越膚淺），他堅持「衝突的核心地位」，因而有個意外的好處，亦即恢復原本圍繞著羞恥概念的道德和宗教的相關性。溫舍問說，爲什麼一個詞可以同時指涉窺探和隱藏的衝動。溫舍沒有忘記佛洛伊德的格言，對立的東西可能有共同的基礎親緣性，他發現他的病人同時有窺視和被窺視的強迫行爲。

在他的病人當中，有個女性有焦慮症、憂鬱症和慮病症，她告訴溫舍說：「我要去找出關於誰有造物以及誰沒有造物的隱藏而禁忌的眞相。」這句話應該是浮士德（Faust）或普羅米修斯（Prometheus）才會說的。但是她又很害怕心裡的祕密會被揭露。刺探別人的祕密（尤其是她的父母親）變成一種保護她自己的祕密的方式。她害怕不名譽，因而想要去損害別人的名譽，這是可恥的不名譽和不知恥的揭穿行爲之間的關係的顯著例證。另一個病人希望世界看不到她的臉（羞恥的典型態度），卻也有暴露自己的衝動。她彷彿在說：「我要對世界證明我藏得有多麼好。」在這裡，揭露的渴望轉向自體，以一種我們常說的「不知羞恥」的暴露狂的方式去表現。

一方面，那些病人也想要看到一切，彷彿他們希望透過眼睛的媒介去融入世界。另一方面，他們想要顚倒眾生，藉此去主宰世界。他們害怕暴露，於是帶著冰冷而無表情的臉孔，而溫舍知道那便是羞恥的面具：「一個人面獅身獸不動如山的、深不可測的、謎樣的表情。」然而在他們的幻想裡，這個陰森嚴峻的表情不只是用來隱藏他們的祕密，更是要魅惑和支配他人，懲罰那些想要看穿他們的外表的人。羞恥的自我保護面具也是梅杜莎如巫術般的侵略性面具，會把看到她的人變成石頭。

害怕被拋棄以及對於無法控制的自然的憤怒

在隱藏和刺探、窺看與被窺看的矛盾願望底下，溫舍偵測到一組深層的對立物：在「渴望無止盡的結合」和「可以致人於死的輕蔑」之間的「兩極性」。兩者都出自於內心深處的害怕被拋棄。根據一個心理分析思考的固有傳統，企圖恢復原始的無所不能的感覺，可能採取兩種形式。主體會以共生的方式融入世界，或是變成完全的自給自足。溫舍對於羞恥的研究也是基於這個傳統（雖然有點不自然，因爲他不相信其中克萊茵式的〔Kleinian〕弦外之音）。他說，最強烈的羞恥經驗是出自「結合和分離的衝突」。這個「古老的衝突」是「嚴格的精神病理學的基礎」，它源自「拒絕任何不是絕對的東西」，任何「不是完全的結合或融合，或是正好相反，不是完全的隔離或毀滅」的東西。於此我們再度看到「確定性的追求」的不良影響。

溫舍的病人所經驗到的羞恥，無異於人類生命的偶然性和有限性。他們沒有辦法和各種難以駕馭的限制和解。他們的病讓我們看到爲什麼羞恥和身體的關係如此密切，身體抗拒任何控制它的意圖，因而讓我們很鮮明且痛苦地想到自己不可避免的限制，尤其是死亡的不可避免。正如艾利克．海勒（Erich Heller）所說的，人類被自然束縛，才是讓他感到羞愧的。「他身上任何屬於自然的部分……任何證明他被不受其意志影響的法則和必然性給奴役的東西」，變成無法承受的羞辱的來源，而可能以看似不相容的形式表現出來：既努力不讓世界看見他，又很想看穿世界的祕密。這些對立的反應的共同點，就是在面對任何奧祕的、因而不受人類控制的東西時的憤怒。尼采（Nietzsche）說：「羞恥存在於任何有『奧祕』的地方。」

精神分析研究的墮落

精神分析師不再輕易地把羞恥斥爲古老的拘於禮節的退化痕跡，而著重於它的道德和人類存在的蘊含。溫舍的研究之所以清晰而有力，不只是因爲他細心描述個案的故事，更是因爲他堅持精神分析的哲學向度。他認爲他的工作是「和最好的心靈們的對話，它們仍然跨越死亡和時間的深淵直接和我們說話」。而「人文科學的龐大符號領域不再和精神分析的作品所屬的範疇形成共同的矩陣」，也讓他很困擾。關於羞恥和自尊的新的研究（我們不擬詳列）就和精神分析的最好傳統脫節，因而也吃了苦頭。

研究品質的下降是直接證據。納坦遜的《羞恥和驕傲》（*Shame and Pride*）是相關的研究裡最野心勃勃的，它的研究價值和它自負的主張正好成反比。納坦遜想要證明羞恥的某些功能有助於心理的平衡，但是他建構的體系卻只不過是一些陳腔濫調。「只要欲望凌駕於滿足之上，就會有羞恥。」「每當趣味或快樂受到阻礙，就會觸動羞恥感。」「生命裡充滿了正向情緒的障礙。」「似乎每個人都需要自卑感。」

納坦遜感謝溫舍不吝給他「支持和協助」，但是他的進路卻正好是溫舍所告誡的行爲主義（behaviorism）的一個例證。它把「羞恥感」當作一個「獨特的生物機制」。它旨在「讓心理學完全回歸到生物科學」，並且摒棄「神祕主義」。它奠基於一個如電腦一般的心理的機械主義模式，一個資訊處理系統。納坦遜顯然汲汲於科學的精確性，到處充斥著不合文法的術語：「吃驚」（startle）變成名詞，「難聞」（dissmell）則指害怕不愉快的氣味。他對於歷史的討論充耳不聞，或許也包括他的病人，因爲他並不談個案的歷史。至於治療，他似乎只會開藥而已。「我們停止藥物治療，症狀就消失了。」「當他開始服用氟西汀（fluoxetine），所有症狀都消失了。」「她很驚訝當她恢復用藥，羞恥的感覺就消失了。」

納坦遜以一個機械主義的理論去取代內心衝突的詮釋，那是推論自湯姆金斯（Silvan Tomkins）的作品，情緒就像一具「擴大器」，提醒生物說，任性的欲望需要理性的管理了。羞恥是我們「基本的接線模式」的重要元素，它保護生物免於「不斷地渴求正向情感」。它迫使我們「明白且記得我們的挫敗」，因而是我們的「老師」。只不過它到底教了我們什麼，還是有點不清楚：調整我們的期待？追求更務實的目標？每當納坦遜單調的文字太過強調清晰性時，總會突然插入一個難以解釋的解釋：「（羞恥）是個生物性的系統，生物用以控制情感的輸出，讓它不致於維持有興趣或滿足的狀態（如果那對他是不安全的），也讓他不會和一個不符合記憶裡儲存的模式的生物保持情感的共鳴。」用白話英語來說，羞恥讓我們不必對自己太嚴厲；這似乎是它的要旨。

接受限制變成了不知恥

儘管溫舍主張以愛和工作「勇敢地超越羞恥」，納坦遜仍然建議要有羞恥的預防接種，就像我們在哈克老兄（Buddy Hackett）的心理治療喜劇裡看到的，可管理範圍內的羞恥的健康劑量，可以讓它不會致命。他認爲哈克的臥房幽默的不愉快效果頗具吸引力。它提醒我們，沒有人能夠逃避「自然的呼喚」，就像溫柔叮嚀的老奶奶，既可以讓人們的自負洩氣，也在嘲笑虛僞的謙虛，而納坦遜似乎認爲以粗鄙而肆無忌憚的語言去表現會更有效。

根據納坦遜的說法，哈克的「接受現實的喜劇」讓我們和我們的限制和解。我認爲那只是有助於降低我們的眼界。接受限制是一回事，而把所有高尚的東西都化約成最低的公分母，則是完全不同的另一回事。當「接受」再也分不清楚高尚和擺架子、品味的精緻和社會的勢利眼、謙虛和假正經的差別時，它就變成不知羞恥的、犬儒式的順服。犬儒主義把誇大妄想症（需要道德和治療的矯治）和崇高本身混爲一談。

當然，納坦遜無意提倡犬儒主義。他只是要以他所謂的「驕傲」去取代羞恥，那是一種以接受限制爲基礎的成就感。但是他的疫苗比疾病本身更有問題。他建議讓理想洩氣，作爲心理健康的藥方，其實就是以無恥治療羞恥。這是眾所周知的辯護（而且很難說那是治療），溫舍曾經很中肯地說，這種策略是「無恥的犬儒」的「一輩子的翻轉」，一種價值的重估，「自戀的誇大和對他人的輕蔑用以抵抗致命的冷漠和傷痛」。溫舍指出，這些辯護、無恥的犬儒主義，爲我們整個文化定了調。

> 個人情緒和身體無限制的暴露，祕密的炫耀，好奇心的荒唐侵入……使得我們難以表現溫柔的感覺，尊重、敬畏、理想化和尊敬的感覺。言詞不遜幾乎成了「悅耳的音調」。在德文和希臘文裡，關於羞恥的語詞總是和敬意有關，那似乎不是偶然的。……無恥的文化也是傲慢無禮、揭人隱私的、貶低理想的文化。

信任生命就有失望之虞，因此我們給自己接種傲慢無禮的疫苗。（注❶）

對於羞恥，再怎麼遲鈍的學生都知道，厚臉皮只是一個策略，而不是解決之道。麥克・尼可（Michael Nichols）在《無處可藏》（*No Place to Hide*）裡警告說：「無恥是對於羞恥的反彈形式，一種抗拒的、反恐懼的（counterphobic）企圖，想要否認和克服內心深處對於弱點的恐懼。」但是尼可和他的同儕只認識到羞恥和無恥的外部親緣性。他們看到「抗拒」的無恥，卻沒有看到他們自己「接受」的意識型態。讓「過度的期待」洩氣（尼可最喜歡用它來壓抑挫折感）只是納坦遜所謂「存在的不信任」（existential distrust）的策略的溫和版本。於是他要我們提防宗教，說它會「把是非對錯過度簡單化」，並且以不可能達到的標準去要求我們，「一個永遠無法企及的正義的願景」。古老的宗教宣說性愛和離婚是有罪的，並且阻撓「理解和接受」。幸好「現在開明的牧師和拉比開始宣說對於自我和身體的人文主義式的接受」。的確，他們「比大部分的精神科醫師更有人文關懷」，聽起來像是有點挖苦的恭維，雖然尼克是想要推崇他們。

尼克換個方式說：「亞當和夏娃的故事反映了，一般人認爲天眞自然的孩子們不知道羞恥是什麼；他們必須被教才會知道。」樂觀地說，只要以「同理心」去對待孩子，啓動讓他們「喜歡自己」的機制，「批准他們隨心所欲地思考和感受的權利」，就可以擺脫羞恥和其他惡行的世界。

「讓他們做他們自己」的建議頗有可取之處，如果那可以勸阻成人對於孩子的過度管理。但是，我們授與他們太多不應得的權利，而對他們造成很可怕的傷害。他們的確需要鼓勵，但是那要配合他們符合客觀能力標準的成長。孩子們需要承擔挫敗和失望的可能性，克服障礙，勇敢面對周邊的逆境。自尊是不能轉讓的；孩子們必須自己去掙得。現在的精神治療和教育實務，不外乎「同理」和「理解」，希望在沒有風險的情況下製造出「自尊」。就算是巫醫也做不到吧。

治療是整個社會的事

早期的佛洛伊德學派會提醒我們不要把精神分析誤用在「預防方面」，如安娜．佛洛伊德（Anna Freud）所說的。他們知道，膚淺地解讀佛洛伊德會讓人以爲，開明的兒童教育方法可以免除痛苦和精神疾病。他們以這種無知的樂觀主義去反駁以下的提醒：成長絕非容易的事；孩子不會成熟，除非他們自己努力去了解事物。但是助人專業（helping profession）完全不理會這個現實。爲了證明治療的權威高於家庭、學校和更大的公共政策領域，他們誇大了自己的專業。他們說自己不只是病人們的醫師，更是一個生病了的社會的醫師。

佛洛伊德學派第一個修正主義者，凱倫．荷妮（Karen Horney）在一九三七年就主張說：「精神疾病和文化不只是精神科醫師的問題，也是社工人員和老師、人類學家和社會學家的問題，」更是任何「意識到心理因素在社會生活裡的重要性」的知識工作者的問題。治療不再只是精神科醫師的事，也不會侷限於個人。社會學家法蘭克（Lawrence Frank）在同年發表了一篇影響深遠的論文，認爲社會本身就是病人。

直到今天，它仍然是主流觀點。即使是「宗教和倫理團體」也都有此共識，它們被法蘭克挑選爲個人義務的古老倫理的堡壘（如同律師一般）。正如尼克所說的，當代的教會和助人專業一樣「開明」，「教區牧師高談健康的自尊心……你在二十年前聽不到這種東西。」他對於牧師講道的描述非常貼切，但是他的記憶太短了。神職人員很早以前就看到光了。在二十世紀初對於美國基督新教影響甚大的社會福音教派，已經預見了社會即是病人的觀念。社會福音派的批評者卡伯里（Henry J. Cadbury）在一九三七年說，它已經成爲「美國自由派的主要糧食」，「他們異口同聲地肯定，救恩的對象是社會，而不只是個人」。三十年後，哈佛大學的神學家考克斯（Harvey Cox）在《世俗之城》（*The Secular City*）裡主張說：「在個人層次上以健康替代精神病的成就不能和讓整個社會恢復健康分割來看。」考克斯解釋說，佛洛伊德「著重於他治療的生病的個人」，但是生病的個人再也不能獨立於「生病的社會」去診療。

自尊心低落只是社會病理學的最新形式，它毛遂自薦給治療靈魂的專家們。新的羞恥病理學家宣稱關於羞恥的「更完備的理論」（路易士〔Michael Lewis〕語）「已經可以應用在社會以及個人層次」。路易士也接受一種陳腔濫調，說黑人和女性「對他們生活的文化感到羞恥」，他們需要「理解而非羞辱」。他認爲提高他們的自尊心會「消除許多社會問題」。「我提出的解答，」他說：「是一個用以減少羞恥的認知和情感的計畫。」

把所有社會問題都化約為自尊心的挫敗

葛蘿莉亞·史坦能（Gloria Steinem）和路易士一樣，浸淫於低落的自尊心的社會蘊含（尤其是女性的自尊心）。女性主義者批評她的新作《內在革命》（*Revolution from Within*）是逃避政治困擾，但是它其實是主張政治和治療是不可分的。它和自由主義的主流品牌完全一致，那樣的自由主義執著於女性和少數族群的權利、男同性戀的權利和無限制的墮胎權、所謂虐童和性騷擾的傳染性擴散、管制攻擊性言論的需要，以及用以終結「已死的歐洲白人男性」的文化霸權的課程改革。自由主義者以前所定義的「社會正義」，現在則是指涉旨在消除「威權主義的」、「家父長式的」態度有礙健康的影響的政治治療，並且不讓任何人去「責怪受害者」。關於羞恥的治療發現表現在政治上，就是由照護者執行的矯治計畫，他們聲稱是爲受害者說話，但是他們關心的卻是如何擴張其專業管轄權。史坦能的「內在革命」並沒有暗示要逃避政治，而只是以其他手段去延續政治。

她對於羞恥的治療性抨擊需要以政治行動去完成。例如說，她把「加州全州專案小組」（California's Statewide Task Force）推薦給「提升自尊心計畫」（Promote Self-Esteem）。她認爲，儘管記者和政客們嘲笑這個高尚的實驗，但是它證明了幾乎所有社會問題都可以溯源到自尊心的挫敗。專案小組發現，在「犯罪和暴力、酗酒、藥物濫用、青少年懷孕、虐童或婚姻暴力、對於社會福利的長期依賴，以及在學校的低學習成就」裡頭（史坦能說，那些是美國人最擔憂的問題），自卑是「主要的原因」。

她並不想解釋加州專案小組如何發現這點的（也就是刻意忽略專家們提出的疑慮，而該報告卻是以專家們的證詞爲基礎）。他們在給專案小組的文件裡不斷提到「缺少好的研究」去證明自尊低落和社會病理學的關係，但是該團體的主席瓦斯康賽洛斯（John Vasconcellos）卻駁斥這個疑慮，因爲他們是「只活在腦袋和知識裡」。他說，自尊心的重要性是要以我們的「直覺知識」去證實的。

史坦能並沒有談到瓦斯康賽洛斯的報告引起的爭議。加州有疑問的例子被其他州以及加州的五十八個郡群起效法，幾乎每個地方都有自己的自尊心專案小組，這對史坦能而言就夠了。她也偏好依賴「直覺知識」。她的書裡到處充斥著這種直覺知識。她解釋說，孩子們應該「一開始就感受到被愛和被珍惜」。然而大部分的人在童年是被忽略或被虐待的，而既然「我們繼續以童年被對待的方式對待自己」，因此我們到了成年以後仍舊虐待自己。但是「我們每個人心裡都住著一個獨一無二且眞實的自我」，發現自我以後，會讓我們得到自由。「一旦我們發現，某些以非理性的方式威脅著我們的情感，其實是有道理的……那個魔咒就被破除了。」

我們很難想像有誰會把這些話當眞，但是它們的確在許多地方得到贊同，也爲福利國家的擴建提供了理論基礎。自由派的「行動主義者」（史坦能對他們的讚許）現在只剩下口號而已，說明了社會福利的自由主義已經奄奄一息。即使爲時已晚，我們眞的有必要指出，以一個國家的治療模式爲基礎的公共政策，已經一再慘遭滑鐵盧了嗎？他們不但沒有提升人們的自尊自重，反而創造了一個仰食於人的國家。他們催生了一個受害者的宗教，在其中，「賦權」（entitlement）是以漫不經心的社會不斷造成的傷害爲基礎。憐憫的職業化並沒有給我們一個更親切和善的國家。相反的，它把不平等給制度化，而以每個人都是「特別的」作爲藉口。既然這個藉口被戳破了，原本要讓人們喜歡自己的，反而只讓他們變成犬儒主義。「關懷」不能取代說眞話。

精神分析與宗教

如果說，精神治療在政策上面（恢復自尊心的政策）的應用是失敗了，那麼我們也可以說它在宗教方面的應用也失敗了。精神分析的創立者相信，人們隨著年齡的成長而漸漸不再需要宗教，開始倚賴自己的資源。結果證明他錯了。他的治療也鼓勵內省，並且著眼於道德洞察力，因此假設精神分析可以取代神父和告解者的治療行爲（佛洛伊德認爲他們的治療很笨拙），並不是完全沒有道理的。

然而曾幾何時，精神科醫師已經轉向以行爲的矯正而非自我省察爲目的的治療。儘管他們在症狀的控制上有點成效（經常是藉助藥物），卻忽略了內省的能力。這個潮流或許令人遺憾，但是我們不難看出，爲什麼傳統的精神分析治療不再有太多的專業擁護者。治療太花錢了，而且曠日廢時，並且對於病人的理性思辨的要求太多了。即使是最熱中於精神治療方法的人，看到溫舍的一個病人在「第一千一百七十二次治療」時「突然」停止分析，或許也會覺得很挫敗吧。溫舍的另一個病人接受了十一年的分析，還有一個病人「最後跳下橋自殺」。當精神分析的治療方式可能會沒完沒了而且最後以失敗收場時（有時候是經過多年的密集自我診察），醫師和病患都會心照不宣地轉向可以迅速緩解的方法，即使是拋棄了深度的理解。

精神分析理論或許可以揭露心理衝突的道德和存在的向度，但是即使如此，它仍然無法和宗教相抗衡。溫舍探討羞恥的作品（以精神分析思考的偉大傳統爲背景）告訴我們，精神分析的詮釋可以重拾古老的道德智慧，加深我們對它的理解。讀了溫舍的作品，我們看到爲什麼羞恥和好奇總是在人們心裡形影不離，爲什麼羞恥會喚起畏懼和尊敬的感覺，爲什麼它指涉到人類問題裡不可化約的奧祕的元素。

但是如此深層的道德理解，儘管在理論層次上擲地有聲，卻可能讓精神分析無論在治療或是個人行爲的指引上都無用武之地。它越是侵犯宗教以前的領地，人們就越會直言不諱地拿它和宗教做比較。精神分析眞的可以幫助那些在心裡相信自己「絕對不惹人愛」的人們嗎？或許宗教才是答案。無論如何，我們完全不知道宗教會差到哪裡去。

注❶：理想的貶值以及把一切事物都拉到最低層次，是瑞夫（Philip Rieff）著作的主題，將在第十二章討論之。

第十二章

菲利普·瑞夫和文化的宗教

暴力、犯罪和群眾的騷亂，幾乎是外國人對於美國生活印象最深刻的地方。而進一步認識以後，他們的第一印象似乎也沒多大的改變。仔細觀察的結果，揭露的只是社會秩序即將崩潰的比較不戲劇性的症候。人們說，美國的勞工沒有歐洲和日本的同業那麼有效率。美國的經理人也沒有他們那麼優秀。據說他們沉迷於短期獲利，而對於長期獲利無動於衷。美國社會從上到下瀰漫著及時行樂的氣氛。大家都開始關心起「自我」，包括「自我實現」和最近的「自尊心」，社會充斥著無法產生公民義務感的口號。無論是國內或國外的評論者都認爲，不願意把全體意志置於個人利益之上，直到二十世紀結束，都始終會是美國精神的本質。

倫理觀念的全面崩解

這個景象或許有點誇張，卻包含了足夠的眞相，讓我們不得不提出一個讓人很不安的問題：如果沒有以前用以支持工作倫理並且懲忿窒欲的心理約束，一個民主社會是否能夠繁榮甚或存續？警察和監獄顯然不適合去處理即將到了臨界點的違法犯紀的狀況。犯罪的遽增淹沒了刑事司法體系，而犬儒式的認罪協商制度、種族主義的雙重標準，以及認爲可以用治療的制度去取代懲罰的制度的誤解，也敗壞了刑事司法體系。由於不當的仁慈，重刑犯提早獲釋，繼續他們燒殺擄掠的行爲，而似乎不怕再度鋃鐺入獄。

其中最讓人不安的徵兆，是孩子們被吸收到犯罪文化裡。他們對於未來沒有什麼期望，對於謹愼爲人的提醒充耳不聞，更不用說良知的聲音了。他們知道他們要什麼，而且現在就要。先苦後樂、爲未來做打算、提高教育程度，對於在街頭早熟而麻木不仁的孩子們而言，似乎沒有任何意義。既然他們不打算活到很老，也就對於死刑沒什麼感覺。他們的生活方式是在鋌而走險，但是危險本身有時候也是一種報償，至少不必過著沒有希望的生活。

如果心理約束的瓦解只限於犯罪階級，那麼以某些誘因和嚴格的執法，或許可以恢復責任感。但是無恥的文化不僅限於下層階級。犯罪階級也喜歡及時行樂，把滿足感定義爲物質的取得，他們只是在模仿上流階級而已。因此我們要問自己，以前我們認爲民主社會不可或缺的個人行爲標準，公德心、勤奮和自我約束，現在全盤崩潰，究竟是孰令致之？

精神治療與倫理問題

如果我們仔細探究，會發現許多影響因素，但是宗教的逐漸沒落應該會是主要的因素。當然，在美國談宗教的墮落是得有點保留的。相較於其他工業國家，美國還是有滿多人信仰一個位格神、歸屬於某個教派、定期去做禮拜。這個證明顯示美國努力在避免那在其他國家改變了整個文化景觀的俗世化影響。然而外表往往是靠不住的。公共生活已經完全俗世化了。教會和國家的分離，現在被解釋爲禁止公開承認任何宗教，在美國比在任何其他國家都要更加根深柢固。宗教被放逐到公共論辯的邊緣。菁英分子也不怎麼尊重宗教——在婚禮和葬禮裡還有點用處，在其他地方則可有可無。知識階級的明顯性格之一，就是懷疑論和偶像破壞的心態。他們致力於文化批評，可以被解讀爲排除宗教信仰。菁英分子對於宗教的態度從漠不關心到主動的仇視都有。他們嘲諷說宗教的基要主義是個反動勢力，一心要推翻過去三十年來通過的進步主義法案。

光是說宗教的狂熱主義已經沒落了，那是不夠的；我們還要問什麼東西取代了它。俗世化留下的空缺被一種寬容的文化給佔據了，它以「疾病」的概念取代「罪」的概念。但是治療的世界觀並沒有和宗教那麼水火不容。至少一開始的情況要複雜得多。精神分析運動作爲治療的文化的源泉，和宗教的關係是很曖昧的，既互補又競爭。精神分析也表現爲一種靈魂的治療和道德洞見的來源。它的內省方法也和一個長久以來的思辨傳統有關：認識自我被視爲智慧的必然起點。儘管許多執業醫師想要把精神分析當作純粹技術性的學科，有自己的術語和深奧難解的程序，但是它的主題難免會把它拉到經常被定義爲宗教論述的人類存在的問題。在佛洛伊德所有的繼承者當中，梅蘭妮・克萊恩（Melanie Klein）是最關心倫理問題的，她許多論文集的書名即明確透露對於人類存在的關懷：《愛、恨與修復》（*Love, Guilt and Reparation*）、《嫉羨和感恩》（*Envy and Gratitude*）、《兒童良知的早期發展》（*The Early Development of Conscience in the Child*）。佛洛伊德的作品裡也充滿了藝術、宗教和道德哲學的典故，暗示著他比醫界的前輩們更有道德教化的責任感。他說精神分析是個科學，但是他的用語有時候非常的廣泛，似乎蘊含著精神分析的醫師比較像是個哲學家或傳教士，而不是著白袍的技術人員。他爲外行人的分析辯護，並且拒絕把精神分析的實務給醫學化。他反對「美國把精神分析變成精神醫學的奴婢的明顯趨勢」。他不僅不認爲精神分析師需要醫學訓練，甚至不鼓勵它。在他看來，精神分析師應該接受解剖學和生理學的入門訓練，也要學習神話學、宗教心理學以及古典文學。他認爲個人的疾病經驗以及內省的能力是精神分析的理解不可或缺的基礎。

精神分析和宗教的衝突

佛洛伊德最精明的詮釋者之一，菲利普・瑞夫把他的研究著作命名爲《佛洛伊德：

道德學家的心靈》（*Freud: The Mind of Moralist*），是有其道理的。諾曼·布朗（Norman O. Brown）在《對抗死亡的生命》（*Life against Death*）裡頭甚至把精神分析推向宗教。布朗說，如果把精神分析導引到「它的邏輯結論，並且轉型爲一種歷史理論」，它就會「汲取古老的宗教嚮往」。

但是精神分析同時也表現爲宗教的競爭者和繼承者。佛洛伊德說宗教是個幻覺，並且認爲這個特殊的幻覺沒有未來，這已經是眾所周知的事。他認爲宗教信仰是人類童年的殘留物，人們會很幼稚地把他們的希望和恐懼投射到天國。而現在科學給人類一個主宰自己命運的工具，於是宗教會開始枯萎，就像原始社會的巫術在宗教入侵以後的凋零。

精神分析和宗教的衝突比佛洛伊德的拒絕宗教所蘊含的還要深層。儘管他反對把精神分析化約爲「精神醫學的奴婢」，他自己的探索卻有助於一個治療的世界觀的浮現。疾病和健康取代了內疚、罪和贖罪，成爲引導人們去解釋深埋的心靈生活的主要事物。精神科醫師認爲他們在執業時必須擱置道德判斷，至少他們認爲應該營造一個寬容的氣氛，讓病人暢所欲言而不必害怕被責備。當然諮商室裡的氣氛不一定適合外界的日常生活，但是寬容的習慣一旦被設定爲精神治療的第一原則，很快就會變成主宰著所有人際往來的形式的自動反射作用。「不妄作論斷」的習慣很容易和自由主義所謂的寬容德行混爲一談，而後來也被視爲社交的必要條件。

以治療的概念取代責任問題

人們沒多久就看到一個治療的觀點也可以用在社會和政治方面。它可以減輕因爲貧窮和失業導致的道德挫折感，把對於個人的責難轉移到「社會」，並且支持用以援助那些不因己過而受苦的人們的政策。在大蕭條時期，醫療、教育和社福人員很訝異於許多美國人，甚至是大規模失業的受害者，仍然依賴於自力救濟的習慣，拒絕承認個人有接受援助的權利。福利國家的擁護者必須說服民眾說，貧窮不應該歸因於企業的減少；有過失的是體系而不是個人；依賴公共救濟不是什麼丟臉的事；在一個有組織的年代裡，自力救濟是一個圈套和幻覺。社會學家法蘭克在他著名的論文〈作爲病人的社會〉（Society as the Patient）裡說：「個體不應該自己去尋求救助和保障，而應該承認他對於團體的完全依賴。」法蘭克所謂二擇一的說法（個人的責任或「團體的生活」）完全是個誤導，因爲團體生活預設著：只有當個人能爲其行爲負責時，信任才能夠普及。但是震懾於群眾的苦難和美國人的被動接受苦難的人道主義者卻認爲，重建的第一步是要「免除個人的罪惡感」（法蘭克語）。大蕭條和新政所引起的爭論似乎證實了，關於社會的問題，和道德的見解對立的治療的見解才是明智之舉。根據法蘭克的說法，比起一個強調「人性意志、人性自律以及個人責任」的觀念，「一個生病而需要治療的社會的觀念」更有啓發性。另一方面，一個把社會的不幸歸因於「個人的邪惡和罪惡」的懲罰性的道德觀念，則是無助於理解現代社會。它的標準處方，「更多的法律、更多的管制、更多嚴厲的懲罰」，也一再地宣告失敗。是該確立更科學也更人文的新政策的時候了。

法蘭克呼籲一個受歡迎的新的人文主義。在二十世紀後半葉，精神治療的概念和術語已經滲透到美國的文化（最近則是僞裝成無私的宣傳，提升人民的「自尊心」），使得我們幾乎記不得，對於那些無緣一窺心理健康的奧祕的人們而言，以前的世界是什麼樣子。精神分析醫學或許有過不景氣的時期，但是對於精神治療的接受度已經比一九六六年普及許多，那時候瑞夫正要出版第二本作品，《精神治療的勝利》（*The Triumph of the Therapeutic*）。現在精神治療已經大獲全勝，瑞夫似乎沒有什麼希望可以挑戰它了。而提出可以分庭抗禮的論述模式的機會如此渺茫，他現在懷疑出版它還有什麼意思。「爲什麼要出版？」不久前他問自己說：「有這麼多作者等著人們去讀他們。」瑞夫出版他最後一本書《教師同事們》（*Fellow Teachers*），已經是二十年前的事；他要作者們把他們最好的想法藏諸名山，而不要加入震耳欲聾的「批評的巴別塔」，顯然他是認眞的。這位對於精神治療風格最辯才無礙的批判者要我們思考一個可能性：在一個文化裡，如果批評的行爲本身已經被同化爲治療的目的，那麼最有力的批評，或許會是選擇沉默。

菲利普・瑞夫的《有感情的知性》

瑞夫並沒有自己編輯他的文集，而是由他以前的學生強納生・殷伯（Jonathan Imber）編的，他後來在衛斯理學院（Wellesley）教社會學理論。瑞夫的論文集顯示他有多麼堅持要回到某些核心主題：宗教被精神治療取代；對於經驗的道德態度以及審美和治療的態度之間的衝突；「批評的大頭症，據此人們最能診斷出心理學化的知識分子的性格偏差。」這本新文集《有感情的知性》（*The Feeling Intellect*）除了探討佛洛伊德以及「心理人」（psychological man）的出現以外，包含了許多主題：狄斯累利（Disraeli）（譯注❶）、歐威爾（Orwell）、王爾德（Oscar Wilde）、顧里（瑞夫最喜歡的美國社會學家）、黑人社會學家凱莉・米勒（Kelly Miller）以及歐本海默案。然而瑞夫最關心的主題仍然隱約可見。關於歐本海默的文章（一九五八年）的論旨在於，歐本海默和誹謗他的人們都接受一個治療的理論：他們不去辯論歐本海默的一生經歷的政治

譯注❶：狄斯累利（Benjamin Disraeli, 1804-1881），英國保守黨政治領袖，曾任英國首相。

價值，而爭論說他和共產黨的勾結是否暴露出心理缺陷，因而必須褫奪其公權。關於狄斯累利的論文（一九五二年）則說，狄斯累利（和佛洛伊德一樣）拒絕否認他的猶太人血統，因而免於「失去忠實信守其教義的權利」的「終極風險」（瑞夫在其他地方也如此談過佛洛伊德）。在關於歐威爾的論文裡（一九五四年）則談到相同的想法，歐威爾也失去他的宗教，但是努力要跟上「基督教的同胞愛和憐憫的基本行動」。現代主義繼續依賴於它曾經拒絕的信條的資本而活，而瑞夫認為最優秀的現代主義的知識分子也意識到這個依賴性，即使他們和佛洛伊德一樣，鼓勵讀者擺脫它。

宗教沒落，被精神分析的冷漠而批判性的感受力給取代，以及「分析的態度」墮落為不分青紅皂白地抨擊任何理想，這些都讓我們的文化陷入一個悲慘的狀態。瑞夫並不期待立即的改善，也沒有提出文化革新的計畫；但是他並沒有宿命或絕望的語調。儘管風雨如晦，他仍然相信有可能（至少在一九七三年《教師同事們》甫出版時）為了眞理和正義略盡棉薄之力。例如說，可以找個老師之類的體面工作，前提是老師不會禁不起成為「紙上談兵的先知」的誘惑。儘管現在的大學混亂不堪，它仍然是「神聖的機構」，而如果老師們克盡其天職，也可以為別人樹立模範。認眞的老師的職責不是去神聖化或捍衛一個「瀕死的文化」，而是要抵抗那威脅到任何一種文化形式的「向下認同」。瑞夫給老師們的建議多半是消極的誡命，他相信如果老師們變成大師或明星，就背叛了他們的使命。要避免「觀念的買賣」或「立場的市場化」。要拒絕加入「公眾人物」的行列。「放棄當先知。」

沒有文化的社會

瑞夫一再對他的「教師同事們」說明「什麼是不該做的」，那樣說是很恰當的。他認爲所有文化的核心都在於它的「訓誡」。文化是許多道德要求的集合，「永誌不忘的誡命，銘刻在優秀而値得信賴的性格裡」。此即爲什麼我們可以說現在的美國是個「沒有文化的社會」。在那樣的社會裡，沒有任何東西是神聖的或被禁止的。人類學家可能會反駁說，「沒有文化的社會」是矛盾的語詞，但是瑞夫不同意社會科學家把文化的概念化約爲一種「生活方式」。瑞夫說，文化是一種生活方式沒錯，但是要有譴責和懲罰違反其訓誡者的意志爲其奧援。一種「生活方式」還不夠。一個民族的生活方式必須深植於「神聖的秩序」裡，也就是說，植基於告訴我們「什麼不該做」的一個世界觀，而最後即是一個宗教的觀念。

認爲寬容是最高德行、且把愛和縱容混爲一談的人，如果讀了瑞夫的作品，或許會覺得這些命題很難以接受；但是如果他們仔細思考他的論證，擱置他們對於不正當的

「審判」程序和政策的成見（對於懲罰的概念的成見），就會看到他刻意挑釁地主張「壓抑是眞理」（repression is truth）是有其正當性的。每個文化都總得限縮選擇的範圍，無論那些限制看起來有多麼專橫。當然，它的控制不能夠過度侵入人民的私生活。但是如果文化容許每個欲望都能夠公然表現——就像在一九六八年的革命式的口號「嚴禁禁止」（it is forbidden to forbid）——那麼不僅會導致無政府狀態，更會取消了眞理的範疇最後依賴的「神聖的距離」。如果每個說法或表現都同樣被容忍，那麼就沒有任何東西是眞的。「如果創造了對立的……理想、好戰的眞理，那麼人們表達任何事物的美好能力就會被封閉起來。」

只能保持信心和等待，並且靜觀一切

瑞夫不合時宜的文化的「極大化」定義，和人類學家以及其他社會科學家偏好的極小化定義正好相反，儘管會推論出對於美國人的生活方式全面性的責難，但是也看到了一線希望。如果瑞夫所說的「文化奠基於訓誡的意志」是對的，我們這種「姑息」的文化就不可能存活太久。姑息縱容的菁英分子遲早要重新去探索限制的原理。現代的計畫已經走到盡頭了。「主張人們不必服從於……他們自己以外的任何權力的觀念」並沒有被推翻，但是它再也無法讓人產生飄飄然的進步願景了。面對排山倒海的反證，我們越來越難以相信現代人「正要成爲諸神」。其次，精神治療的浪潮「並沒有深入到」階級結構。瑞夫在《教師同事們》裡提到在「教育程度比較低的」古板的少數族群，他們的堅持是「另一個希望的理由」。民眾拒絕「批評的宗教」（religion of criticism），讓我們生起「對於人們能夠重新反求諸己的希望」。

我們的樂觀主義或許很天眞（在一九九三年比在一九六三年看起來更天眞）。如瑞夫在一九八一年所說的，現代性或許走到死胡同了，但是號稱取代它的後現代情感（postmodern sensibility）也沒有好到哪裡去。瑞夫要我們有耐心和希望的呼籲，仍然是對於末世的絕望的暮鼓晨鐘。「我們只能保持信心和等待；並且靜觀一切。」

退縮到學術圈地裡

瑞夫的立場多年來始終如一。不同的只是他的作品的語調和風格。在五〇年代和六〇年代，他以一般知識分子的角色，爲一般讀者寫作，他們或許有共同的語彙和理論。他的文章多半發表於大眾雜誌，像是《評論》（*Commentary*）、《接觸》（*Encounter*）和《朋黨評論》（*Partisan Review*）。他的著作也都由商業性的出版社發行，《佛洛伊德：道德學家的心靈》由維京（Viking）出版（平裝本則是安佳出版〔Anchor〕），《精神治療的勝利》則由哈潑（Harper）出版。即使是爲學術刊物寫作，瑞夫的文字仍然維持一貫的分析和批判的態度，認爲那是生活在一個「耗盡神聖力量」的世界裡的知識分子應該有的態度（即使他明白那可能會瓦解許多傳統的信念）。他的早期論文也充滿了「信仰堅定的」學者和「熱情的主體性」的理想。他讚美虞格仁（Anders Nygren）的《歷代基督教愛觀的研究》（*Agape and Eros*, 1954），認爲那是「信仰歷史的典範，儘管有所偏袒，卻一絲不苟地展現了另一個世界」。他對於漢娜·鄂蘭的《極權主義的起源》（*Origins of Totalitarianism*）頗有微詞，但是推崇作者的「先知般的旨趣」：「有創造性的錯誤好過沒有創造性的眞理。」他也批評學者們的「德國病」（German disease），大力抨擊連篇累牘的註腳，稱讚樸實學識的美德。他在一九五二年爲麥克尼爾（John T. McNeill）的《靈魂治療的歷史》（*History of the Cure of Souls*）撰寫書評時說：「麥克尼爾擁有歷史學家們碩果僅存的德行……也就是說，他並不中立。」

從《精神治療的勝利》到《教師同事們》，瑞夫的語調有很大的轉折。他在後期作品裡告誡我們不要「假扮先知的角色」，並且提倡「客觀性」。他不再像一九五一年那樣以一般知識分子的身分爲「一般讀者」寫作。他認爲，「身爲老師，我們的職責是不要變成公眾人物。」對於瑞夫而言，大眾已經不存在了；只有一個由文化娛樂（現在包括了「批評」和「預言」）的交易主宰著的文學市場。即使是老師們的同儕溝通也很困難。《教師同事們》收錄一封給羅伯·波以耳（Robert Boyers）和羅伯·歐瑞爾（Robert Orill）的公開信，他們是《雜集》的編輯，他們邀請瑞夫到史基摩爾學院（Skidmore）公開對談。瑞夫在信裡問說：「我受邀到史基摩爾學院去……有可能是快樂的誤會嗎？你們把我想像成精神治療的先驅嗎？」大概沒有人會這樣想吧，但是瑞夫的話顯示他對於知識分子之間清晰而公開的溝通的可能性憂心忡忡。他的反應是對於中立性的一種另類的主張。「我既不支持也不反對（精神治療的文化）。我是社會學理論的學者和教師。」他的否認聽起來沒什麼說服力；然而，那是文化氛圍變遷的徵候，而瑞夫覺得有義務指出來。他的拒絕公開對談，也頗耐人尋味，因爲它無助於傳達老師教給學生的那種「有特權的知識」。認眞看待個人職責的知識分子，不應該忙著公開交談，而要撤退到他們的「學術圈地」（academic enclaves），鼓勵在教室裡「比較漸進的理解」。論壇只是玩票演戲的地方。

這些論證讓我們隱約想到李普曼在和杜威的辯論時對於輿論的輕視，也預示了亞倫·布倫在《走向封閉的美國精神》（*The Closing of the American Mind*）裡的立場，他認爲在大學裡，學者應該可以用一種刻意讓外行人摸不著頭腦的深奧語言，和同儕以及優秀的學生們談論大眾沒有興趣的恆久的哲學問題。對於許多正直的知識分子而言，一九六〇年代後期的文化革命推翻了信仰堅定的大眾學者的理念。大眾的概念和宣傳的現象變得沒有區別。在這個環境下，我們明白了爲什麼瑞夫會決定述而不作，在大學出版社和學術刊物發表作品，並且把精力用於「強化我們的圈地」。但是結果卻適得其反，瑞夫的風格裡，浮誇做作的元素被誇大了。他告誡我們不要扮演先知的角色，但是他的作品卻沒有更學術，而是更像神諭、更像「預言」。他在早期的作品裡說話鏗鏘有力，語調總是直接、坦率而樸素。現在他則偏好神祕的警語、悖論和雙關語。他說他的典型語調是「謹慎的」。他寫了太多的註腳，當然不是掉書袋的參考書目，而是冗長而離題的附釋，似乎是不想更直接地和讀者對話。他的作品刻意變得更難懂、更擺架子、更像神啓，即使他一再告誡自己不要犯那些毛病。

把學術給神職化

既然公共場所已經被侵略性的觀念行銷給腐化而不可復返，除了瑞夫以外，也有許多人不很情願地決定把自己當作老師而不是一般的知識分子。而瑞夫則是強調大學是個「神聖的機構」，儲存且「謹慎地」傳遞「有特權的知識」。瑞夫曾說，捍衛文化的最差方式是把它神聖化，他也說，現代的知識分子不應該一心想要成爲神職人員的繼承者，和前述的精神生活的觀點聽起來很不一致。它似乎是要創造一個由文化構成的宗教，而那是瑞夫早期的作品所譴責的，尤其是在《佛洛伊德：道德學家的心靈》裡關於宗教的精闢論述。

瑞夫在書中指出，佛洛伊德對於宗教的抨擊是「把宗教本身誤解爲社會性的東西」。佛洛伊德和康德（Kant）一樣，認爲宗教是「一種神聖義務的莊嚴氣氛」，爲道德義務賦與神的誡命的位階，讓『文化的律法」得以永續存在。但是宗教不是文化，而大多數對於基督教的詮釋者都會區分「信仰以及歷來傳遞信仰的機構和態度」的差別。齊克果（Kierkegaard）「診斷十九世紀的萎靡不振」，認爲那是因爲「混淆了宗教和文化」，也就是基督教和基督教世界。另一方面，佛洛伊德認定「宗教是個順從者」，彷佛它的唯一功能就是確保社會秩序。對他而言，「基督教始終是指教會，一個壓抑的社會體制」——而不是先知的傳統，也就是揭露教會的墮落，並且指控基督徒們把神的旨意扭曲爲他們自己的意圖。瑞夫認爲，佛洛伊德沒有看到「先知的指責」和「公民服從」的差別。

佛洛伊德在《一個幻覺的未來》（*The Future of an Illusion*）裡，以想像的對話形式提出一個問題：宗教如果沒有社會，是否還能夠存在。他的對話者強調宗教在道德教化的「實踐性」價值。他承認宗教是個「騙局」，但是辯解說「爲了保護文化」，那是有必要的。佛洛伊德相信現在人們可以不需要宗教了，但是重點是他提出該問題的方式。瑞夫認爲那是個誤導的問題。重要的不在於宗教是不是必要的，而在於它是不是眞理。然而在《教師同事們》出版以後，瑞夫越來越像是佛洛伊德的對話者，把宗教（他所謂的文化的宗教）視爲社會秩序的必要來源。

當我們提醒自己說，大學不是一個神聖的機構，而且無條件的崇拜和驚奇的對象應該是神而不是文化，這並不會減損學術天職的尊嚴。文化一樣也可以依賴宗教而存在（和佛洛伊德的觀點相反），但是如果宗教只是文化的後盾，那麼它就沒有任何意義了。除非宗教信仰以對於天地萬物的無私的愛爲基礎，否則它只是以虛假的虔誠氣氛去包裝人們的意圖。這就是爲什麼一個誠實的無神論者還比文化的基督徒受歡迎一些。佛洛伊德和韋伯（Max Weber）是瑞夫心裡的大師和典範，他們堅定地拒絕這種形式的慰藉（妄想人類的意圖和神的旨意是一致的），因而受人景仰。然而這種妄想也是宗教先知們的主要抨擊對象。的確，他們都厭惡信徒們的文化僞裝，這也透露了先知傳統以及佛洛伊德和韋伯之類的俗世知識分子的典型傳統其實是殊途同歸的。瑞夫也屬於這個傳統，雖然他忘記了自己，而把某些機構以及他們執行的「停止教權的禁令」視爲神聖的。

我們的確需要體制和禁令，但是它們本身並不神聖。正如以前的路德和喀爾文所指出的（瑞夫在許多場合裡也提醒過），把信仰和順服於人類為了統治方便而制定的道德律法畫上等號，只會帶來混亂。

第十三章

世俗主義下的人類靈魂

本章標題是來自王爾德於一八九一年二月出版的《社會主義下的人類靈魂》（*The Soul of Man under Socialism*），王爾德仍然和以前一樣，想要捉弄和嚇唬他的讀者，他的標題也是對於正經八百的主張典型王爾德式的挑釁。它把一個源自宗教的概念，也就是靈魂，和一個侵略性的世俗的意識型態結合在一起，而後者的構想主要來自馬克思的著名批判，即宗教是人民的鴉片。

王爾德所謂的社會主義

這或許是王爾德唯一願意無條件支持的馬克思的格言。他很難說是正統的社會主義者。「現在的我們或多或少都是社會主義者，」他在一八九四年對訪談者如是說，但是他自己的社會主義信條歌頌的卻是藝術家，而不是胼手胝足的勞工，又認為社會主義是對於新的個人主義的期望，正如他在非共產主義宣言裡的末了所說的，是一種「新的希臘精神」。正統的馬克思主義者嘲笑他的美學社會主義，但是王爾德是最後的勝利者。他的藝術宗教在馬克思主義的烏托邦垮台以後仍然存活下來。在十九世紀興起的眾多俗世宗教裡，他的藝術宗教是最持久的（也是最有魅力且最狡猾的）。

王爾德認為，社會主義只不過是以機器免除勞役的另一個名字（在一八九一年，在王爾德如魚得水的社交圈裡，那是一個刻意挑釁的名字）。王爾德無法忍受那些主張勞工尊嚴的人們。「手工業根本沒有什麼高貴的地方，而且大多數是很可恥的。」以後會由複雜的機器取代它們。科學和科技的進步會逐漸消除貧窮、災難和不義。生產的集中化會讓窮人不再匱乏，但是它也會讓有錢人省卻管理和保護其財產的負擔。王爾德認爲，如果說手工業是可恥的，那麼財產就是「煩人的東西」。「它的義務讓人難以忍受。爲了有錢人，我們必須把它脫手。」和手工業一樣，財產的管理讓人們忘了生活的眞正要務：培養且享受「個性」。一旦國家接手生產有用的東西，個人就可以致力於生產「美麗的東西」。「人類的眞正個性」也就可以淵飛魚躍。「個性會很自然而單純地成長，就像花一樣，或是如樹木一般的生長。……它絕對不會辯論或抗議。它不會老是擺弄別人，或是要求別人像它一樣。它會因別人和它不同而愛他們……。人類的個性會非常奇妙。它就像孩子的個性一樣奇妙。」

王爾德認爲社會主義不會經由群眾的活動而實現。群眾因爲辛苦工作而頭腦不清，沒有辦法解放他們自己。他們對於權威的盲從「尤其愚不可及」。的確，他們「不是眞正清楚他們自己的苦難」。「必須由別人來告訴他們」，由「煽動者」，「一個絕對必要的階級」，如果沒有他們，「就無法邁向文明」。煽動者是政治上的藝術家：和平的擾亂者、順服的敵人、社會習俗的叛徒。他們和藝術家一樣都憎惡權威、輕視傳統，並且拒絕迎合大眾口味。煽動者和藝術家都是個人主義的極致體現，他們「根本不理會大眾」，也不在意「所謂隨世浮沉的空洞口號；或是任何關於自我犧牲的可怕口號」。藝術家只對自己負責，傳統的道德或許會認爲他們很自私，然而那是任何眞正的想像力成就的先決條件。根據王爾德的說法，歷史裡所有的偉大領袖都有藝術家的氣質。耶穌基督就是一個藝術家，爲世界帶來藝術家的福音。「他對人說：『你有很棒的個性。發揮它。做你自己。』」

王爾德在《獄中記》（*De Profundis*）（在里丁監獄待了六年以後，寫給道格拉斯〔Lord Alfred Douglas〕的長信）裡擴大解釋說，「基督是生命裡浪漫運動的先驅」，是「個人主義者的極致」。王爾德說，拿撒勒的耶穌以「他自己的想像力創造出自己」，宣揚想像的力量，說它是「一切屬靈和物質生命的基礎」。他宣揚想像的同情，而不是利他主義，但是他自己的同情性認同的力量使他成爲「整個不能言語而無聲的苦難世界」的「代言人」。如福音書所說的，他的一生「就像一件藝術品」。他「與詩人同列」，「他的主要戰爭是要反對平庸之輩」，「這是每一個光之子都不得不進行的戰爭」。即使王爾德窮途潦倒而聲名掃地，也不覺得有什麼理由要修改他的《社會主義下的人類靈魂》：「凡想過基督一樣的生活的人，一定要完全絕對地做他自己。」他在前面的段落裡也說：「基督要傳的福音就是『做你自己』。那是基督的福音。」

藝術的宗教

那樣的福音，無論是手出自基督，無論是《獄中記》的世俗語彙或擬似靈性的語彙澆鑄而成的，對於追尋宗教信仰（在當時普遍被認爲是對於現代精神的侮辱）的替代物的知識分子而言，是非常有魅力的。它不談克己自制，而提供一個不受公民、家庭和宗教義務束縛的自我的誘人願景。它證實了藝術家和知識分子卓爾不群的自我形象。它認可他們對於傳統習俗、中產階級的一本正經、愚昧和醜陋的反叛。藝術的宗教把社會正義和藝術自由畫上等號，使得社會主義受到厭惡唯物論的知識分子們的歡迎。在社會主義運動的全盛時期，如果不考慮到它和對於中產階級的波西米亞式的批評，是無法解釋爲什麼它會吸引知識分子的。社會主義者和美學家都有個共同的敵人，也就是中產階級的平庸，而對於中產階級文化的不斷猛攻，無論是在歐洲或是現在的東方世界，都比對於資本主義的攻擊要持久得多。

在一九六〇年代的革命派學生們，其所用的口號，比較接近王爾德的精神，而不是馬克思的：「想像力執政」、「嚴禁禁止」。三十年後的我們，只要看一看學校的景象和媒體，就可以知道這些觀念的魅力不減。所謂後現代的氣氛，是指對於偉大的歷史理論以及「後設敘事」的失望，包括馬克思主義，以及個人自由的理想，它大部分來自對於中產階級文化的美學反叛。儘管後現代情感也很排斥現代主義，卻是以現代主義的個人理想爲基礎：自傳統中解放，以自己選擇的認同去建構自己，過著自己的生活（像王爾德一樣），彷彿生活是一件藝術品。

浪漫主義的主觀性的傳統還有一個勝過馬克思主義，以及其他植基於啓蒙運動的意識型態的優點。浪漫主義傳統源自德國和英國的反啓蒙（Counter-Enlightenment），因而更清楚啓蒙的理性的侷限性。它並不否認啓蒙運動的成就，卻認識到「世界的除魅」（席勒〔Friedrich von Schiller〕語）有導致情感和精神的貧乏之虞。馬克斯·韋伯以這句話作爲理性化的歷史歷程的關鍵，也是他著作的核心主題。理性提高了人類對於自然的控制，但是它也讓人性無法幻想其行動有什麼超越自己的意義。韋伯的學生和後繼者卡爾·曼海姆（Karl Mannheim）稱之爲「神遊物外的問題」（problem of ecstasy）。曼海姆在一九三二年的〈文化的民主化〉裡提醒讀者說：「一個認爲除了其直接境遇以外沒有任何東西存在的人，不算是完全的人。」世界的除魅讓世界變得「單調、平凡、不快樂」。他剝奪了人們「神遊物外」的經驗（字面的意義就是走出自己的出神狀態），或是更一般性的熱情，例如狂喜。「沒有彼岸；現存的世界不是永恆世界的一個象徵；直接的實在界並不指向超越界。」

曼海姆相信，「垂直距離」的縮減（他認爲和民主有關），至少創造了眞實的、「純粹實存的人類關係」的可能性，而沒有宗教或源自宗教的意識型態（如浪漫的愛）的媒介。韋伯自己卻沒這麼樂觀。在《基督新教倫理和資本主義精神》（*Protestant Ethic and the Spirit of Capitalism*）裡的著名結語，「沒有精神的專家，沒有情感的享樂主義者」，爲人類的遠景澆了一盆冷水。韋伯和佛洛伊德有許多共同之處，他對於宗教及其俗世的代理者的安慰很不屑，堅持知識分子有責任要「像個男人一樣，擔負起時代的命運」。佛洛伊德的語氣也是一樣誠懇而堅定：拋掉童稚的東西吧。他把宗教比喻爲「兒童的精神疾病」，堅持說「人們不能永遠當小孩子」。他又說：「人們終得知道，他們必須自己去解決困境。」佛洛伊德和韋伯的決心勇敢面對無法改變的事實並且拋開幻想，是有點英雄主義的。

追尋靈魂的現代人

對於那些想要追求可以信仰的東西的人們而言，大概很難接受韋伯所謂的「知識分子的正直」的不妥協的信仰。他們大概會比較喜歡王爾德的審美主義或榮格（Carl Jung）的靈性化的精神分析。榮格認爲，佛洛伊德的精神分析無法「給與現代人他們所要追尋的東西」。它只滿足「那些相信自己沒有屬靈需要或渴望的人們」。不同於佛洛伊德學派，榮格認爲人們的靈性需要是無法被忽視的。他把這些需求類比爲飢餓或性欲，認爲它們總會找到「排洩口」。精神科醫師也在治療過程中發現他們很難避免「嚴格說起來屬於神學的問題」。

對於「失去意義」的人們而言，榮格體系的美在於它提供人們「意義」，而又不背離現代性。榮格對他的信徒保證說，他們可以完全跟得上時代，而又不必拋棄以前正統宗教所提供的神聖感覺。他在描述現代人的處境時，總會提到人類失去的童年。在中世紀世界，「人們都是神的孩子……也都知道該如何安身立命」，而現在，那樣的世界卻「和童年一樣的遙遠」。它的童貞已不復可得；世界只會走向「更寬更高的意識狀態」。完全的現代人（「絕不是平常人」）必須拋棄「形上學的確定性」；他們「必須自己去解決問題」。但是自力救濟也包含了以前所沒有的自我探索的機會。自由既讓人膽怯也讓人興奮。榮格對於現代人的描繪要比佛洛伊德更有活力。佛洛伊德說，世界的除魅剝奪了人們純眞的依靠，但是至少給他們科學，根據他的保守評估，科學「自從『大洪水時期』以來」，教了他們很多東西，也會持續「給他們更多的力量」。對於這個大家耳熟能詳的啓蒙故事，榮格則更加熱情地說，現代人「站在世界的巔峰或是邊緣，前方是未來的深淵，頭上是天空，腳下則是消失在原始迷霧裡的歷史人類」。向下俯瞰既讓人暈眩卻又威風凜凜。

無論是榮格、佛洛伊德或韋伯，都拿歷史和個人從童年到成年的成長作類比，但是這個未經檢證的前提，也讓人可以指摘任何形式的保守主義或對傳統的尊重，說他們洩漏了一個自然傾向，也就是抗拒情感和知識的成長而眷戀於童年的安全感。「只有當人們長大而拋棄屬於過去的意識階段……才能完全意識到當下。」

榮格在一九三三年出版的論文集《追尋靈魂的現代人》（*Modern Man in Search of a Soul*）裡提到，所謂擔起成熟的負擔的人，是有天賦的個人。完全的現代人因成長而拋棄了宗教，視野變開闊了，卻也難免和比較保守的同胞漸行漸遠。「對於現在更充分的意識會使他無法……融入一個共同的意識，」遠離「完全活在傳統束縛裡的人群」。此即爲什麼榮格所謂「現代的精神問題」的解答不可能在於回到「固執的傳統形式」，也不會是純粹俗世的世界觀。無論是佛洛伊德學派的精神分析師，或是拉比或本堂神父，都無法給與現代人「他們所追尋的東西」。（作爲基督新教牧師的兒子，以及佛洛伊德的精神繼承人，榮格應該知道他在說什麼。他是在談兩個爭著拉攏他的敵對傳統的直接經驗，也就是世俗的人文主義和正統宗教。）佛洛伊德忽略了人類對於某種超越性的「意義」無法止息的渴求，而傳統宗教則是忽略了有創造性的個人需要「和傳統決裂，才能夠以生命去做實驗，認識到事物本身除了宗教的預設以外的價值和意義」。如果說佛洛伊德學派的精神分析師背棄了意義和價値的問題，那麼本堂神父就是太早下判斷了。「聽夠了過犯和罪」的現代人，有理由懷疑「關於是非對錯的既定觀念」，懷疑那些「假裝知道孰是孰非」的靈性導師。道德判斷難免會「減損經驗的豐富性」。要求人們追隨上主的足跡的古老訓諭必須翻譯成現代的語詞。榮格和王爾德一樣，認爲「遵主聖範」不是說「我們應該複製他的生活」，而是說「我們應該像他那樣眞實地過著屬於我們自己的生活」。

在榮格的概念架構裡，精神分析和王爾德所謂藝術家的想像有異曲同功之妙。精神分析換了一個說法，以矯正佛洛伊德對於性的偏執，因而可以作爲解放宗教想像力的工具，讓它擺脫瀕死的信條的桎梏。榮格讓我們不僅認識到個人的潛意識生命，也認識到整個人類的「集體潛意識」，他的精神分析發掘了宗教神話學的內在結構，以及現代世界可以用來建構他們所需的新的宗教生活形式的材料。榮格邀請他的病人和讀者漫遊在形形色色的神話和屬靈技術裡（由於現代世界歷史意識的擴張，所有這些材料都可供查閱），並且實驗各種組合，直到他們找到適合個別需求的方式。

但是我不很關心榮格對於現代性的病症的處方，而比較關心他陳述問題的方式，以及他和那些反對其解答者的共同假設。其中最重要的假設是：意識不可避免的展開，使得人們（至少是受教育的階級）無法回到對於過去的天眞安全感。受教育的階級無法擺脫聰明世故的負擔，或許會很羨慕過去的單純信仰；他們甚至會羨慕在二十世紀仍然不假思索地遵守傳統信仰的階級（他們還沒有受到現代批判思想的冷漠摧殘）。然而他們既無法和民智未開的群眾易地而處，也沒有辦法回到過去。一旦他們完全吸收了批判的思考習慣且了解其蘊含，就沒辦法托庇於在現代以前的思考或信仰。藝術家以及知識分子和那些沒有反省能力的傳統人士之間的差別，正是在於這個幻想破滅的經驗，而他們不信任藝術家以及知識分子，也是因爲他們受不了聽到壞消息。

在蒙昧時期的人們相信一些二十世紀的知識分子再也不會相信的東西，或是就字面去談論神話而不是理解爲象徵或隱喻，那或許是可以原諒的；我們甚至會原諒現代的無產階級，他們辛勤工作卻無法受教育，但是我們不會原諒在民智大開的時代裡平庸的中產階級，他們很容易就可以接觸到啓蒙的文化，卻故意不去看見光，以免破壞那些讓他們心裡安穩的幻覺。只有知識分子才會眼睛眨都不眨地看著光。

儘管他們幻想破滅，卻不因此懷憂喪志：這便是現代性的自我印象，它非常驕傲於其知識的解放，因而不打算隱藏必須付出的精神代價。關於現在性的精神處境的評論——關於現代的人類靈魂，或如柯雷治（Joseph Wood Krutch）所說的「現代情緒」（modern temper）——一再地回到它所偏好的生物學類比，作爲界定問題的框架。柯雷治也使用它：《現代情緒》出版於一九二九年，很悲觀地解釋當代的困境，不出所料地被他所批評的市儈們群起而攻之，書中（也不出所料地）比較孩子氣的天真和經驗的差異。柯雷治馬上從佛洛伊德開始講起：「佛洛伊德有個妙喻說，在母親子宮裡的孩子是生命最快樂的時候。」正如字裡行間所透露的，柯雷治並不排斥這個「妙喻」；他和佛洛伊德一樣主張說：「種族和個體一樣都有他們的嬰兒期、青春期和成熟期，」當種族成熟了，「世界漸漸成爲經驗所揭露的樣子，越來越不像是想像力所創造的樣子。」人們很不情願地知道他必須依賴自己，而不能倚靠以他的形象創造出來的超自然力量。「就像孩子長大成人，他從一個爲他量身打造的世界過渡到一個他必須去適應的世界。」在社會層次上，該歷程仍然不完備，因爲現代世界還沒有完全走出它的過去。它的「困境」可以比擬爲「青少年的困境，他還沒有學會調適自己而不再指涉童年時的神話」。

關於現代的精神困境的評論不可勝數，他們都假設懷疑的經驗、道德的相對主義等等，都的確是現代的東西。我已經引了若干代表性的例子，而對於整個文獻的鉤沉索隱，只不過是證實連結文化史和個人生命周期的意象的重要性。我們可以和柯雷治一樣說那是個「妙喻」，它讓我們的幻想破滅，和祖先們的天眞彼此對抗，只不過它源自一個一點也不奇妙的衝動，並且導致很嚴重的後果，尤其是阻礙我們對於生命裡重要的事物的理解。它洩漏了一個歷史解讀的習慣，不是解讀爲喪失幻想的悲劇，就是批判性的理性的進步。我說「不是……就是」，但是這兩個版本的現代主義的歷史神話彼此的關係很密切，的確，它們是共生的。導致幻想的喪失的，正是批判理性的進步。幻想的破滅是進步的代價。正如我在《眞實且唯一的天國》裡指出的，鄉愁和進步的理念是焦不離孟的。當我們說我們的文明已經到了一個空前複雜的層次時，總會引起對於以前的單純的鄉愁渴望。就此而論，過去和現在的關係是由單純和複雜的對比去界定的。

區隔過去和現在的障礙（在現代性的想像裡，是一道無法踰越的障礙），是幻想破滅的經驗，它讓我們無法重拾以往的純眞。我們會說，幻想破滅是現代的驕傲的特徵，這個驕傲在過去的鄉愁神話裡，以及無悔地揮別過去的文明進步裡都顯然可見。鄉愁表面上鍾情於重現過去，但是鄉愁之所以要喚醒過去，只是要活埋它而已。它和進步的信仰表面上是對立的，卻都熱切要宣告過去的死亡，否認歷史和現在的關係。爲過去的死亡悲傷或歡呼的人們，都認爲我們的時代已經告別童年了。他們都很難相信歷史仍然出沒於我們啓蒙了的、幻想破滅了的青春期、成熟期或衰老期（無論到了哪個生命周期）。在他們對於過去的態度裡，都是一副不信鬼似的。

宗教的存在價值

這種心態最重要的意外傷害，或許是對於宗教的理解。在關於現代的精神困境的評論裡，宗教始終被視爲知識和情感的保障的來源，而不是對於自負和驕傲的挑戰。宗教的倫理教義被曲解爲不容有歧義或懷疑的單純誡命。榮格把中世紀基督徒描述爲「神的孩子，都知道該如何安身立命」。柯雷治也有類似的說法。他認爲中世紀神學讓生活行爲像是「精確的科學」。它提供一個「愜意單純的生活藍圖」。中世紀的基督徒「接受神的律法，正如現代科學家接受自然律一般」，而柯雷治認爲，絕對地服從一個權威性的道德科學，是除了「道德虛無主義」以外的唯一選擇。「一旦人們開始懷疑神的律法作爲神學的科學基礎原理的有效性，或是開始質疑生命的目的，」就會一路滑落到相對主義、道德的無政府狀態以及文化的絕望。

這裡要質疑的，是人們以爲宗教曾經爲道德問題提供一套完備而明確的答案，可以完全抵抗懷疑論，或是宗教壟斷了關於生命的意義和目的的思辨，或是以前的信徒不知道什麼叫作存在的絕望。中世紀的修道院學生所寫的著名歌集《布蘭詩歌》（*Carmina Burana*）就足以驅散這些想法，歌裡懷疑世界是由幸運女神所主宰，而非上帝；生命根本沒有更高的目的；而及時行樂是更好的道德。

我們也可以看看威廉·詹姆士在《宗教經驗的種種》（*Varieties of Religious Experience*）裡的分析，它是關於現代性的精神危機的少數歷久不衰的作品（如果它的確是在探討該問題的話），部分的原因卻是在於它完全不關心歷史年代的問題。對於自認爲屬於現代性傳統的人們而言，不關心歷史年代或許是詹姆士的一個缺點，但是那正是他想說的東西：在每個時代裡，最深刻的宗教信仰（他所謂的「重生的類型」〔twice-born type〕）總是從絕望的背景裡出現。宗教信仰當著痛苦和邪惡的面，主張存有的善。深沉的絕望和疏離（那不是現代人才有的認知，而是源自對於容許邪惡和苦難猖獗的上帝的懷恨）經常是歸信的前奏曲。在「順服」和「忘我」的精神陶醉底下，有個對於「根本惡」（radical evil）的認識。詹姆士認爲，相較於「心智健康」的經驗，重生的經驗更痛苦也更刻骨銘心，因爲裡頭充滿了「憂鬱的諷刺」。初生類型的宗教經驗沒有認識到惡，因而無法撐過逆境。唯有不去面對「惡意的羞辱」，它才能夠維繫於不墜。「如果我們稍微冷卻一下動物的興奮性和本能，並且拋棄一點動物的頑強，我們會看到快樂的泉源裡的小蟲，並且變成憂鬱的形上學家。」如是，我們需要一個更堅定的信仰，承認「生命和它的否定是彼此糾纏地逆風航行」，因此「所有自然的幸福都被一種矛盾給污染了」。至少，死亡的陰影始終籠罩著我們的歡悅和成就感，並且質疑它們。「在一切事物背後，是普遍的死亡的可怕幽靈，無所不在的黑暗。」

我要再三強調，詹姆士是區分性情的兩個類型，而不是人類的兩個時代。對於死亡的恐懼以及與神的疏離並不是現代世界才有的。疏離是人類存在的正常狀況，而如果人們發現世界並不是爲人而造的，很自然地會反抗神。而好人和壞人一樣會受苦（就像我們在《約伯書》裡看到的），似乎和一個慈祥而全能的神的信仰不符。但是認爲全能者的目的和人類的目的一致，正是宗教信仰要我們放棄的信念。

柯雷治說，宗教給人們愉快的幻想，以爲他們是宇宙的中心，是神的慈愛和眷顧的對象。但是最基進的宗教信仰卻正是要打破這個幻想。於是，愛德華（Jonathan Edwards）區分一種「感恩的善意」（他認爲是宗教情感的泉源）和以蒙愛以及賞報爲基礎的感恩（也就是人們期待和造物主有某種利害關係）。愛德華說：「眞正的德行既不是對於某些存有者的愛……也不是對於蒙愛的感恩，而是一種習性，是心靈和存有者的合而爲一，而對於天地萬物……生起慈悲的心。」人類無權要求神的好處，「感恩的善意」並不是認識到我們的禱告的回答，而是認識到神可以任意差遣萬物而不必「解釋祂的行爲」。

愛德華的上帝迴異於幼稚的人類基於潛意識的依賴需要而虛擬出來的慈愛的上帝形象（如佛洛伊德所說的）。愛德華的上帝是「絕對完美的、無限睿智的，並且是一切智慧的泉源」，因而「必須以自身爲目的，並且以其智慧爲追求該目的的規則，而不必經過別人的批准或建議」。佛洛伊德和柯雷治一樣，都認爲宗教是回應依賴的需求，然而愛德華卻直接和那些驕傲地否定這種需要的人們說話，的確，他們不喜歡被提醒說他們依賴於一個人類無法控制的力量。既然世界顯然充滿了惡，他們就很難承認這個更高的力量的正義和善。他們很難讓他們對於俗世的成就和幸福的期待妥協於一個正義、慈愛以及全能的造物主的觀念。他們無法想像一個不把人類的幸福當作造物的終極目標的神，因而無法接受宗教信仰的核心弔詭：幸福的祕密在於放棄追求幸福的權利。

因此，「現代的情緒」之所以是現代的，不在於我們失去了天眞的依賴感，而是因爲對於依賴的正常反抗比以前更普遍。這個反抗並不是新的東西，正如歐康諾（Flannery O'Connor）所說的：「長久以來……宗教所開顯的眞理始終是醜陋的、讓人不安的、討厭的。我們從個別的聖徒們那裡見證了靈魂的暗夜。」如果整個世界現在似乎要度過靈魂的暗夜，那是因爲科學的控制自然（科學據說也藉此摧毀了宗教迷信）批准了對於依賴的正常反抗。

我們以科學建造的奇妙機器，並沒有像王爾德或其他假先知所說的那樣，免除了人類的勞役，卻讓我們有可能想像我們支配著自己的命運。在一個所有幻想都破滅的年代裡，支配權的幻想卻仍然被緊抓著不放。但是既然我們開始認識到我們對於自然世界的控制是很有限的，這個幻想的未來比佛洛伊德所謂的宗教的未來更有問題。

參考書目

- Adams, Henry. *Democracy* (1879). New York, n.d.。
- Aldrich, Nelson W., Jr. *Old Money: The Mythology of America's Upper Class.* New York, 1988。（作者認為，市場是古老貨幣的唯一取代方式，因此，世襲的上流階級是抵抗市場和市場價值的勝利的最佳武器。該論證雖然頗有說服力，卻忽略了民粹主義是另一種可能的選擇。）
- Arendt, Hannah. *The Human Condition.* Chicago, 1958。
- Aronowitz, Stanley. *False Promises: The Shaping of American Working-Class Consciousness.* New York, 1973。（書名所謂的欺騙是指整個向上流動的承諾。）
- Bakke, E. Wight. *The Unemployed Worker.* New Haven, 1940。
- Barr, Alwyn. "Occupational and Geographical Mobility in San Antonio, 1870-1890." *Social Science Quarterly* 51 (1970): 396-403。
- Bellah, Robert, et al. *The Good Society.* New York, 1991。（和伍爾夫一樣，貝拉和其他共同作者都試圖以一個社群主義去取代國家和市場。但是他們所謂的社群主義和福利國家幾不可分。）
- ——. *Habits of the Heart.* Berkeley, 1985。
- Bender, Thomas. "The Social Foundations of Professional Credibility." In *The Authority of Experts,* ed. Thomas Haskell. Bloomington, Ind., 1984。
- Benedict, Ruth. *The Chrysanthemum and the Sword.* Boston, 1946。（又是一本流行錯誤地區分羞恥文化和罪惡感文化的人類學作品。）
- Bennett, William J. *To Reclaim a Legacy: A Report on the Humanities in Higher Education.* Washington, D.C., 1984。
- Berry, Wendell, *The Unsettling of America: Culture and Agriculture.* New York, 1977。

- ——. *Sex, Economy, Freedom, and Community: Eight Essays.* New York, 1993。（貝瑞說：「我們看到一個經濟的菁英階級如何躋身於國家的權力中心，他們的生命和忠誠從不投資在地方或國家，他們的野心是全球性的，他們把自己裹在財富和權力裡，而不覺得需要關心任何地方發生了什麼事……只要有市場，全球性的企業家們會走遍各地，並且大肆破壞一切。」）

- Blau, Peter, and Otis D. Duncan. *The American Occupational Structure.* New York, 1967。

- Bloom, Allan. *The Closing of American Mind.* New York, 1987。（自由派恨之入骨的作品。儘管左派學者的評論嗤之以鼻，仍然值得細讀。）

- Blumin, Stuart.. "The Historical Study of Vertical Mobility." *Historical Methods Newsletter* 1 (1968): 1-13.

- Brownson, Orestes. Review of Horace Mann's Second Annual Report. *Boston Quarterly Review* (1839): 393-434。

- ——. "The Laboring Classes." *Boston Quarterly Review* (1840): 358-95。

- ——. "Our Future Policy." In *The Works of Orestes A. Brownson,* ed. Henry F. Brownson. Detroit, 1883。

- Burke, Martin Joseph. "The Conundrum of Class: Public Discourse on the Social Order in America," Ph.D. dissertation, University of Michigan, 1987。（收錄許多文獻，證實了我的主張：十九世紀的美國人並不認為社會是一個階梯或是機會平等的向上流動。）

- Burns, Rex. *Success in America: The Yeoman Dream and the Industrial Revolution.* Amherst, 1976。（包含許多第一手資料，證明十九世紀的美國人在向上流動方面並非機會平等。）

- Cadbury, Henry J. *The Peril of Modernizing Jesus.* New York, 1937。（從新正統神學的觀點出發，提出對於社會福音派的批判。）

參考書目

- Carey, James W. *Communication as Culture.* Boston, 1989。（關於李普曼和杜威的論辯有深入的頗析。）

- Channing, Henry. "The Middle Class," *The Spirit of the Age* (September 15, 1849): 169-71。

- Cheney, Lynn. *American Memory: A Report on the Humanities in the Nation's Public Schools.* Washington, D.C., 1987。

- ——. *Tyrannical Machines: A Report on Educational Practices Gone Wrong and Our Best Hopes for Setting Them Right.* Washington, D.C., 1990。

- Chevalier, Michel. *Society, Manners, and Politics in the United States* (1838), ed. John William Ward. Garden City, 1961。（儘管謝瓦利名氣不如托克維爾，但是對於平等的分析卻更加深入。較之於生活條件的平等，他更強調考斯所謂的「公民的平等」。謝瓦利認為，美國的光榮在於讓下層階級「入會到」世界文化裡。）

- Chinoy, Ely. *Automobile Workers and the American Dream.* Garden City, N.Y., 1955。（追隨華納的足跡，奇諾伊把美國夢和向上的社會流動畫等號。）

- Chudacoff, Howard. *Mobile Americans: Residence and Social Mobility in Omaha,* 1880-1920. New York, 1972。

- Clark, Christopher. *The Roots of Rural Capitalism: Western Massachusetts,* 1780-1860. Ithaca, N.Y., 1990。

- Cmiel, Kenneth. *Democratic Eloquence: Tbe Fight over Popular Speech in Nineteenth-Century America.* New York, 1990.

- Colley, Linda, *Britons: Forging the Nation,* 1707-1837. New Haven, 1992。

- Conant, James Bryant. "Education for a Classless Society: The Jeffersonian Tradition."

Atlantic 165 (May 1940): 593-602。（一篇關鍵的文獻，它證明功績主義和社會流動的概念的關聯，以及無階級社會理想的持續沒落。）

- Cooley, Charles H. *Social Process.* Boston, 1907。
- ——. *Social Organization.* New York, 1909。（顧里是當時第一位了解到民主和社會流動的區別的評論家，他認為社會流動只是在榨乾勞動階級的才能。）
- Cox, Harvey. *The Secular City.* New York, 1965。（新版的社會福音主義，轉向治療的觀點。）
- Croly, Herbert. *Progressive Democracy.* New York, 1914。
- Dewey, John. *The Public and its Problems.* New York, 1927。（反駁了李普曼對於輿論的輕蔑批評。）
- Dionne, E. J. *Why Americans Hate Politics.* New York, 1991。（迪昂認為理由在於，保守派和自由派的意識型態的政治沒有觸及困擾著老百姓的生活的問題。兩者都無法為選民的需求喉舌。他們的政治主張並沒有反映民眾所面對的經濟、社會和道德的複雜問題，反而要求民眾在對立的意識型態之間選邊站，雖然那些意識型態都同樣死氣沉沉而抽象。）
- Edwards, Jonathan. *The Nature of True Virtue.* Boston, 1765。（或許是美國人最好的倫理學作品，值得一讀再讀。）
- Emad, Parvis. "Max Scheler's Phenomenology of Shame." *Philosophy and Phenomenological Research* 32 (1972): 361-70。
- Emerson, Ralph Waldo. "Society and Solitude" (1870). In *Selected Writings of Emerson,* ed. Donald McQuade. New York, 1981。
- Etzioni, Amitai. *The Spirit of Community: Rights, Responsibilities, and the Communitarian*

Agenda. New York, 1993。（舉證了社群主義的優缺點。）

- Follett, Mary Parker. *The New State*. New York, 1918。（關於社區作為公民生活的育嬰室的最佳論證之一。）

- Foner, Eric. *Free Soil, Free Labor, Free Men: The Ideology of the Republican Party before the Civil War*. New York, 1970。（把林肯誤解為向上社會流動的倡導者。）

- Frank, Lawrence. *Society as the Patient: Essays on Culture and Personality*. New Brunswick, N.J., 1948。（劃時代作品，有助於以治療的範疇取代道德和政治範疇。）

- Friedman, Milton. *Capitalism and Freedom*. (1962). Chicago, 1982。（傅利曼把一切都交給市場決定，其實是有條件的，也就是進入市場預設了起碼的責任、遠見和先苦後樂；這些性質由於漸漸消失而更加引人注意。）

- Gates, Henry Louis, Jr. "Let Them Talk." *New Republic* (September 20-27, 1993): 37-49。（一個黑人研究的權威，勇敢批判限制「仇恨言論」及其批判性種族理論的知識基礎的運動，該運動把一切與種族主義沒有那麼相關的東西都「羅織」為種族主義的表現。他注意到批判性種族理論和「迅速復甦的工業」有關，而推論說，「在仇恨言論運動的重要核心，是治療性國家的誘人遠景。」「復甦和存續的團體的典範，導致一個難解的矛盾。人們說，種族言論的受害者被治癒了，也就是被賦權，當他們發現他們不是『一個人』被奴役，而是一整個團體都被奴役了。但是他們也說，種族主義之所以特別傷人，正是因為它說你就是被奴役的團體的成員。那麼團體的被奴役怎麼會既是毒藥又是解藥呢？」）

- Geertz, Clifford. "Ideology as a Cultural System." *The Interpretation of Cultures*. New York, 1973。（紀爾茲認為，意識型態是必然的，甚至是有用的。對於意識型態的批評是以對於科學的幼稚信心為基礎，以及承諾可以撲滅一切意識型態的思考。紀爾茲主張說，對於意識型態的抨擊是實證主義對於宗教的抨擊的餘緒。他提醒我們，儘管人們預測宗教的死亡，它卻對我們展現其韌性。）

- Gleason, Philip. "Minorities (Almost) All: The Minority Concept in American Social

Thought." *American Quarterly* 43 (1991): 392-424。

- Goodrich, Samuel (Peter Parley). *Recollections of a Lifetime.* New York, 1856。

- Gouldner, Alvin. *The Future of Intellectuals and the Rise of the New Class.* New York, 1979。

- Green, Martin. *The Problem of Boston.* New York, 1966。（分析上流階級如何從公民事務撤退到諷刺的疏離，例如亨利· 亞當斯、諾頓〔Charles Eliot Norton〕及其朋黨。）

- Gregory, Frances W., and Irene D. Neu. "The American Industrial Elite in the 1870's." In *Men in Business,* ed. William Miller. Cambridge, 1952。

- Griffen, Clyde. "Making It in America: Social Mobility in Mid-Nineteenth Century Poughkeepsie." *New York History* 51 (1970): 479-99。

- ——. "The Study of Occupational Mobility in Nineteenth-Century America; Problems and Possibilities." *Journal of Social History* 5(1972): 310-30。

- Hanson, F. Allan. *Testing Testing: Social Consequences of the Examined Life.* Berkeley, 1993。（「智力測驗的設計一部分是要提倡機會的平等，但是結果顯示測驗分數和家庭所得有關：分數最高者，家庭所得也是最高的；分數最低者，家庭所得也是最低的，」換言之，測驗的系統只是在加強既有的貧富分配，而不是倡導真正的功績主義。作者和其他人一樣只是批評世襲的特權，卻不曾質問功績主義是否更有問題。

- Heller, Erich. "Man Ashamed." *Encounter* 42 (February 1974): 23-30。

- Hobsbawn, E. J. *The Age of Revolution, 1789-1848.* New York, 1962。（包含許多關於「人盡其才的職場」和中產階級的民族主義的文獻。）

- Hofstadter, Richard. *The American Political Tradition.* New York, 1948。（作者關於林肯的觀點可見於相關論文的標題：「亞伯拉罕· 林肯和白手起家的神話」。許

多人都沿襲作者的說法。）

- Hopkins, Richard. “ Occupational and Geographical Mobility in Atlanta, 1870-1890.” *Journal of Southern History* 34 (1968): 200-13。

- Horney, Karen. *The Neurotic Personality of Our Time.* New York, 1937。

- Howe, Frederic C. *The City: Hope of Democracy.* New York, 1905.

- Howe, Irving. *The World of Our Fathers.* New York, 1976。

- Jacobs, Jane. *The Death and Life of Great American Cities.* New York, 1961。（作者認為，城市的健康依賴於社區的活力，而以專家取代非正式的自力救濟會損害社區照顧自己的能力。）

- Jacoby, Russell. *The Last Intellectuals.* New York, 1987。（探究公共知識分子的沒落以及只和自己人交談的專家的興起。）

- ——. *Dogmatic Wisdom: How the Culture Wars Have Misled America.* New York, 1994。（不同於大部分關於高等教育的研究，作者並不限於菁英的體制，儘管他對於在那些地方工作的人的傲慢頗有微詞。）

- James, William. *Varieties of Religious Experiences.* New York, 1902。（詹姆士最好的作品，也最貼切他的心靈，證實他曾說的，宗教是他一生最關心的事。它連接了他早期的心理學研究以及後期的實用主義哲學的形構。任何鑽研過《宗教經驗之種種》的人，應該不再會為了詹姆士有點庸俗的主張「觀念必須根據『票面價值』去判斷」而困擾了。）

- Jay, Martin. “Class Struggle in the Classroom? The Myth of American ‘Seminarmarxism.’ ” *Salmagundi* 85-86 (Winter-Spring 1990): 27-32。

- Jung, C.G. *Modern Man in Search of a Soul.* New York, 1993。（和佛洛伊德一樣，榮格

既是個道德學家也是個心理學家；但是他的靈知主義的神祕宗教和佛洛伊德卻大相逕庭。榮格相信，藉由推敲集體潛意識，以及保存在神話、民謠和喀巴拉教派智慧裡的思想伏流，現代人可以不必放棄現代性而得到宗教的慰藉。）

- Kaelble, Hartmut. *Social Mobility in the Nineteenth and Twentieth Centuries.* Dover, N.H., 1985。

- Karen, Robert. "Shame." *Atlantic* 269 (February 1992): 40-70。

- Kaus, Mickey. *The End of Equality.* New York, 1992。（作者區分公民平等和「金錢的平等」，呼籲要多強調前者。）

- Kazin, Alfred. *A Walker in the City.* New York, 1951。

- Kerckhoff, Alan C. "The Current State of Social Mobility Research." *Sociological Quarterly* 25 (1984): 139-54。

- Kimball, Roger. *Tenured Radicals: How Politics Has Corrupted Higher Education.* New York, 1990。（對於左派學者的有用卻偏頗的批評，藉以捍衛基礎論。）

- Klein, Melanie, *Love, Guilt, and Reparation.* New York, 1975。

- ——. *Envy and Gratitude.* New York, 1975。（克萊茵的作品透露出精神分析概念裡的豐富道德蘊含，因而也不可以和荷妮以及法蘭克所推廣的治療文化混為一談。精神分析固然要為「治療的勝利」負很大的責任，但是它也包含了若干洞見，例如克萊茵，讓我們藉以去批評這種治療的文化。）

- Krutch, Joseph Wood. *The Modern Temper.* New York, 1929。（柯雷治的惋惜宗教被除魅，是基於一個錯誤的前提：以前的宗教提供一個完備的道德體系，並且支持「人類是宇宙中心」的諂媚幻想。）

- Lerner, Michael, *Surplus Powerlessness.* Oakland, 1986。（作者的「意義政治學」的

早期說法，也就是對於受害者的憐憫。）

- Levine, George, ed. Speaking for the Humanities. New York, 1989。

- Lewis, Helen Block. *Shame and Guilt in Neurosis.* New York, 1958。

- Lewis, Michael. *Shame: The Exposed Self.* New York, 1992。

- *Liberator* (March 19, March 26, July 9, October 1, 1847). Garrison and Phillips on "wages slavery"。

- Lincoln, Abraham. *Collected Works,* ed. Roy P. Basler. New Brunswick, N.J., 1953。（對威斯康辛州農會的重要演說，見：vol.3, pp. 471-82。）

- Lippmann, Walter. *Liberty and the News.* New York, 1920。

- ——. *Public Opinion.* New York, 1922。（在若干類似的研究裡，李普曼主張說，輿論是情緒性的、非理性的，會誤導政策決定。）

- ——. *The Phantom Public.* New York, 1925。

- ——. and Charles Merz. "A Test of the News." *New Republic* 23 (supplement to Aug. 4, 1920)。

- Lipset, Seymour Martin, and Richard Bendix, *Social Mobility in Industrial Society.* Berkeley, 1959。

- Lynd, Helen Merrell. *On Shame and the Search for Identity.* New York, 1958。

- Lynd, Robert S., and Helen Merrell Lynd. *Middletown in Transition.* New York, 1937。

- Mannheim, Karl. "The Democratization of Culture" (1932). In *From Karl Mannheim,* ed.

Kurt H. Wolff. New York, 1971。（曼海姆說，「垂直距離」的消失讓我們置身於一個平面化的、除魅的世界，並且產生「出神的問題」，亦即對於直接視域以外的事物無動於衷。曼海姆認為它也有助於兩性之間更真實而直接的關係，但是這個臨去秋波並沒有什麼說服力。）

- Mead, Margaret. *Cooperation and Competition among Primitive Peoples.* New York, 1937。

- Meyrowitz, Joshua. *No Sense of Place.* New York, 1985。（關於電視及其如何損害地方感的最佳研究。）

- Miller, Mark Crispin. *Boxed In: The Culture of TV.* Evanston, Ill., 1988。

- Miller William. " American Historians and the American Business Elite in the 1870s." In *Men in Business,* ed. William Miller. Cambridge, 1952。

- Mills, C. Wright. "The American Business Elite: A Collective Portrait." *Journal of Economic History* (December 1945), supplement 5, *The Task of Economic History*: 20-44。

- Morris, Herbert, ed. *Guilt and Shame,* Belmont, Calif., 1971。

- Nathanson, Donald L. *Shame and Pride: Affect, Sex, and the Birth of the Self.* New York, 1992。（舉證指出羞恥心的俗世化，羞恥心褪去所有道德和宗教的聯想，而被化約為自尊心的不足。）

- Newman, Charles. *The Post-Modern Aura.* Evanston, Ill., 1985。

- Nichols, Michael P. *No Place to Hide: Facing Shame So We Can Find Self-Respect.* New York, 1991。

- Nietzsche, Friedrich. *Human, All Too Human.* (1886). Munich, 1981。

- O'Connor, Flannery. *Collected Works,* ed. Sally Fitzgerald. New York, 1988。（歐康諾在

一九九五年九月六日的一封信裡說：「整個世界似乎要走過一個靈魂的暗夜。」）

- Oldenburg, Ray. *The Great Good Place: Cafés, Coffee Shops, Community Centers, Beauty Parlors, General Stores, Bars, Hangouts and How They Get You through the Day.* New York, 1989。

- Ortega y Gasset, José. *The Revolt of the Masses.* New York, 1932。

- Packard, Vance. *The Hidden Persuaders.* New York, 1957。

- Parker, William Belmont. *The Life and Public Services of Justin Smith Morrill.* Boston, 1924。

- Pessen, Edward, ed. *Three Centuries of Social Mobility in America.* Lexington, Mass., 1974。

- Phillips, Kevin. *The Politics of Rich and Poor.* New York, 1991。

- Piers, Gerhart, and Milton B. Singer. *Shame and Guilt: A Psychoanalytic Study.* New York, 1953。

- Podhoretz, Norman. *Making It.* New York, 1967。

- Rantoul, Robert. "An Address to the Workingmen of the United States of America." In *Memoirs, Speeches, and Writings of Robert Rantoul, Jr.*, ed. Luther Hamilton. Boston, 1854。

- Reich, Robert B. *The Work of Nations.* New York, 1992。（它對於知識階級的「脫離」的分析頗具價值。萊奇的作品因為對於該階級過度樂觀且極盡阿諛奉承的描繪而減損了價值。）

- Rieff, David. *Los Angeles: Capital of the Third World.* New York, 1991。（對於國界的

滲透性的分析以及該發展的不安蘊含，包括喪失地方感。）

- ——. "Multiculturalism's Silent Partner." *Harper's* (August 1993): 62-72。（「雙方陣營都把多元文化的力量曲解為對於資本主義系統的威脅。」瑞夫認為，其實多元文化是一個符合無國界的資本主義需要的意識型態。尤其是，它代表了「放棄判斷」，無論是道德的或審美的，以迎合「市場規則」。）

- Rieff, Philip. *Freud: The Mind of the Moralist* (1959). Chicago, 1979。（把佛洛伊德稱為道德學家，是把他放到道德和宗教探索的悠久傳統裡去看，那是瑞夫多處提到的人文主義傳統，也是精神分析極力要顛覆的。）

- ——. *The Triumph of the Therapeutic.* New York, 1966。

- ——. *Fellow Teachers* (1973). Chicago, 1985。

- ——. *The Feeling Intellect: Selected Writings,* ed. Jonathan Imber. Chicago, 1990。（瑞夫多年來不變的若干主題：宗教的式微；治療的世界觀取代宗教的世界觀；以及治療的世界觀的知識的和道德的破產。瑞夫認為，在啟蒙運動以前，西方文化的本質，無論是實質的或象徵的，都體現在大教堂裡；在十九世紀，則是在議會大廈裡；到了我們的年代，則是在醫院裡。）

- Riezler, Kurt. "Shame and Awe." *Man: Mutable and Immutable.* New York, 1951。

- Rorty, Richard. "Post-Modernist Bourgeois Liberalism." *Journal of Philosophy* 80 (1983): 583-89。（世界就像是一個「科威特的假日市集」。）

- Ross, Edward Alsworth. *Social Control: A Survey of the Foundations of Order.* New York, 1901。

- Rotenstreich, Nathan. "On Shame." *Review of Metaphysics* 19 (1965): 55-86。

- Ryan, William. *Blaming the Victim.* New York, 1971。

- Schneider, Carl D. *Shame, Exposure, and Privacy.* Boston, 1977。

- Siracusa, Carl. *A Mechanical People: Perceptions of the Industrial Order in Massachusetts,* 1815-1880. Middletown, Conn., 1979。（十九世紀流行把機會和流動混為一談。西拉庫薩認為十九世紀和我們一樣把兩者畫等號。）

- Sleeper, Jim. *The Closest of Strangers: Liberalism and The Politics of Race in New York.* New York, 1990。（史利普認為，認同的政治助長了種族和意識型態的裝模作樣，創造一個僵局，讓特權階級可以維護其權力，而犧牲了所有種族的一般百姓。）

- ——. "The End of the Rainbow." *New Republic* (November 1, 1993): 20-25。（深入反省種族認同的政治以及「彩虹聯盟計畫」，它「推定為白人種族主義下的受害者」。經由改變城市的種族構成，新移民可以推向真正的多種族政治，一個不再由白人和黑人的對立主宰的政治。「大部分的新移民都厭倦了經常伴隨著以種族為基礎的政策的烙印和對立，例如純黑人學校、種族選區重劃、都市優惠措施配額以及多元種族的課程設計。」）

- "A Sociologist Looks at an American Community." *Life* (September 12, 1949)。（以華納的作品為基礎，伊利諾州洛克福市的側寫有助於推廣社會流動的概念。）

- Steinem, Gloria. *Revolution from Within: A Book of Self-Esteem.* Boston, 1992。（史坦能曾被女性主義者批評為逃避政治，他的新綱領一樣可能被批評說它讓羞恥的概念變得庸俗，並且以治療取代道德和宗教的框架，以它作為解釋罪惡感和羞恥之類的東西的唯一框架。）

- Tawney, R. H. *Equality.* New York, 1931。（少數能掌握到平等和功績主義的差異的作品。）

- Thernstrom, Stephan. *Poverty and Progress: Social Mobility in a Nineteenth-Century City.* Cambridge, 1964。（以歷史證據去支持華納的社會流動理論。）

- ——. "Working Class Social Mobility in Industrial America." In *Essays in Theory and*

History, ed. Melvin Richter. Cambridge, 1970。

- ——. *The Other Bostonians.* Cambridge, 1973。
- Turner, Frederick Jackson. *The Frontier in American History.* New York, 1958。（文集裡收錄了〈西方世界對於美國民主的貢獻〉〔1903〕，就我記憶所及，是「社會流動」的概念在美國社會科學裡的首次亮相。）
- Walsh, W.W. "Pride, Shame, and Responsibility." *Philosophical Quarterly* 20(1970):1-13。
- Warner, W. Lloyd. *American Life: Dream and Reality.* (1953). Chicago, 1962。（華納關於社會流動的研究影響深遠，包括把流動和民主畫上等號的誤解，這個致命的錯誤甚至積重難返。）
- ——, Marcia Meeker, and Kenneth Eels. *Social Class in America.* Chicago, 1949。（華納在多處重申其主張說：「現在教育可以和經濟（亦即職場）流動性分庭抗禮，成為成功的主要途徑……現在，對於流動不為已甚的人，如果要得到好職位、讓家庭富裕以及「更好的人生」，就必須有好的教育。」）
- ——, et al. *Democracy in Jonesville.* New York, 1949。
- Weber, Max. *The Protestant Ethic and the Spirit of Capitalism.* (1904). New York, 1958。
- Westbrook, Robert. *John Dewey and American Democracy.* Ithaca, N.Y., 1991。
- Whitman, Walt. *Democratic Vistas.* Washington, D.C., 1871。
- Wilde, Oscar. *De Profundis.* London, 1905。
- ——. "The Soul of Man under Socialism." *Intentions and the Soul of Man.* London, 1911。

- Wolfe, Alan. *Whose Keeper?: Social Science and Moral Obligation.* Berkeley, 1989。（探索類似於市場和超級強國的另一個選擇。伍爾夫希望為「公民社會」的概念灌注新氣息，雖然不一定成功。）

- Wood, Gordon S. *The Creation of the American Republic,* 1776-1787. Chapel Hill, 1968。

- ——. *The Radicalism of the American Revolution.* New York, 1992。

- Wriston, Walter. *The Twilight of Sovereignty.* New York, 1992。（「充分參與資訊經濟者皆蒙其利……較之於還沒有進入全球性交談的同胞們，他們覺得和全球交談的同儕們還要更親近一些。」）

- Wurmser, Leon. *The Mask of Shame.* Baltimore, 1981。（是關於該主題最好的精神分析研究。）

- Young, Michael. *The Revolt of the Meritocracy.* London, 1958: New York, 1959。（一部反烏托邦的小說，揭露功績主義的反民主蘊含，是對於一個被忽略很久的主題的最佳詮釋。）

版權聲明

國家圖書館出版品預行編目資料

菁英的反叛 / 克里斯多夫・拉許（Christopher Lasch）著 林宏濤 譯. --
初版. -- 台北市：商周出版, 城邦文化出版：
家庭傳媒城邦分公司發行；
民97 面： 公分. –(Discourse；29)
譯自：The Revolt of The Elites and the Betrayal of Democracy
ISBN 978-986-666-289-8（平裝）

1.階級社會 2.民主政治 3.民粹主義 4.美國

546.1952 97010792

菁英的反叛

原著書名 / The Revolt of The Elites and the Betrayal of Democracy
作者 / 克里斯多夫・拉許 Christopher Lasch
譯者 / 林宏濤
責任編輯 / 楊如玉、陳玳妮

版權 / 林心紅
行銷業務 / 李衍逸、黃崇華
總編輯 / 楊如玉
總經理 / 彭之琬
發行人 / 何飛鵬
法律顧問 / 台英國際商務法律事務所 羅明通律師
出版 / 商周出版
城邦文化事業股份有限公司
台北市中山區民生東路二段141號9樓
電話：(02) 2500-7008 傳眞：(02) 2500-7759
E-mail：bwp.service@cite.com.tw
Blog：http://bwp25007008.pixnet.net/blog
發行 / 英屬蓋曼群島商家庭傳媒股份有限公司城邦分公司
台北市中山區民生東路二段141號2樓
書虫客服服務專線：02-25007718・02-25007719
24小時傳眞服務：02-25001990・02-25001991
服務時間：週一至週五09:30-12:00・13:30-17:00
郵撥帳號：19863813 戶名：書虫股份有限公司
讀者服務信箱E-mail：service@readingclub.com.tw
歡迎光臨城邦讀書花園 網址：www.cite.com.tw
香港發行所 / 城邦（香港）出版集團有限公司
香港灣仔駱克道193號東超商業中心1樓
電話：(852) 25086231 傳眞：(852) 25789337
馬新發行所 / 城邦(馬新)出版集團【Cité (M) Sdn. Bhd. (458372U)】
41, Jalan Radin Anum, Bandar Baru Sri Petaling,
57000 Kuala Lumpur, Malaysia
電話：(603)90578822 傳眞：(603) 90576622

封面設計 / 鄭宇斌
排版 / 新鑫電腦排版工作室
印刷 / 高典印刷有限公司
總經銷 / 高見文化行銷股份有限公司 電話：(02) 26689005
傳眞：(02) 26689790 客服專線：0800-055-365

■2008年7月8日初版
■2020年（民109）1月19日二版3.5刷
定價 320元

Printed in Taiwan
城邦讀書花園
www.cite.com.tw

The Revolt of The Elites and the Betrayal of Democracy

First published as a Norton paperback 1996

ISBN 978-986-666-289-8

廣 告 回
北區郵政管理登記
台北廣字第000791
郵資已付，免貼郵

104台北市民生東路二段141號2樓

英屬蓋曼群島商家庭傳媒股份有限公司　城邦分公

請沿虛線對摺，謝謝！

書號：BK7029X	**書名：**菁英的反叛	**編碼：**

請於此處用膠水黏貼

讀者回函卡

不定期好禮相贈！
立即加入：商周出版
Facebook 粉絲團

感謝您購買我們出版的書籍！請費心填寫此回函卡，我們將不定期寄上城邦集團最新的出版訊息。

姓名：＿＿＿＿＿＿＿＿ 性別：☐男 ☐女

生日：西元＿＿＿＿年＿＿＿＿月＿＿＿＿日

地址：＿＿＿＿＿＿＿＿

聯絡電話：＿＿＿＿＿＿＿＿ 傳真：＿＿＿＿＿＿＿＿

E-mail ：

學歷：☐ 1. 小學 ☐ 2. 國中 ☐ 3. 高中 ☐ 4. 大學 ☐ 5. 研究所以上

職業：☐ 1. 學生 ☐ 2. 軍公教 ☐ 3. 服務 ☐ 4. 金融 ☐ 5. 製造 ☐ 6. 資訊
☐ 7. 傳播 ☐ 8. 自由業 ☐ 9. 農漁牧 ☐ 10. 家管 ☐ 11. 退休
☐ 12. 其他＿＿＿＿＿＿＿＿

您從何種方式得知本書消息？

☐ 1. 書店 ☐ 2. 網路 ☐ 3. 報紙 ☐ 4. 雜誌 ☐ 5. 廣播 ☐ 6. 電視
☐ 7. 親友推薦 ☐ 8. 其他＿＿＿＿＿＿＿＿

您通常以何種方式購書？

☐ 1. 書店 ☐ 2. 網路 ☐ 3. 傳真訂購 ☐ 4. 郵局劃撥 ☐ 5. 其他＿＿＿＿

您喜歡閱讀那些類別的書籍？

☐ 1. 財經商業 ☐ 2. 自然科學 ☐ 3. 歷史 ☐ 4. 法律 ☐ 5. 文學
☐ 6. 休閒旅遊 ☐ 7. 小說 ☐ 8. 人物傳記 ☐ 9. 生活、勵志 ☐ 10. 其他

對我們的建議：＿＿＿＿＿＿＿＿

【為提供訂購、行銷、客戶管理或其他合於營業登記項目或章程所定業務之目的，城邦出版人集團（即英屬蓋曼群島商家庭傳媒（股）公司城邦分公司、城邦文化事業（股）公司），於本集團之營運期間及地區內，將以電郵、傳真、電話、簡訊、郵寄或其他公告方式利用您提供之資料（資料類別：C001、C002、C003、C011 等）。利用對象除本集團外，亦可能包括相關服務的協力機構。如您有依個資法第三條或其他需服務之處，得致電本公司客服中心電話 02-25007718 請求協助。相關資料如為非必要項目，不提供亦不影響您的權益。】

1.C001 辨識個人者：如消費者之姓名、地址、電話、電子郵件等資訊。
2.C002 辨識財務者：如信用卡或轉帳帳戶資訊。
3.C003 政府資料中之辨識者：如身分證字號或護照號碼（外國人）。
4.C011 個人描述：如性別、國籍、出生年月日。

請於此處用膠水黏貼